# 1900년 파리,
# 조선청년 허의문

서랍의날씨

# 건천궁 배치도

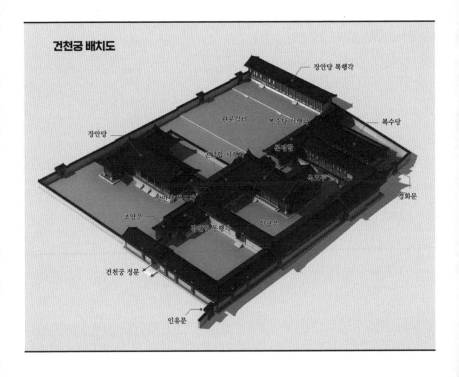

장안당 북행각

관문각터      복수당 서행각      복수당

장안당

건녕합 서행각      곤녕합

상안당 부속각

육모정

초양문

경화문

장안당 동행각      합광문

건천궁 정문

인유문

## 2023년

박지현은 프랑스 파리의 에펠탑 전망대로 오르는 승강기에 타고 있다.

123년 전, 그가 힘들게 올랐던 에펠탑 계단을 박지현도 그대로 밟으며 오르고 싶었지만, 계단이 폐쇄되어서 승강기를 이용해야 하는 것이 아쉽다.

박지현은 이번이 두 번째 파리 방문이다. 첫 번째는 8년 전, 그녀가 대학생일 때 학교에 휴학계를 던지고 방문했었는데 빡빡한 일정 때문에 에펠탑도 구경하지 못하고 서둘러 서울로 돌아와야 했었다.

두 번째로 방문해서 에펠탑에 오른 오늘은 회사에 사표를 던지고 왔으니 박지현의 행동력도 어지간하다.

하지만 그럴만한 가치가 있다고 생각한다. 박지현이 그동안의 긴 여정을 마무리하는 데 에펠탑 전망대만큼 의미 있는 곳은 없을 것이다.

그리고 오늘은 10월 8일이다. 미국에서 파리로 출발하는 비행기가 지연되는 바람에 날짜를 못 맞출 뻔했는데 용케 제때 도착했다.

에펠탑 전망대와 10월 8일, 박지현에게는 너무나 중요한 장소와 날짜다.

승강기가 도착하고 박지현은 사람들과 함께 야외 전망대로 쏟아져 나온다.

지상 276m 높이에 있는 좁은 전망대에는 일요일이라 관광객들이 북적북적하다.

하늘이 맑아서 아름다운 파리 시내 전경이 한눈에 들어온다.

다른 이들은 파리의 유명 건축물과 궁전, 박물관 등을 눈과 사진으로 담기 위해 분주하지만, 박지현은 그런 것에는 별로 관심 없다.

사람들 사이를 비집고 이동해서 마르스 광장이 내려다보이는 위치에 선다. 마르스 광장 외곽, 쉬프렌 대로의 가장 끄트머리.

1900년, 저곳에 국호를 대한제국이라 개칭한 조선이 파리 만국박람회에 참가해서 건축한 대한제국관이 있었다.

그리고 그곳에 그가 있었다.

박지현은 여권 사이에 끼워 놓은 사진을 꺼낸다.

아주 오래된 흑백 사진.

이 사진이 박지현이 간직하고 있는 그에 관한 마지막 증거이다.

조선 청년과 프랑스 여인이 1900년 파리 만국박람회 대한제국관을 배경으로 찍은 123년 전 흑백 사진. 둘은 어색한 듯 적당히 떨어져 서 있다. 당시 파리에서 양장을 입은 조선 청년이 프랑스 여인과 어색하지 않게 사진을 찍은 것이 더 어색하지 않을까? 하지만 프랑스 여인은 조선 청년에게 호감이 있다. 엷은 미소를 지으며 청년 쪽으로 살짝 머리를 기울인 여인의 모습이 아름답다.

박지현은 프랑스 여인이 정말 고맙다. 이 여인 덕분에 조선 청년을 알게 되었고 여기까지 오게 되었다.

박지현은 사진 든 손을 안전 철망 밖으로 뻗는다.

사진 뒤로 마르스 광장과 쉬프렌 거리가 겹친다.

박지현의 계획은 여기까지였다.

사진 속 청년과 여성에게 이 장면을 선물해 주고 싶었다.

전망대에서 부는 바람이 세차다.

123년이나 된 귀한 사진이 바람에 심하게 흔들린다.

그런데 박지현은 이것도 괜찮겠다고 생각한다.

놔 주자! 이제 이 조선 청년과 프랑스 여인을 파리 하늘로 자유롭게 놔 주자.

박지현은 바람이 그들을 데려가도록 사진을 잡은 손끝에 굳이 힘을 주지 않는다.

결국, 바람이 둘을 데려가 버린다.

박지현은 사진이 날아가는 하늘을 한참 동안 바라보며 서 있다.

'잘 가요. 허의문! 그리고 르네!'

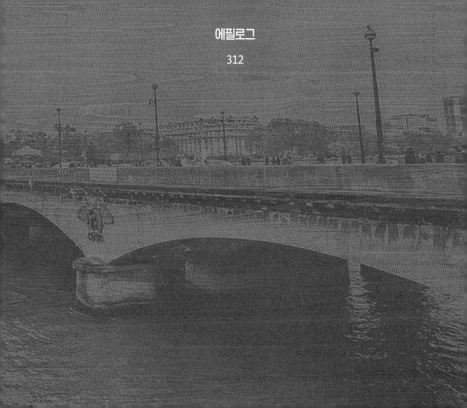

# 목
# 차

# 1900년

냄새. 꿈에서도 타는 냄새가 난다.

검은 머리를 길게 땋고 묵처럼 검은 눈동자를 가진 앳된 13살의 조선인 남자아이가 검은 공간에 두려운 표정으로 서 있다. 흐읍~ 지독한 냄새를 맡지 않으려고 숨을 참아 보지만 소용없다. 이 냄새는 콧구멍이 아닌 몸 전체로 맡아지는 것이다. 뇟속 깊이 각인되어서 절대 잊히지 않는 냄새. 그리고 그 끔찍했던 소리....

꿈이라는 걸 알면서도 남자아이는 이곳에서 빨리 벗어나고 싶다. 하지만 찐득찐득한 발밑 검은 액체에 잡힌 두 다리가 꿈쩍하지 않는다.

'잠에서 깨자. 제발.'

순간 '화악'하며 검은 액체에 불이 붙는다. 발밑에서 시작된 불은 남자아이의 흰 바지와 저고리를 순식간에 휘감는다. 불을 꺼 보려는 아이의 당황한 몸부림은 불의 기세를 더 부추긴다. 더는 숨을 참기 힘들어 냄새를 인정하고 숨을 쉬어 보려 해도 턱 밑까지 차오른 불은 아이에게 숨 쉴 기회를 주지 않는다.

사방에서 들려오는 날카로운 비명이 귓전을 파고든다.

'이렇게 죽어선 안 된다. 너무 분하고 억울하다.'

헉!

눈을 뜨는 청년.

13살이었던 조선인 아이는 18살 청년이 되어 있다.

청년 눈앞에 보이는 시커먼 강철 내장. 이곳은 거대한 증기선의 지하, 3등 칸 객실이다. 넓은 공간에 3층 침대가 빼곡히 들어차 있다.

여행 경비가 넉넉지 않은 남자 여행객들이 침대를 배정받아 잠을 자는 곳이다.

꿈속에서 들렸던 날카로운 비명은 거대한 증기선이 거친 파도를 거슬러 가느라 힘겨워하는 소리와 겹친다. 삐거덕삐거덕, 배의 금속 뼈대 뒤틀리는 소리와 여행객들 코 고는 소리가 뒤섞여 들려와 청년의 마음은 심란하다.

밤새워 뒤척이다가 잠깐 잠든 사이에 또 그런 꿈을 꿨나 보다.

다시 잠이 올 것 같지 않아 침대에서 몸을 일으키는 청년.

청년의 침대는 3층이라 쇠파이프들이 복잡하게 지나가는 천정과 가까워서 상체를 일으켜 움직이기 불편하고 수직 사다리를 오르내리기도 힘들다.

하지만 청년은 이 높은 3층 침대가 좋다. 답답한 지하 3등 칸에서 유일하게 바다가 보이는 창문이 있기 때문이다. 일어나 앉으면 얼굴 높이에 작고 둥근 창문이 있다. 증기선 흘수선 밑으로 뚫려 있는 창문이기 때문에 거의 수면과 맞닿아 있다. 파고가 높이 치면 마치 고래라도 된 듯 바닷속을 헤엄치는 기분을 느끼곤 한다. 날 맑고 운 좋은 날에는 증기선을 따라 헤엄치는 물고기 떼를 볼 때도 있다.

지금은 파도가 거칠어서 창문이 시커먼 바닷물 속에 거의 잠겨 있지만, 바닷물이 잠깐 창문 밑으로 멀어지면 해뜨기 전 창백한 하늘빛이 캄캄한 3등 칸 안을 수줍게 밝힌다. 언뜻 보이는 창밖 하늘에선 바닷물 위로 눈이 내리고 있다.

청년은 쌓일 곳 없는 바다 위로 부질없이 내리는 눈을 보다가 갑판에 나가 볼 양으로 움직인다.

천정을 지나가는 쇠파이프에 걸어 놓은 가죽 지갑의 끈을 풀어 목에 걸고 양복 앞섶에 집어넣는다. 이 지갑은 청년이 목숨만큼 귀중하게 여기는 물건이다. 청년은 이 지갑 때문에 이번 먼 여행에 합류한 것이다.

단발령이 공포된 후 청년은 별 아쉬움 없이 머리를 잘랐다. 신체발부를 부모에게 받은지라 감히 훼손할 수 없다고 하지만, 왕이 먼저 머리카락을 잘랐는데 어쩌겠는가? 게다가 청년에게는 자기를 낳아 준 어미에 대한 기억이 전혀 없다. 키워 주셔서 감사한 부모는 있지만....

한번 잘라 보고 나니 짧은 머리가 훨씬 편했다.

적당히 짧은 검은 더벅머리는 청년의 얼굴과 잘 어울린다. 하지만 이 여행을 위해 챙겨 입은 서양 복식은 왠지 어색해 보인다. 앞섶에 넣은 가죽 지갑이 태나지 않도록 셔츠와 조끼를 매만진 후, 한 켤레밖에 없어서 잘 때는 언제나 머리맡에 모셔 두는 목 짧은 구두를 한 손에 쥐고 나무 바닥으로 뛰어내린다.

3층 침대에서 나무 바닥까지는 꽤 높지만, 청년의 움직임이 가벼워서 큰 소음이 발생하진 않는다.

맞은편 침대와 연결된 빨랫줄에 널린 옷가지들이 좁은 통로를 얼기설기 가로지르고 있어서 통로는 몸을 아주 낮게 숙이지 않고선 지나다닐 수 없을 정도로 복잡하고 좁다.

청년은 구두를 신으면서 2층과 1층 침대를 살핀다. 1층에는 조선인 일꾼 노막상이, 2층에는 김바회가 코를 골며 자고 있다. 맞은편 2층 침대는 도편수 김덕중의 자리다. 20대 후반에 호리호리하고 작은 덩치의 노막상은 청년이 형님이라고 편히 부르는 자로, 성격이 쾌활하고 남을 웃기는 잔재주가 많아서 40여 일이 넘는 긴 배 여행의 지루함을 달래 준 인물이다. 30대 중반의 김바회는 퉁퉁한 덩치에 말수 적고 우직하니 일만 하는 사람이지만, 노막상의 농을 잘 받아 주고 푸근한 웃음이 좋은 일꾼이다.

오십 줄의 나이인 김덕중은 조선 궁궐을 건립하고 수리하는 공사 기술자들의 최고 책임자로 도편수라는 직책을 가진 중요한 인물이다.

노막상과 김바회는 상투를 잘랐지만, 여전히 조선인 복장을 하고 있고 도편수 김덕중은 아직 상투까지도 고집하고 있다. 청년을 포함해서 4명의 조선인이 유럽인 노동자들과 일본, 청나라 사람들 사이에 섞여 있는 모습은 무척 어색한 광경이다.

1900년, 유럽과 서양 사람들에게 일본과 청나라가 익숙해지는 시기라면, 조선, 대한제국은 전혀 그렇지 못한 존재다. 저고리나 두루마기, 상투나 패랭이, 챙 넓은 갓 등은 외국인들에게 생소한 구경거리였다.

도편수 김덕중이 조선인 복장과 상투를 고집했기 때문에 한동안 배 안에서 일행은 신기한 물건처럼 시선을 받았다. 하지만 40일이 넘는 긴 항해 탓에 지금은 그런 관심도 시들하고 모두 빨리 목적지에 도착하기만을 바라는 눈치다.

그런데 그런 도착일이 바로 오늘이다.

청년이 잠을 설쳐 가며 이른 새벽 갑판에 나가 보려는 것은 도착지 항구를 조금이라도 먼저 보고 싶기 때문이다.

청년은 빨랫줄에 걸려 있는 노막상의 겨울용 마고자를 내려 챙긴다.

두 겹의 천 사이에 솜을 넣고 두툼하게 누빈 솜옷 마고자는 서양식 짧은 프록코트보다 훨씬 따뜻하고 겨울을 나기 좋다. 서양옷에 구두를 신고 마고자를 겉에 입은 청년의 모습이 어색하지만, 어떤 동장군도 문제없을 만큼 따뜻해 보인다.

청년은 3등 칸을 나서서 복도를 빠른 걸음으로 걷는다. 흐릿한 전구 몇 개만 켜진 복도는 어둡다. 벽을 지탱하는 반복적인 아치형 강철 프레임 때문에 거대한 고래의 갈비뼈 사이를 걷는 느낌이다.

복도를 지나 구불구불 높이 이어지는 계단을 오르면 배 외부로 나갈 수 있다.

무거운 강철 문을 열고 나오니 선창 밑의 퀴퀴한 냄새와는 다른 비릿한 바다 냄새가 콧속을 뚫어 준다. 2월 말 겨울 바닷바람이 상쾌하다. 파도가 철썩철썩 증기선의 철판 옆구리를 치는 소리가 반갑다.

갑판에는 밤새 내린 눈이 두껍게 쌓여 있다.

청년은 구명보트가 줄지어 있는 배 옆 복도를 지나 뱃머리로 향한다. 증기선의 커다란 4개 굴뚝에서 검은 석탄 연기가 뿜어져 나오고 있다. 청년이 타고 있는 증기선은 1,000명이 넘는 승객과 엄청난 양의 화물을 실은 거대한 크기의 배다. 한참을 걸어 뱃머리에 도착했지만, 펑펑 내리는 눈 때문에 사방 시야가 허옇기만 하다.

잘 차려입은 몇몇 유럽 귀족과 사업가들도 항구를 조금이라도 일찍 보려고 갑판에 나와 있었다. 여성들은 화려한 모자와 코르셋으로 조인 잘록한 허리 위에 덧입은 꼭 끼는 재킷, 삼각형 패널 고데를 집어넣어 엉덩이를 한없이 부풀린 스커트를 입고 있는데 활동성과 추위를 막는 실용성은 고려치 않은 복장이다. 거기에 모두 작고 홀쭉한 우산을 들어 눈을 막고 있다.

청년은 전부터 외국인 여성들을 많이 봐 왔지만, 유럽 귀족 여성들의 의상을 직접 본 것은 이 증기선에 올라타서가 처음이었다. 그들의 괴이한 의상과 외모가 청년에게도 충격이었으니 김덕중과 김바회, 노막상에게는 도깨비처럼 보였을 것이다. 배에 탄 후 며칠간은 유럽 여성들을 눈앞에 마주칠까 무서워서 3등 칸 밖으로 잘 나다니지도 않았었다.

"마르세유다!"

청년이 잠시 실없는 생각에 잠겼을 때 뒤쪽에서 누군가 프랑스어로 소리친다.

뒤를 돌아보니 높이 있는 조타실 쪽 난간에 서 있는 유럽인 노동자가 손가락으로 정면 먼 곳을 가리키며 또 소리친다.

"마르세유 항이다! 프랑스가 보인다!"

사람들의 시선이 정면을 향한다.

눈이 펑펑 내리는 허연 하늘에 멀리 작고 희미하게 육지가 보인다.

태양이 수평선 위로 한 조각 모습을 드러내면서 추위와 함께 안개를 빠르게 걷어 내는 덕에 청년의 눈에도 육지가 확실히 보인다. 마르세유항!

아무것도 없이 진흙밭투성이인 대한제국의 제물포항과 달리 유럽의 중심 항구 역할을 하는 마르세유항은 멀리서 보아도 규모가 엄청나다.

완만하고 작은 산꼭대기에 세워진 노트르담 드 라 가르드 성당의 위용이 눈에 들어온다. 그 밑으로 많은 건물과 공장들이 다닥다닥 지어져서 큰 도시를 형성하고 있다. 크고 작은 선박들 수백 척이 항구에 정박해 있는 모습도 보인다. 이 증기선처럼 마르세유도 도시 곳곳에서 산업혁명을 대변하는 검은 연기를 뿜어내고 있다.

마르세유항을 발견한 사람들의 탄성이 여기저기서 터져 나온다. 세계 여러 나라의 언어가 들리고 사람들이 하나둘 갑판으로 쏟아져 나와 그토록 바라던 도착지 마르세유항을 보며 환호성을 지른다.

하지만 청년은 즐거워할 수만은 없다. 그에게 지어진 무거운 부담감 때문이다.

청년은 자신도 모르게 조선말로 혼자 조용히 중얼거린다.

"도착했습니다. 아버지. 프랑스입니다."

조선인 청년은 1900년 2월 27일. 눈이 많이 내리는 날 새벽. 프랑스에 도착했다.

거대한 석탄 증기선이 길게 뱃고동을 울린다.

# 1886년

조선 후기 한성부의 소의문 안쪽 거리를 미국인 청년이 걷고 있는 모습은 이질적이다. 청년의 이름은 호머 헐버트. 23살의 건장한 미국인 남자이다. 헐버트는 고종이 설립한 육영공원이라는 왕립지도자교육원에 외국인 교사로 초빙되어 온 교사 중 한 명이다. 큰 키에 긴 얼굴, 구레나룻까지 연결되도록 멋들어지게 기른 풍성한 콧수염을 가진 서글서글한 인상의 서양인이 손에는 수첩과 필기구를 들고 조선의 토담집과 초가집 사이를 누비고 있다. 멀리 소의문 밖, 저녁 무렵 어슴푸레해진 하늘로 검은 연기가 피어오르고 있다. 헐버트가 향하는 곳이다.

꽤 사는 듯 보이는 기와집 안에서 무당이 굿하는 요란한 소리가 들려오자, 헐버트는 턱 밑에 내려져 있는 3~4겹의 두꺼운 수건을 입과 코 위로 올려서 막는다. 이제부터는 각별히 주의해야 한다.

짤랑짤랑 방울 흔드는 소리와 무당 염불 외는 소리가 낮은 담벼락을 넘는 집 대문에는 호랑이 그림이 붙어 있다. 이것이 조선 사람들이 전염병에 대처하는 유일한 수단이라고 생각하니 헐버트는 너무 마음이 아프다.

헐버트가 샌프란시스코에서 배를 타고 요코하마와 나가사키를 경유해서 두 달 만에 조선 제물포 항에 도착한 것은 1886년 7월 5일, 며칠 전이다.

허허벌판, 아무것도 없는 제물포항에 도착했을 때 함께 온 33살의 벙커 부부, 30살의 길모어와 그의 아내가 지었던 표정이 아직도 생생하다. 그들은 서로 별말은 없었지만 모두 같은 마음이었을 것이다. 아! 잘못 온 것 같다.

도성 남쪽 문이 술시(19시~21시)에 닫힌다며 마중 나온 조선의 어역참리관이 서두르는 바람에 당나귀의 도움을 받아 힘든 여정을 줄이려던 길모어의 아내가 도리어 당나귀에서 떨어져 진흙탕에 뒹굴었을 때도 헐버트는 조선에서의 생활을 밝게 보려고 노력했다.

하지만 지금은 아무리 낙천적인 헐버트라 해도 앞으로 좋아질 거란 희망을 갖기 힘든 상황이다.

콜레라는 5월 하순부터 부산의 항구 근처 일본인 거주지를 시작으로 무섭게 번졌다. 6월 하순부터는 한성부 도성 곳곳에 만연하면서 사망자가 속출했다. 헐버트가 기거하는 정동의 외국인 거주지 근처, 소의문 밖으로만 매일 수백 구의 시체가 들려나왔다.

조선인들은 콜레라를 괴질, 쥣병이라거나 호랑이에게 찢겨 죽는 듯한 고통을 느낀다고 해서 호열자(虎列刺)라고 부른다.

콜레라에 걸리면 열이 나고 심한 설사와 구토를 하다가 며칠 사이에 죽어 버린다. 지금까지 전국적으로는 수십만 명이 죽었으리라 추정된다. 상황이 이러한데 조선인들의 콜레라 대처법은 쥣병을 쫓아 준다는 범 그림을 대문에 붙이거나 무당을 불러서 굿을 하는 것이 고작이다.

굿하는 집은 한두 집이 아니다. 무당이 흔드는 방울 소리가 사방에서 들린다.

헐버트는 소의문 안쪽에서 밖을 내다본다. 밖은 지옥 같은 모습이다. 깊이 판 구덩이에 시신이 쌓여 있고 그걸 태우는 검은 연기가 치솟고 있다. 한쪽에선 시신을 처리할 다른 구덩이를 추가로 파는 모습도 보인다.

지옥 같은 풍경보다 더욱 역해서 참기 힘든 것은 시체를 태우는 냄새다.

헐버트는 종이를 말아 콧구멍을 막아 놓았지만, 냄새를 완전히 막아 주진 못한다. 이것도 며칠 맡아 봤다고 참는 것뿐이다.

입 가리개를 한 제중원 의원들은 노역꾼이 수레를 끌고 나오면 거적을 들치고 환자의 상태를 파악한다. 가망 없음을 확인한 의원이 이맛살을 확 구기며 신경질적으로 손짓하자 노역꾼은 수레를 끌고 새로 판 구덩이 쪽으로 이동한다. 제중원 의원 중 한 명이 지필묵으로 상황을 기록하는 모습도 보인다.

"아! 이 양놈이 또 왔네."

소의문을 지키고 있는 두 명의 친군영 병사 중 한 명이 헐버트를 보고 말한다. 그들은 이미 해산된 별기군의 총과 복장을 착용하고 있다. 헐버트는 당연히 그들이 무슨 말을 하는지 모르지만, 눈치로 그들과 소통해 왔다.

"뭐 얻어먹을 게 있다고 이런 흉한 데를 자꾸 어슬렁거리쇼? 썩 꺼지쇼."

그들이 뭐라고 하던 헐버트는 오늘도 궁금한 질문을 던진다.

"오.... 늘 몇 명?"

20

더듬더듬 조선말 몇 마디를 하며 병사들 쪽으로 손바닥을 내밀고 손가락을 차례로 접었다 폈다 해 본다. 손가락으로 수를 알려 달라는 뜻이다. 친군영 병사들은 며칠째 계속 소의문을 방문해 같은 질문을 하는 양인이 신기하고 기특한지 웃으며 또 답해 준다.

"너는 그것이 뭐 그리 매일 궁금하냐? 옜다. 이백하고도 오십이다."

병사 중 한 명이 왼 손가락을 먼저 2개 펴고 오른 손가락 다섯 개를 모두 펴며 앞으로 내민다.

헐버트는 소의문 밖을 한 번 더 빠르게 살핀다. 여러 구덩이에서 시신을 태우는 불, 새로 파고 있는 구덩이, 아직 죽지는 않았지만, 상태가 위중한 환자들을 모아놓고 살피는 제중원 의원들, 거적 덮인 채 땅바닥에 방치된 많은 시신, 바쁘게 오가는 수레 끄는 노역꾼들.

'대략 2백 50명이라는 것 같다. 밖에 상황이 저러니 그 정도 숫자는 되겠다. 어제보다 더 많다.'

헐버트는 수첩에 오늘 소의문에서 콜레라로 죽은 이들의 숫자를 적으며 기록하는데 병사들이 그 모습을 힐끗 훔쳐본다.

"미리견 글씨는 꼬불꼬불한 게 희한하네."

"저는 저 쬐게 난 붓이 더 희한합니다. 어찌 글씨가 계속 나옵니다."

"그러게, 먹을 붓통에 미리 넣어 놓나 본데."

"붓도 쇠붙이입니다. 엄청 귀하겠지요."

헐버트는 병사들이 자기가 쓰는 만년필에 크게 관심을 보인다는 걸 눈치 채고 선심 쓰듯 살펴보라며 만년필을 넘겨 준다. 병사들은 마치 성은이라도 입는 듯 만년필을 두 손으로 황공하게 받들어 요리조리 돌려 본다.

헐버트는 이런 조선인들의 순박함이 좋다. 하지만 제국주의에 혈안이 되어 있는 세계열강들의 탐욕 속에서 이렇게 순박하기만 하고 세상 물정 모르는 조선이 살아남을 수 있을지 걱정이다.

"으아아앙!"

그때 어디선가 아기 우는 소리가 들린다.

헐버트와 병사들 옆으로 노역꾼이 수레를 밀고 지나가는데 그 수레를 3~4살 정도밖에 안 되어 보이는 남자아이가 울며 따라가고 있다.

수레에 덮인 거적 밖으로 성인 여성의 한쪽 팔이 비어져 나와 있어서 아이는 그 손을 잡고 걷고 있다. 수레에 실려 있는 여성이 아이의 엄마인 것 같다.

"어무이! 어무이!"

노역꾼은 따라오는 아이를 어쩌지 못한다. 아이의 걸음 속도에 맞춰 수레를 좀 천천히 끌어 줄 뿐이다. 친군영 병사들은 기겁하며 옆으로 비켜선다.

헐버트의 눈에 아이의 바지가 보이는데 이미 엉덩이 쪽 바지가 설사로 흥건하게 젖어 있다.

"이보쇼. 이쪽 한 데로 비켜서쇼. 얼른."

병사 한 명이 헐버트의 어깨를 툭툭 치며 옆으로 밀지만, 헐버트는 머리를 뭐에 얻어맞은 것처럼 멍하니 소의문 밖으로 나가는 수레와 아이의 뒷모습을 바라보며 서 있다.

수레가 제중원 의원 앞에 멈추자 의원은 거적을 들치더니 여성의 상태를 자세히 살피지도 않고 손으로 구덩이를 가리킨다.

이 상황에서 아이를 걱정하는 건 헐버트와 노역꾼뿐인 것 같다. 노역꾼은 아이를 어찌해야 할지 난감한 표정이다. 하지만 의원들의 재촉에 어쩔 수 없이 새로 판 구덩이로 향한다. 수레 안에 엄마가 있으니 아이도 수레를 따른다.

구덩이 앞에 다다른 노역꾼이 엄마 손을 잡은 아이 손을 매몰차게 뿌리치고 뒤로 밀어 버린다. 빼액빼액 울던 아이는 땅바닥에 넘어져 누런 물을 입 밖으로 게워 내며 토악질을 한다.

그 틈에 노역꾼은 수레를 반대로 돌리고 손잡이를 힘껏 들어 올려 여자의 시신을 구덩이 안으로 굴려 버린다. 노역꾼이 또 한 번의 고비를 넘긴 것에 안도하며 돌아서는데 아이가 '어무이!'를 부르며 구덩이 안으로 뛰어든다.

"안 돼!"

헐버트는 자기도 모르게 소의문 밖으로 뛰어나가려고 했다. 그러자 깜짝 놀란 친군영 병사들이 헐버트를 막아선다.

"이 양놈이. 어딜 나가려고 해? 나가면 문안으로 다시 못 들어와."

그 바람에 만년필이 바닥에 떨어져 흙이 묻자 놀란 병사가 황급히 집어 들어 흙을 털고 헐버트에게 쥐어 주며 이곳에서 떠날 것을 명한다.

하지만 헐버트는 지금 눈앞에서 벌어진 상황에 판단력이 흐려졌다. 그건 노역꾼도 마찬가지이다. 노역꾼이 황급히 구덩이로 뛰어들어 아이를 꺼내려 하자 그 상황을 본 제중원 의원이 소리친다.

"뭐 하는가? 이미 살 가망이 없는 애야. 설사에 열이 펄펄 끓고, 토악질해 대는 걸 보면 그 애도 자시(23시~01시)를 못 넘겨. 괜히 병 옮기지 말고 자네가 할 일을 해. 품삯 안 받을 건가?"

의원의 시퍼렇게 날 선 호통에 노역꾼은 하는 수 없이 구덩이를 나와 흙이 쌓여 있는 곳에서 삽을 집어 든다.

'설마!'

헐버트의 바람과 달리 노역꾼은 집어 든 삽으로 흙을 퍼서 구덩이 안으로 던져 넣는다. 그 모습에 헐버트는 완전히 이성을 잃고 구덩이 쪽으로 뛰어가 보려 하지만 친군영 병사들의 총에 저지당하고 만다. 병사들이 총구로 헐버트를 겨누고 경고한다.

"지금 나가면 조선 놈이건 양놈이건 다시 문안으로 못 들여보낸다니까. 나흘은 차도를 지켜보고 열도 없고 설사를 안 해야 들여보내 줘. 그래도 괜찮아?"

헐버트도 이들이 막는 것을 이해한다. 정동의 외국인 거주지에는 아직 콜레라로 인한 문제가 발생하지 않았다. 물을 끓여 마시고, 식료품을 자국이나 해외에서 공수해 조달하며 예방 조치를 취하고 있기 때문이다. 하지만 헐버트의 무분별한 행동으로 콜레라가 정동의 외국인 거주지에 퍼지지 말란 법은 없는 것이다.

게다가 아이는 이미 엄마에게 옮아 콜레라에 걸렸고 증상이 심각해 보인다.

아마 오늘 밤을 넘기지 못할 수도 있다.

'그렇다고 아직 살아있는 어린 생명을 저렇게 생매장한단 말인가?'

친군영 병사들에게 막힌 헐버트는 삽질하는 노역꾼을 그저 바라볼 수밖에 없었다. 노역꾼은 눈치를 보며 구덩이 안으로 계속 흙을 퍼 넣고 있다.

자시를 넘긴 시각의 소의문 주변은 쥐 죽은 듯 고요하다. 굿소리가 멈춘 지도 꽤 지났고 개 한 마리, 순라꾼 한 명 지나다니지 않는다. 역병이 창궐하고 있는데 돌아다니는 사람은 제정신이 아니다.

그 덕분에 헐버트는 순라꾼에게 들키지 않고 다시 소의문으로 올 수 있었다.

닫힌 소의문 안쪽을 지키고 있는 병사들이 꾸벅꾸벅 졸고 있는 모습이 보인다.

소의문 밖 구덩이 불은 시들해져서 연기는 거의 나지 않고 있다.

'제발. 아이가 있는 구덩이에는 불을 붙이지 않았기를....'

헐버트는 월장하려고 염두에 두었던 곳으로 조용히 이동한다. 그곳은 다른 성벽보다 높이가 좀 낮았다. 준비해 온 밧줄을 총안(몸을 숨긴 채로 총을 쏘기 위하여 성벽, 보루(堡壘) 따위에 뚫어 놓은 구멍)에 감아 묶고 줄을 성벽 바깥 바닥으로 늘어뜨려 보니 줄 끝이 넉넉히 바닥에 닿았다. 이곳은 바닥까지 높이가 4m 정도로 비교적 낮은 곳이다.

줄이 튼튼한지 확인 후에 몸을 성벽 밖으로 내밀고 벽을 발바닥으로 힘껏 디디며 내려가기 시작한다. 헐버트는 혹시라도 아이를 들쳐 매고 다시 올라야 한다면 어쩌지라는 생각을 미리 하지는 않았다. 23살 젊은이의 패기였다.

줄을 타고 성벽을 내려오기는 쉬웠다. 땅에 내려선 헐버트는 콜레라에 대한 대비와 함께 얼굴을 가릴 양으로 목에 감겨 있는 천을 얼굴 위로 올려 쓴다. 어차피 조선인 중 누가 봐도 양인인 것을 뻔히 알아차렸을 테지만….

가장 중요한 것은 소의문 밖을 지키고 있는 병사나 순라꾼이 없어야 했다.

헐버트가 문 쪽을 살펴보니 밖에서 지키고 있는 병사는 보이지 않는다. 콜레라로 인한 난리통이 한 달 이상 계속되다 보니 근무자들을 평상시처럼 교대 운영하기 힘든 상황이다.

몸을 낮추고 구덩이로 잽싸게 다가가는 헐버트. 다행히 아이가 들어갔던 구덩이에는 아직 불을 붙이지 않았다. 헐버트는 구덩이 안쪽을 들여다본다. 마음의 준비를 단단히 한다고 했지만, 밝은 달빛에 보이는 뒤엉킨 시신들 모습은 너무 충격적이라 끔찍하다.

저 시신들 사이에서 아이를 찾으려니 막막하다. 게다가 시신들 위에 흙이 뿌려져 있어서 흙을 치워 가며 찾아야 하는데 구덩이 안으로 들어갈 엄두가 나질 않는다.

헐버트는 구덩이 가에 서서 가만히 귀를 기울여 본다.

'아무 소리도 들리지 않는다. 징후가 없다는 것은 이 구덩이 안에 살아 있는 사람이 없다는 것 아닌가?'

실상을 눈앞에서 보고 나니 헐버트는 자기가 지금 하는 행동이 얼마나 무모한 것인지 깨닫는다.

'소용없는 일이다. 그냥 돌아가자.'

그때 발소리가 들린다. 성벽 쪽이 아닌, 소의문과 반대 방향에 있는 소나무 숲 사이에서 누군가 빠르게 다가오고 있다. 놀란 헐버트가 몸을 숙이고 숨어 보려 하지만, 주변엔 숨을 만한 곳이 없다. 구덩이뿐.

그 짧은 순간, 순라꾼인가? 친군영 병사인가? 들키면 외국인이라도 관아로 끌려가 치도곤을 당하는 것은 아닌가? 시신 사이에라도 숨어야 하나? 오만가지 생각에 몸이 움직이질 않는데 발소리 주인공이 눈에 보인다.

헐버트가 그를 알아본 것은 오래 걸리지 않았다. 그는 앞에 서 있는 헐버트는 안중에도 없다는 듯, 망설임 없이 시신이 켜켜이 쌓여있는 구덩이 안으로 몸을 던지더니 맨손으로 흙을 벅벅 치우기 시작한다.

'그 일꾼이다.'

아이의 엄마를 구덩이에 던지고 흙을 퍼 넣었던 노역꾼이 다시 찾아와 구덩이 안에서 아이를 찾는 것이다.

"제발. 살아있어라. 살아있어야 한다."

노역꾼은 두 눈에서 눈물을 흘리며 아이를 찾고 있다.

빠르게 움직이는 노역꾼의 손끝에 뭔가 '푸욱' 하고 걸린다. 손바닥으로 휘저어 흙을 치우니 넓게 펴져서 덮인 거적이 보인다.

'다행이다. 저 사람이 거적을 덮어 놨구나.'

노역꾼의 용기는 헐버트를 구덩이로 끌어들였다. 헐버트도 구덩이로 뛰어들어 돕는다. 두 사람이 치우니 속도가 빠르다. 웬만큼 흙이 치워지자 거적을 들어 치워 버리는 노역꾼.

아이가 누워 있다. 거적을 덮었지만, 온몸에 흙을 뒤집어쓰고 엄마의 시신을 꼭 끌어안고 있다.

그 모습을 헐버트와 노역꾼은 멍하니 바라볼 뿐 무슨 행동을 취할 수가 없었다. 먼저 움직인 것은 노역꾼이었다. 하지만 앞이 아닌 뒤였다.

다리에 힘이 풀려 뒤로 주저앉은 노역꾼은 "내가 죽였소. 저 어린 것을 내가 죽인 것이오." 책망하며 자기 가슴을 주먹으로 후려치고 있다.

노역꾼이 왜 저런 행동을 하는지 알겠다. 조선말이지만 그가 하는 말이 무슨 말인지도 알 것 같다. 그래도 헐버트는 확실히 확인해야 했다. 조심스럽게 다가가 아이 얼굴에 바짝 귀를 대 본다.

씨익! 씨익!

가느다랗고 거친 숨소리가 들린다.

"It's still alive. The baby is breathing.(아직 살아있어요. 숨을 쉽니다.)"

언어는 중요하지 않다. 헐버트가 기뻐서 내뱉은 말을 노역꾼은 바로 이해했다.

노역꾼은 득달같이 달려들어 아이를 본다.

그때 아이의 입에서 캑캑 잔기침이 터져 나온다.

"아이고! 살아있구나. 다행이다. 감사합니다. 감사합니다."

노역꾼은 누구에게랄 것 없이 감사해하면서 흙바닥에 머리를 조아리며 절을 한다. 헐버트도 같은 마음이었고 신에게 감사드렸다.

"그런데 이걸 어쩐다니?"

노역꾼은 아이가 살아 있어 준 것에 기쁨의 눈물을 흘리면서도 난감하다. 아이를 이 구덩이에서 구해 내야 하지만 뭘 어떻게 할지 모르겠다. 아이를 안아 올리려 양팔을 뻗었다가도 다시 거둬드리기를 반복하다가 결국 헐버트를 돌아보며 사정한다.

"미리견 분이시지라? 제발 이 아 좀 살려주소. 미리견에는 호열자에 먹는 약이 있다 들었소. 내가 이 아를.... 살아 있는 아를 땅에 묻었소. 나도 애들을 키워요. 내 애들을 먹이자고 이런 천벌 받을 짓을 했소. 제발 살려 주시오. 이 아가 죽으면 나도 제정신에 못 사오. 부탁이오."

헐버트의 양손을 꼭 잡고 알아들을 수 없는 말로 사정하던 노역꾼은 바닥의 아이를 안아 올려 헐버트에게 내민다.

헐버트는 그가 무슨 부탁을 하는지 이해했다. 그도 같은 목적으로 이곳에 있는 것 아닌가? 노역꾼의 부탁이 아니더라도 헐버트는 아이를 거뒀을 것이다.

"예. 제가 아이를 데려갈게요."

헐버트가 아이를 받아 안자 노역꾼은 또 감사하다며 헐버트에게 연신 절을 한다.


노역꾼이 아니었다면 성벽으로 다시 오르지 못했을 것이다. 아이가 무척 가벼웠지만 그런 아이를 안고 밧줄에 의지해 4m 성벽을 오르는 것은 쉽지 않은 일이다.

하지만 노역꾼은 아이를 등에 업고 준비해 온 포대기로 아이의 몸을 고정한 채 성벽을 다람쥐처럼 가볍고 빠르게 올랐다. 헐버트는 성벽을 오르는 데 자기 몸 하나도 건사하기 버거워 밧줄에 쓸려 손바닥이 심하게 벗겨졌다.

"헐버트. 호머 헐버트."

아이를 잘 부탁한다는 인사와 함께 성벽 밖으로 내려가려는 노역꾼에게 헐버트는 자기 이름을 알려 줬다. 이후 일이 어찌 되던 이 노역꾼을 다시 만나서 아이의 소식을 알려 줘야겠다는 생각이 들었기 때문이다.

"헐버트.... 나.... 이름."

"아. 허 씨시구면요. 나는 이름이 고달룡이요. 저기 소의문 밖 토담집들 모인 마을에서 고씨 찾으면 다들 압니다. 고씨요."

"고씨. 고씨."

"잉! 맞소. 조선말을 잘하시는구면요. 고씨. 고씨"

헐버트는 '고씨'라는 그의 이름을 잊지 않으려 머릿속으로 되뇌며 그를 보냈다.


헐버트는 동료들에게 폐 끼치지 않기 위해 몰래 아이를 돌봐 줄 계획이었다.

하지만 작은 한옥 기와집을 동료들과 함께 쓰기 때문에 집안으로 누군가를 몰래 들이는 것은 불가능했다. 다행히 동료 교사인 벙커 부부와 길모어 부부는 헐버트가 한 일을 탓하지 않았다. 오히려 아내들의 도움이 컸다.

헐버트와 동료들은 아이를 깨끗이 씻기고 열을 내리기 위해

미지근한 물에 수건을 적셔 밤새 몸을 닦아 주었다. 그리고 장 살균제인 살롤(Salol)을 먹이고 끓인 따뜻한 물도 자주 마시게 해 줬다.

극진한 간호 덕분에 아이는 5일 만에 건강을 회복했다.

헐버트는 이 좋은 소식을 가장 먼저 '고씨'에게 알려 주고 싶었다. 콜레라의 기세가 꺾이고 도성 밖으로의 왕래가 비교적 자유로워지자마자 헐버트는 소의문 밖 마을로 '고씨'를 찾으러 갔다.

흙으로 벽을 만들고 초가를 얹은 토담집들과 다 쓰러져 가는 움막들이 얼기설기 들어서 있는 마을은 한눈에 보아도 콜레라 같은 전염병에 대응할 만한 위생 개념을 갖추고 있지는 않아 보였다.

외국인인 헐버트의 등장에 마을 사람들은 구경거리라도 생겼다는 듯 모여들었다.

그들에게서 고씨의 집을 알아 내는 것은 어렵지 않았다. 헐버트의 입에서 흘러나오는 '고씨'라는 한마디만 듣고도 많은 이들이 시끌시끌 떠들며 한 집을 가리켰다. 하지만 고씨와 그의 가족들은 거기 없었다.

마을 사람들의 말을 다 이해할 수는 없었지만 고씨는 콜레라로 이미 죽은 것 같다. 가족 중에 콜레라로 죽은 사람이 생겼으니 다른 가족들도 마을에서 쫓겨났다고 이해됐다.

쓰러져 가는 고씨의 빈집을 보는 헐버트의 마음이 아팠다. 이런 궁색한 가정이라도 꾸려가기 위해 그는 얼마나 많은 노력을 했을까? 그의 남은 가족들을 위해 기도해 본다. 배곯지 않길. 건

강하길. 평안하길.

아이는 잘 먹고 잘 놀았지만, 가끔 엄마를 찾으며 '어무이. 어무이' 울기도 했다. 아이가 자기 이름도 몰랐기 때문에, 헐버트는 아이의 이름을 지어 줘야겠다고 생각했다. 동료들의 의견을 모아 아이의 이름을 '의문'이라고 했다. 소의문 밖에서 데리고 왔기 때문이다. 조선인들이 헐버트를 이름 대신 편하게 허 씨나, 허 가라고 불러서 성으로는 '허'를 붙여줬다.

그래서 헐버트는 23살 나이에 결혼도 하지 않고 5살 정도로 추정되는 조선 남자아이 '허의문'의 아버지가 되었다.


# 1900년

"의문아. 허의문!"

바닷바람을 맞으며 선수 갑판에 서서 가까워지는 마르세유 항을 보고 있는 18살 청년 허의문이 자신을 부르는 소리에 뒤를 돌아본다.

잘 차려입은 외국인 귀족들과 사업가, 외국인 노동자들 사이로 4명의 조선인이 갑판으로 나오는 것이 보인다.

도편수 김덕중과 일꾼 김바회, 노막상, 그리고 민영일 대공이다. 민영일 대공은 20대 후반의 나이로 대한제국 파견단의 위원장을 맡은 인물이다. 그 직함에 걸맞은 1등 칸 숙소를 배정받았고 귀족 유럽인들과 견주어도 부럽지 않을 좋은 서양식 양복을 차려입었다.

그런 민영일 대공의 상태가 오늘도 안 좋아 보인다. 원체 호리호리한 작은 체구에 뾰족하고 빈약한 턱, 얼굴이 허여멀건 허약 체질인데 어제 술까지 마셔서 아침부터 속이 뒤집힌 모양이다.

김덕중이 백지장처럼 허옇게 질린 얼굴의 민영일을 부축해서 선상에 마련되어 있는 벤치로 안내하고 있다. 눈치 빠른 일꾼 노막상이 재빨리 손으로 벤치 위에 쌓여 있는 눈을 치운다.

민영일을 벤치에 앉히는 사이 "예!" 하며 일행에게 다가오는 허의문.

방금까지 증기선 선수에 서서 비장한 표정으로 마르세유항을 보던 허의문과는 분위기가 다르다. 심지어 입가에 속없어 보이는 웃음을 한가득 머금고 있다.

"민공께서 속이 안 좋으시다. 너 빨리 주방에 가서 버리는 돼지비계 한 덩어리 얻어 오거라."

김덕중의 말에 또 "예." 시원스럽게 대답하며 빠릿빠릿하게 뛰어가는 허의문.

큰 깍두기만 한 흰색 돼지비계 한 덩어리가 명주실 끝에 묶여 있다.

도편수 김덕중이 명주실의 시작점을 잡고 밑을 내려 보고 있다.

"아~ 하고 입을 크게 벌리십시오."

김덕중의 요구에 돼지비계 밑에 앉은 민영일이 마지못해 아~

하며 입을 크게 벌리고 고개를 한껏 뒤로 젖힌다.

김덕중이 명주실 끝에 달린 돼지비계를 민영일의 목젖에 닿을 만큼 입안으로 내리더니 "꿀떡 삼키세요." 한다.

꿀꺽. 어렵게 돼지비계 덩어리를 삼키는 민영일. 김덕중은 여전히 명주실을 쥐고 있다. 고개를 뒤로 젖힌 채 불쾌한 표정으로 김덕중을 올려 보는 민영일.

"자. 이제 뺍니다."

김덕중이 낚시 하듯 명주실을 손목으로 톡톡 치며 까불다가 확 잡아당기자 민영일의 위 속으로 들어갔던 돼지비계 덩어리가 다시 입 밖으로 쭈우욱 딸려 나온다. 그와 동시에 "우웩!" 위 속 음식물을 게워 내는 민영일.

허의문이 재빨리 양철 양동이를 밑에 받쳐 민영일이 쏟아 낸 토사물이 갑판을 더럽히지 않도록 한다. 그 옆을 지나던 서양인 부부가 조선인들의 엽기적인 뱃멀미 대처 방법과 그 결과에 기겁하며 자리를 피한다.

"김덕중 이 사람아. 이거 엄청 괴롭잖아."

"그래도 이 방법이 뱃멀미에는 즉효입니다. 다 게워 내시면 속이 편하실 겁니다. 아니 배에 타 신지 40일이 넘었는데 아직 뱃멀미를 하십니까?"

"어제 술을 많이 마셨다고 했잖아. 이 배 안에 너희 같은 놈들하고 지겹도록 갇혀 있다가 오늘 땅을 밟는다는데 안 마실 수가.... 우웩!"

민영일이 남아 있는 위 속 음식물을 양철통에 보탠다.

김덕중이 명주실에 묶인 돼지비계를 일꾼 김바회에게 넘기고 민영일의 등을 두드려 준다.

돼지비계를 들고 서 있는 김바회의 우스운 모습이 놀림거리를 그냥 넘기지 못하는 노막상의 눈에 딱 걸린다.

"바회 형님. 설마 그거 맛있겠다고 생각하는 거 아니요?"

"예끼. 이 미친놈아. 네 머릿속엔 어떻게 그런 생각만 들어차 있냐?"

"그런데 그 돼지비계를 왜 그리 빤히 쳐다보고 있습니까?"

"그냥 허의문 이놈은 어떻게 양놈 주방장한테서 돼지비계를 얻어 왔는지, 그 수완이 궁금해서 잠시 생각하고 있었다. 네놈은 안 궁금하냐?"

"손짓, 발짓하면 다 통하고 알아듣습니다."

둘 옆에서 대화를 듣던 허의문이 설명하자, 그걸 노막상이 냉큼 받아 농으로 연결한다.

"오호라. 이러면 되겠구나."

노막상은 양 손바닥을 '짝' 하고 마주치더니 자기만의 장난기 가득한 표정으로 '어이, 어이' 하며 손짓으로 누군가를 부른다. 눈앞에 보이지 않는 외국인 요리사가 있는 것처럼 행동으로 뭔가를 설명하는 노막상.

먼저 김바회의 퉁퉁한 얼굴 가운데 자리 잡은 뭉툭한 코를 뒤집어서 돼지코를 만들고 '꿀꿀' 소리를 내더니 김바회의 웃옷을 들친 후에 불룩한 뱃살을 한 움큼 쥐고 다른 손 손날을 칼처럼 세워서 김바회의 뱃살을 써는 흉내를 낸다.

그러고는 투명 요리사를 향해 엄지와 검지로 OK 표시를 만들어 "OK?" 한다. 영락없는 마임 흉내다.

"이러면 단박에 알아듣겠지요? 형님 뱃살 하면 돼지비계죠."

"에라이 이놈아!"

김바회가 자기 공연에 흡족해하는 노막상의 뒤통수를 후려친다.

"아니 형님이 궁금해하셔서 설명해 드렸는데 왜 그러십니까?"

"너 이리 안 오냐? 네놈 머리를 떼서 양놈 요리사한테 보이고 멸치 대가리를 한 움큼 얻어다 술 한잔해야겠다."

"역시 형님. 이해가 빠르셔. 헤헤."

티격태격하는 김바회와 노막상을 보며 허의문은 웃음이 터진다.

"시끄러워. 머리 울리니까. 조용히 해."

하지만 민영일이 버럭 하는 바람에 소동이 진정된다.

"덕중이. 이제 금방 항구에 도착하니까. 짐 내릴 준비나 시켜."

"예. 이번에도 일꾼이 있습니까? 저희끼리만 내리기에는 물건이 너무 많습니다."

"배 갈아탈 때마다 몇 번 해 봤잖아. 이젠 익숙할 때도 됐는데 너희들끼리는 힘들어?"

"예. 익숙해지긴 해도 물건이 워낙 많으니까요. 여전히 4명이선 힘듭니다."

"알았어. 배 안에서 일꾼 몇 명 구해 주면 되지?"

"예 감사합니다."

"양이들도 노비가 있나 보네요."

"거! 쓸데없는 소리 좀 그만해."

농담 한번 했다고 노막상을 매섭게 쏘아붙이는 민영일.

"배에서 내려서 오늘 기차에 짐 실으면 내일 파리에 도착할
거야. 노상 얘기했지만, 우리는 대한제국을 대표해서 이 이역만
리 먼 땅까지 온 거야. 다들 행동이나 말조심하고 무탈하게 파리
만국박람회를 잘 치르고 돌아가자고."

"예. 알겠습니다."

"명심하겠습니다."

민영일의 말에 모두 대답한다.

이제 마르세유항이 손에 잡힐 듯 가깝다.


## 2023년

불 꺼진 용산 국립중앙박물관.

바쁜 하루를 마친 30대 초반의 박지현 대리는 지금 시간을 가
장 사랑한다.

그녀는 모두가 퇴근하고 최소한의 경비 인원만 있는 이 아름
답고 거대한 공간에서 따뜻한 커피가 담긴 머그잔을 들고 여유
롭게 역사의 복도를 걷는 사치를 누리기 위해 야근도 마다하지
않는다.

박물관의 수많은 전시물 중에 박지현 대리가 가장 사랑하는
전시물이 지금 눈앞에 보인다.

경천사십층석탑!

박물관을 들어서서 가장 먼저 눈에 띄는 넓은 중앙 복도가 '역

사의 길'이다. 이 길의 양옆으로 상설 전시장이 있고 중간에 팔
부중과 월광사원랑선사탑비가, 그리고 길의 끝에 경천사십층석
탑이 웅장한 위용으로 전시되어 있다.

탑을 올려다보는 박지현. 5년 전 이곳에 취업한 후부터 경천
사십층석탑을 수없이 봐 왔지만, 오늘도 눈이 닿는 곳 구석구석
을 살핀다.

고려 충목왕 1년, 1348년에 만들어진 이 탑은 흔히 화강암으
로 만들어지는 다른 탑들과 달리 대리석으로 만들어졌다.

탑 외벽에는 다양한 불교의 법회 장면과 불회 장면들이 부조
로 세밀하게 새겨져 있어 무척 아름답다. 특히 상층 기단부에 조
각된 손오공과 삼장법사의 부조상은 중국 원나라 말기에 써진
서유기보다 앞선 것으로 세계에서 가장 오래된 서유기 기록이
기도 하다.

박지현 대리는 늘 치르는 의식처럼 고개를 숙여 바닥에 있는
설명문 판을 본다. 설명문 가장 끝부분에 '영국과 미국의 언론인
E.베델과 헐버트의 노력'이라는 문구를 유심히 보는 박지현.

그중 헐버트라는 이름에 시선이 멈춘다.

헐버트와 경천사십층석탑.

미리 언급하지만, 박지현은 헐버트라는 이름 때문에 지금 이
곳에 있는 것이다.

박지현이 경천사십층석탑을 처음 본 것은 2006년, 2005년에
새롭게 개관한 이 국립중앙박물관을 찾았던 고등학생 때였다.
13.5m 높이에 무게가 10톤이 넘는 이 웅장한 대리석 탑을 처음
보자마자 위용에 넋이 나갔었다.

'우리나라에 이런 탑이 있었다니.'

아름다운 전시물을 보면 당연히 설명문을 읽어 볼 수밖에 없다.

'1907년 일본 궁내부 대신 다나카가 일본으로 무단 반출하였으나, 영국과 미국의 언론인 E. 베델과 헐버트의 노력, 우리 국민들의 지속적인 요구로 1918년 환수되었다.'

라는 설명문의 마지막 문장. 처음엔 그냥 단순한 호기심이었다. 조금만 관심을 가지고 검색을 해 봐도 경천사십층석탑에 관한 사연은 쉽게 알 수 있다.

1907년의 어느 야심한 밤, 개성 부소산에 있던 경천사십층석탑은 140조각으로 분해되어 소가 끄는 10대의 달구지에 나누어져 실려 간다.

소식을 듣고 모여든 조선인들과 승려들이 막아 보려 했지만, 총칼을 앞세운 일본 군인들 앞에서는 속수무책이었다.

그들을 지휘하는 이는 일본 궁내부 대신 다나카. 외교사절로 조선을 방문했다가 경천사십층석탑을 분해해서 일본으로 무단 반출해 간 것이다.

'일본인들의 약탈 정신은 존경할 만해. 인정.'

그 소식을 들은 헐버트는 당장 개성 풍덕으로 달려가 석탑이 약탈당했음을 확인했다고 한다. 그 후로 헐버트는 다른 외국인들과 함께 해외 언론에 이 사실을 알리는 데 힘썼다.

1907년 6월 9일 자 워싱턴 포스트에는 '임진왜란 때 두 탑에 눈독을 들인 자는 가토 기요마사였다. 400년 뒤 다나카는 서울의 원각사 탑은 차마 가져가지 못하고 경천사 탑만 강탈했다'라는 기사가 사진과 함께 실리기도 했다.

조선에 있는 많은 외국인과 우리 국민이 외국 언론에 탄원하고 노력한 결과 1918년 11월에 탑은 반환받았지만 끔찍하게 훼손된 상태였다.

보수할 여력이 없어 몇 십 년 간 방치되었다가 한차례 보수해서 경복궁 안에 전시되었었고 다시 10년에 걸쳐 보수, 복원한 후에 2005년부터 국립중앙박물관에 전시하게 된 것이다.

박지현은 그 과정에서 조선에 있는 외국인들 역할이 컸다는 것이 무척 인상 깊었다. 그래서 역사 수업 중 발표할 연구 주제를 '조선을 사랑한 외국인들'로 정했지만, 조사 과정에서 그 주제를 호머 헐버트(Homer Hulbert)로 바꾸는 데는 오래 걸리지 않았다.

1909년. 안중근 의사가 이토 히로부미를 암살하고 뤼순 감옥에 갇혔을 때 일본 경시 사카이가 취조 당시, "미국 사람 헐버트를 아는가? 헐버트를 만난 적 없는가?"라고 물었다고 한다.

그러자 안중근 의사는 "헐버트를 만난 적은 없소. 그러나 한국인이라면 헐버트를 하루라도 잊어서는 아니 되오."라고 단호하게 대답했다고 한다. 일본 통감부 기밀문서에 담겨 있는 내용이다.

서울 마포구 합정동에 있는 양화진 외국인선교사묘원에는 한국을 사랑한 외국인 선교사들이 잠들어 있다. 그 한쪽에 호머 헐버트의 묘도 있다.

그의 묘비에는 이렇게 쓰여 있다.

'나는 웨스트민스터 사원보다 한국 땅에 묻히고 싶다.'

자신이 태어난 미국보다 조선을 더 사랑한 미국인 호머 헐버트.

단순하게 시작된 경천사십층석탑에 대한 호기심이 호머 헐버트라는 인물에게 옮겨갔고 그로 인해 박지현의 인생이 바뀌었다.

그녀는 용산 국립중앙박물관에 취직해서 5년간 열심히 근무하고 있다.

호머 헐버트와 청년 허의문, 그리고 프랑스 여인 르네 보부아르의 비밀을 풀기 위해.

"야! 박 대리. 너 또 여기 있었어?"

넓은 건물 안이 쩌렁쩌렁 울린다. 박지현이 돌아보니 푸근한 풍채의 오상훈 과장이 복도 맞은편 끝에서 그녀를 부르고 있다.

저녁 무렵 여기 와 섰었는데 이런저런 생각을 하느라 시간이 많이 지났나 보다. 유리창 밖으로 보이는 하늘이 깜깜하다.

"탑 보는 거 지겹지도 않냐?"

"왔어요?"

박지현은 그게 제일 궁금해서 대뜸 질문 먼저 던진다. 오 과장이 여기까지 와서 그녀를 찾는다는 건 그것들이 도착했다는 뜻이다. 박지현의 또랑또랑한 눈이 두꺼운 안경알 뒤에서 반짝 빛난다. 오 과장의 대답이 나오기까지 시간이 너무 길게 느껴진다.

"그래. 도착했다. 와서 확인해."

"아싸!"

박지현은 머그잔에 남은 커피를 한 번에 마셔 버리고 오 과장을 향해 달려간다. 고등학교 여학생 때로 돌아간 듯 가슴이 두방망이질 치고 흥분된다. 소리치고 싶은 것을 억지로 참았다.

'역사의 진실이 도착했다. 123년 만에.'

# 1900년

강철로 만든 거대한 증기기관차가 시커먼 석탄 연기를 뿜으며 천천히 출발하고 있다.

"아이고 정말로 움직이네. 신통하다. 신통해."

"참 대단타. 어떻게 이런 걸 만들었을까?"

좁은 승객 칸에 함께 앉아가는 4명의 조선인은 처음 타 보는 증기기관차와 어두운 저녁 창밖으로 지나가는 외국의 풍경을 보며 감탄하고 신기해하느라 법석이다.

하지만 김덕중은 멀미 때문에 표정이 좋지 않다.

"덕중 어르신. 괜찮으십니까?"

"괘.... 괜찮다. 움직이는 큰 것에 올라타 가는 느낌이 이상하고 어지럽구나. 배하곤 달라."

"좀 누우십시오."

허의문이 의자 한쪽에 김덕중을 눕게 해 주고 자기도 창밖을 내다본다. 이런 풍경과 외국의 기술력이 김바회와 노막상만큼 신기하진 않지만, 그래도 적당히 놀라는 척 분위기를 맞춰 주고 있다.

산이 없는 넓은 구릉지, 조선의 가옥과는 확연하게 다른 유럽의 2~3층짜리 다세대 주택과 뾰족하게 나무 널빤지로 지붕을 얹은 주택 모습이 신기하다. 넓은 들에 풀어 놓은 소의 생김새가 조선의 소와 다른 것도 이야깃거리다. 김바회는 증기선에서 먹었던 고기의 살아 있는 모습을 보고 유난히 반가워한다.

아침 일찍 마르세유 항구에 도착해서 프랑스 부두 노동자들을 구했다. 노동자들과 함께 조선에서 싣고 온 물건들을 내리고 그 물건을 마르세유역으로 옮겨서 기차 화물칸 하나에 차곡차곡 싣는 일은 예상보다 오래 걸렸다.

다행히 저녁 늦게 출발하는 마지막 기차 시간에 맞춰 일을 끝낼 수 있었다.

이 기차는 밤새 달려서 파리의 오르세역에 도착할 예정이다.

김바회와 노막상은 한참을 신기해하고 떠들다가 잠이 들었다. 4명이 앉아가는 좁은 객실이라 바닥과 의자에 꾸깃꾸깃 누워 갈 수밖에 없지만, 종일 물건을 날라서 피곤했던 터라 잠자리가 불편한 것은 문제되지 않았다.

세 명 코 고는 소리가 요란한데, 창가에 다리를 접고 앉은 허의문은 창밖만 바라보고 있다.

달이 유난히 밝다. 허의문은 달의 공전과 자전 주기가 같아서 달은 언제나 우리에게 같은 얼굴만 보여 준다는 수업을 들은 적 있었는데 이곳에 오면 꼭 확인해 보고 싶었다.

배를 타고 42일, 지구를 반 바퀴나 돌아왔지만, 프랑스 밤하늘에 뜬 달은 조선에서 봐 왔던 달과 같은 얼굴이다.


2월 28일 이른 아침. 증기기관차가 검은 연기를 내뿜으며 파리 인근의 오르세역으로 들어온다. 이곳은 유리로 된 길고 거대한 둥근 지붕과 안과 밖에서 보이는 큰 시계가 독특한 아름다운 역이다.

올해 열리는 파리 만국박람회에 맞춰 지어지는 오르세역은 프랑스 건축가 빅토르 라루(Victor Laloux)가 설계를 맡았다. 화물 전용 리프트와 승객용 승강기까지 갖추고 기차선로가 16개나 놓이는 화려한 역이다.

아직 완공되지 않아 내부에 건축 자재들이 널려 있지만, 역 측은 임시 선로를 개방해서 파리 만국박람회에 참가하는 국가들이 전시 물품을 옮길 수 있도록 편의를 봐 주고 있다.

오르세역을 본 조선인들은 조선의 궁궐보다 큰 크기와 화려함에 입을 다물지 못했다. 이렇게 높은 건물을 본 것도 살면서 처음이다. 역이 완공되면 아이와 여성, 노동자와 귀족들이 이곳에서 기차를 타고 나라 곳곳으로 여행을 갈 수 있다고 하니 교통수단이라곤 말과 가마밖에 없는 조선이 너무 초라하게 느껴졌다.

조선에서부터 가지고 온 물품들을 대한제국이라는 이름으로 전시해야 하는데, 이런 곳에 사는 사람들의 눈에 너무 보잘것없어 보이지 않을까, 지레 걱정이 앞선다. 허의문, 김덕중, 김바회, 노막상 누구 하나 이러한 걱정을 입 밖으로 꺼내지는 않았지만 모두 비슷한 생각이었을 것이다.

우선 허의문과 김바회, 노막상이 화물칸에서 물건을 꺼내 플랫폼에 쌓아 놓는다.

몇 번이나 반복했던 일이지만 크기가 천차만별인 물건들 개

수가 워낙 많고 조심히 다뤄야 할 중요한 것들도 있어서 긴장되고 힘든 일이다. 쌓아 놓고 보면 이것들이 어떻게 저 기차 화물칸 하나에서 다 나온 것인지 의문이 들 만큼 양이 많다.

짐 중간에, 전시에 쓸 사람 크기 마네킹 4개가 서 있는 게 이채롭다.

이제 이 짐들을 파리 만국박람회 측에서 지정한 대한제국관 자리로 옮겨야 하는데 그러려면 짐마차 4대 이상은 필요해 보인다.

젊은 조선인들 3명이 짐을 내리고 도편수 김덕중이 짐을 정리할 동안 민영일 대공은 플랫폼 끝에 모여서 담배를 피우며 대기하고 있는 프랑스 노동자들과 흥정한다. 이번에도 영어와 프랑스어, 일본어까지 능통하게 하는 민영일 대공의 능력이 빛을 발한다. 흥정이 잘 끝났는지 프랑스 노동자들이 웃으며 민영일과 악수하고 지폐 뭉치를 건네받는다.

짐마차 4대에 짐을 싣고 이동하는 조선인들의 눈에 동시대 가장 발전한 도시 파리의 모습은 충격 그 자체다. 깔끔하고 현대적인 도시 건물, 잘 정돈된 도로를 달리는 마차들, 말 없이도 달릴 수 있다는 자동차들을 실제로 보게 되었고, 거리낌 없이 거리를 오가는 여성들의 자유분방함이 놀랍다. 증기선을 경험했고 기차도 타 봤고 오르세 역도 봐서 더 놀랄 것 없겠다고 생각했지만 도시 파리는 그 도가 지나치다.

만국박람회 개최일까지 40여 일이 남은 시점이라 도시만큼 광대한 박람회 부지 곳곳은 마무리 공사가 한창이다. 마차를 타고 가며 멀리서 보아도 샹젤리제 거리에 있는 그랑 팔레 궁전은 눈에 띈다. 궁전의 천장 전체가 거대한 유리 돔으로 만들어져서 늦은 오후, 낮게 떠 있는 태양 빛을 받아 반짝이기 때문이다.

그리고 너무나 눈에 띄는 에펠탑.

파리 어느 곳에서도 보이는 300m 높이의 강철 탑은 프랑스라는 나라의 국력을 상징하는 듯하다.

파리를 관통하는 센 강을 따라 자리 잡은 세계열강들의 만국박람회 전시관이 보인다. 박람회 부지 중 좋은 위치를 차지한 열강들의 전시관은 주변 경쟁국보다 방문객의 눈길을 끌기 위해 나라마다 특색 있는 건물을 완성해 가고 있었다. 조선인들은 그런 장관을 넋 놓고 구경하면서도 정작 자신들이 파리 사람들에게 구경당하고 있는 사실은 인지하지 못하고 있다.

짐마차가 한참을 달려도 아름답고 훌륭한 건축물과 설치물들이 끝날 줄 몰랐다. 이제는 슬슬 지겹고, 대한제국관 부지에는 언제나 도착할까 궁금해하던 차에 횅한 거리가 나타난다. 주변 건물들은 작아지고 거리는 한산하다.

샹드 마르스 서쪽, 쉬프렌 대로는 만국박람회 전체 부지에서 가장 서남쪽 구석에 자리한 곳이다. 그 거리에서도 거의 끝에 다다라서야 마차 4대가 순서대로 멈춰 선다.

'뭐야? 여기라고?'

허의문이 어디를 둘러봐도 대한제국관 같은 곳은 보이지 않았다.

이제까지 봐 왔던 전시관들에 비해 작은 영국 제과관과 향수관은 양옆으로 아담하고 예쁘장하게 완성되어 가고 있는 것이 보이지만 동양적인 건물은 어디에도 없다.

원래 대한제국관 초안은 '고종황제의 여름 궁전'과 '인천 제물포의 조선인 거리'라는 기획으로 원대하게 진행되었었다. 당연히 부지도 넓게 필요했었고 그에 따른 비용 지출도 만만치 않았다. 그런데 몇 달 전 이곳에서 대한제국관 설계와 진행을 담당하던 들로 드 글레옹 남작이 돌연 사망하게 되면서 프랑스 내의 자금 지원 계획까지 무산되어 대한제국의 박람회 참가는 취소될 위기까지 갔었다.

다행히 후임인 미므렐 백작이 대한제국에서의 광업권과 철도 사업권을 양도받는 조건으로 자금을 투자해서 계속 추진할 수 있게 되었다.

하지만 부지 축소는 불가피해서 초기에 계획했던 건물 설계도는 파기하고 작은 전시관 건물 한 채만 짓기로 했다.

그 작은 한 채를 조선 왕궁의 접견실, 경복궁 근정전을 본떠 만들어서 대한제국 문화의 아름다움을 최대한 보여 주자는 게 수정된 계획이었다.

그러면 근정전과 흡사한 골조라도 보여야 했다.

하지만 허의문 눈앞 공터 부지에 보이는 나무 골조는 여느 창고의 골조처럼 보인다.

'이게 근정전의 골조? 박람회 개장까지 40일밖에 안 남았는데?'

마지막 마차에 허의문과 함께 타고 있는 도편수 김덕중의 표정은 더욱 어둡다.

"뭐야? 지붕도 없잖아? 이게 다야?"

가장 먼저 머릿속에 든 생각을 여과 없이 내뱉은 이는 역시 일꾼 노막상이었다.

첫 번째 짐마차에 타고 있던 민영일이 프랑스 노동자에게 잔금을 지불하자 다른 노동자들도 일제히 짐을 마차에서 땅바닥에 내려놓기 시작한다.

프랑스 노동자들이 퍽퍽! 아무렇게나 물건을 내려놓는 바람에 잠시 멍하던 4명의 조선인은 정신을 차린다. 서둘러 마차에서 내려 물건이 흙바닥에 아무렇게나 던져지지 않도록 중요도를 따져 임시로 쌓아 놓는다.

대한제국관의 공사 현장에는 프랑스 목수 5명과 미므렐 백작, 건축가 외젠 페레가 있었다. 그들은 공사 현장 근처에 도착한 일행이 대한제국관의 관계자들이라는 걸 대번에 알아봤고 공사 현장으로 다가오는 민영일을 반갑게 맞았다.

민영일은 과장된 몸짓으로 반가움을 표현하면서 미므렐 백작과 외젠 페레에게 다가간다. 길고 멋들어지게 콧수염을 손질해 말아 올린 두 프랑스인과 유창한 프랑스어로 인사를 나누고 악수하는 민영일.

셋은 중요한 행사를 앞두고 처음 만나 한참 동안 열띤 대화를 나누고 있다.

김바회가 마차에서 짐을 내리며 민영일의 뒷모습을 힐끗힐끗 쳐다보다가 한마디 한다.

"나는 우리 대공님께서 저 법국 사람들하고 얘기 나누는 걸 볼 때마다 참 대단하시다는 생각이 들어."

"나랏돈으로 어릴 적부터 유학을 많이 다녔잖아요. 미리견 말이랑 왜놈들 말까지 한다던데요."

"어유. 그 복잡한 머릿속을 어떻게 감당해? 그렇게 머릿속이 어수선하니까 뱃멀미를 자주 하시지."

"그래도 이렇게 나라를 위해 큰일 하시라고 민씨 집안이 돈을 들여 공부시킨 거 아니겠습니까."

"그치? 역시 사람은 배워야 한다니까."

도편수 김덕중은 김바회, 노막상의 철딱서니 없는 대화를 가만히 듣고 있자니 부아가 치밀어 오른다. 결국 한마디 하는 김덕중.

"그 돈이 어디 민씨 집안 돈인가? 다 나랏돈이야. 우리 백성들의 피와 땀이다. 그럼 그 공부가 백성을 위해 쓰여야지."

"누가 뭐랍니까? 저렇게 잘 쓰시잖아요."

"나라를 위해 쓸지 나라를 팔아먹는 데 쓸지는 두고 봐야지."

"왜 또 저렇게 욱 하신데?"

"조용히 하고 일이나 하란 소리셔." 노막상과 김바회는 툴툴거리면서도 열심히 짐을 내리고 정리한다.

5명의 프랑스 목수들은 아직 해가 있어 밝은데 퇴근 준비를 한다. 장비를 챙겨서 하나둘 작업 공간을 나오고 있다.

얘기 중인 민영일, 미므렐, 페레 옆을 지나치는 목수들.

페레가 가슴에서 회중시계를 꺼내 시간을 확인하곤 퇴근하는 목수들과 가볍게 인사를 나눈다.

5명 프랑스 목수는 짐을 내리고 정리하는 조선인들 옆을 지나가며 자기들끼리 웃고 농담하는 분위기다. 그러고는 각자 타고 온 자전거 뒷자리에 공구통을 싣고 퇴근한다.

짐마차를 끌고 왔던 프랑스 일꾼들도 물건을 다 내려놓자마자 마차를 몰고 쉬프렌 대로를 떠난다.

프랑스 목수들과 일꾼들이 마냥 부러운 노막상.

"아직 해가 훤해서 일하기 좋은데 벌써들 시마이하고 집에 가나 보네요. 좋겠다. 우리는 오늘 어디서 잘지도 못 정했는데. 뜨끈한 아랫목에 허리나 노릇노릇 지졌으면 좋겠다."

허의문은 이런 외국에 아랫목이라는 게 있을까? 생각하는데 뒤쪽에서 민영일이 부르는 소리가 들린다.

"자~! 다들 와 봐."

민영일이 인상을 팍 쓰며 이쪽으로 오고 있다.

그의 뒤로 개인차를 타고 공사 현장을 떠나는 미므렐과 페레의 모습이 보인다.

민영일은 손에 든 쪽지를 들여다보며 일행들을 향해 손을 까닥거리고 있다.

허의문을 포함한 일행은 민영일이 몇 발짝 더 걸어오기 전에 그의 앞으로 재빨리 다가간다. 민영일은 쪽지를 보며 자기 할 말을 시작한다.

"한 번만 설명할 거야. 잘 들어. 우리 대한제국관이 있는 이 길이 쉬프렌 대로야. 여기서 밑으로 쭉 내려가면 사거리가 나와. 그 사거리에서 계속 직진해. 방향 바꾸지 말고. 그러면 좀 허름한 집들이 죽 늘어선 길이 길게 있을 거야. 그 길 막다른 곳에서 왼쪽으로 돌면 숙소가 있대. 미므렐 백작이 거기를 숙소로 잡아 놨다니까 앞으로 잠은 거기서 자면 돼. 내 숙소는 다른 덴데…. 뭐 딱 봐도 조선인이니까 내가 가서 통역 같은 거는 안 해 줘도 될 거야. 아직 공사장 진행 상황이 이 지경이라 여기서 너희들이 할 일은 당분간 없어. 내일도 거기서 푹 쉬면 돼. 밥도 숙소에서 나올 거야. 이해했지? 사거리에서 계속 직진해서 막다른 길 왼쪽이야. 까먹지 말고. 오늘 수고들 했어. 들어가."

노막상이 길 끝 쪽으로 고개를 길게 내밀고 '사거리는 어디고, 숙소는 어디 있다는 거야?' 중얼거리는데, 허의문이 서둘러 자리를 뜨려는 민영일을 불러 세운다.

"대공님."

"....?"

"전하실 말씀은 그것뿐이십니까?"

"뭐?"

"공사 진행 속도가 이렇게 느린데 그것에 대해 지적은 하셨습니까?"

"뭐야?"

허의문의 질문이 까탈스러운 민영일의 심기를 건드린다. 눈치 빠른 노막상이 끼어들어 화제를 돌린다.

"아.... 그러니까. 의문이 놈 얘기는 지붕도 안 얹어져 있으니 당황스럽다는 겁니다. 이 짐들을 어디에는 둬야 되잖습니까? 여기 밤새 놔둬서 젖었다 얼기라도 하면 큰일이잖습니까요?"

"아! 그 얘기를 깜빡했네. 숙소 옆에 있는 창고를 빌려 놨네. 짐은 거기 보관하면 될 거야."

그리고 민영일은 허의문을 콕 집어 한마디 더 한다.

"선임자인 드 글레옹 남작이 갑자기 죽는 바람에 대한제국관 부지가 변경되고 착공이 늦어진 건 어쩔 수 없잖아. 외젠이 늦지 않게 완성하겠다고 하니까 너희들이 걱정할 일이 아니야.”

힘을 많이 써서 지친 김바회도 할 말이 있다.

“아니! 이 짐들을 또 옮기란 말씀입니까?”

“그런 걸 왜 일일이 나한테 묻나? 그런 일 하라고 너희들 데려온 거야. 저기 공사장에 수레 있으니까 대여섯 번 왔다 갔다 하면 되겠네.”

“아니 그럼 그쪽으로 짐을 바로 옮기지 왜 두 번 일하게 만든데?”

노막상의 중얼거림은 들리라고 한 소리다. 민영일이 또 일행들을 천한 것이라 욕하며 조선에 가면 어떤 꼴을 당할 것이라는 둥 겁박과 잔소리를 해 댈지언정 이런 말이라도 입 밖으로 내놓지 않으면 속병이 날 것 같기 때문이다. 민영일은 이번에야말로 저놈의 입 버르장머리를 고쳐 놓겠단 심산으로 노막상을 돌아보는데 허의문이 더 세게 염장을 지른다.

“건물 골조에 대해선 언급 안 하셨습니까?”

“뭐야? 골조? 그걸 내가 뭐 하러 말해야 하는데?”

“지금 골조만 봐도 경복궁 근정전을 재현한다는 취지와는 판이한데, 그 부분에 대해선 언급 안 하셨냐고 여쭙는 것입니다.”

“아니. 이 건방진 놈이 누굴 가르치려 들어? 네놈이 지금 조선에 뒷배가 있다고 건방을 떠는 것이냐? 내가 어련히 잘 알아서 할까. 이 골조가 뭐가 문제냐? 내가 보기엔 잘 올라가고 있다. 덕중이. 자네가 보기엔 어떤가?”

민영일은 도편수 김덕중의 의견에 도움 받아 이 귀찮은 상황을 빨리 마무리 짓고 호텔로 향하려고 했다. 하지만 김덕중의 대답은 민영일이 원하는 방향이 아니었다.

"송구스럽지만 나리. 문제가 있어 보입니다. 조선의 것은 당연히 아니고 일본 양식도, 중국 양식도 아닌 구조여서 아름다운 근정전 자태가 나올지는 의심스럽습니다."

"무식한 제가 봐도 그래보입니다요."

김바회까지.... 다들 작당해서 반항하는 형국이니 민영일은 더욱 욱한다.

"그럼 지금 와서 뭐 어쩌란 말이냐? 시일이 촉박한데 허물고 골조를 다시 올려? 덕중이 자네가 초기에 설계 도면을 보고 의견을 얘기했어야지."

"소인. 설계 도면은 보지 못했습니다. 아마 저희가 배로 이동하는 도중에 작업했을 줄로 압니다."

'이것들이 꼬박꼬박 말대꾸를.... 돌아가면 경을 칠 테다.'

잠깐 할 말을 잃은 민영일은 모르겠다는 듯 손을 휘저으며 지금 상황을 그냥 넘기려 한다.

"아아아! 모른다. 나는 모르겠다. 내가 보기엔 기와 얹으면 다 똑같아. 배 타고 43일 동안 지구를 반 바퀴 돌아온 곳에서 어떤 놈들이 조선 건축물 전통에 대해서 논하겠냐? 아무도 몰라 주는 그런 것에 신경 쓰다가 행사 일정에 차질이라도 생기면 책임을 질 텐가? 누가 책임질 거야?"

책임이라는 소리에 아무도 말을 잊지 못한다. 맞는 말이다. 결국, 모든 책임은 위원장인 민영일에게 있다. 민영일은 아랫것들의 눈동자 흔들림을 놓치지 않는다. 가장 괘씸하다고 생각되는 허의문의 가슴을 쿡쿡 찌르며 1900년 파리 만국박람회 대한제국관 한국위원회 명예위원장의 위신을 챙긴다.

"나다. 내가 모든 책임을 지는 것이란 말이다. 그러니까 책임을 지지도 못할 것들은 아가리 닥치고 있어라. 천한 것이 주제넘게 나서지 말란 말이야."

그리곤 호텔로 가기 위해 쉬프렌 대로로 나선다.

멀어져 가는 민영일의 뒷모습을 보던 조선인 일행들의 시선이 일제히 짐 더미를 향한다. 허의문, 도편수 김덕중, 일꾼 김바회와 노막상 모두 한숨을 쉰다.


허의문과 김바회, 노막상이 수레에 많은 짐을 위태롭게 싣고 파리의 허름한 거리를 이동하고 있다. 힘 좋은 김바회가 수레를 앞에서 끌고 허의문과 노막상은 양옆에서 짐이 무너지지 않도록 잡고 밀며 가고 있다. 거리가 꽤 멀고 수레가 무거워서 겨울인데도 이마에 땀이 흐른다.

대한제국관 터에 남은 김덕중은 나머지 짐과 마네킹을 지키며 시간을 죽이고 있다. 앞으로 옮겨야 할 남은 짐은 지금 3명이 옮기는 짐의 열두 곱절은 돼 보인다.

김덕중은 짐 사이에서 대한제국관의 골조를 유심히 보며 생각에 잠겨 있다.

거리가 끝나는 지점에서 왼쪽을 보니 정말 낡은 숙소 하나가 덩그러니 보인다.

조선인들이 보기에 호텔인지 다세대 빌라인지, 숙소인지는 모르겠지만, 그 장소엔 그 4층 건물이 유일하게 들어서 있다. 입구 옆벽에는 낡은 건물에 비해 붙인 지 얼마 되지 않은 깔끔한

두 장의 포스터가 나란히 붙어 있다.

올해 치러지는 파리 만국박람회와 올림픽 포스터다.

'국제 선수권 대회'라는 이름으로 열리는 올림픽은 이번이 두 번째로 열리는 대회인데 이곳 파리에서 만국박람회가 열리는 기간에 부속 행사로 개최된다. 육상, 수영, 레슬링, 체조, 펜싱, 프랑스와 영국식 권투, 강과 바다 요트 경기, 사이클, 골프, 인명 구조, 양궁, 역도, 조정, 다이빙, 수구 등의 경기에서 세계 여러 나라의 선수들이 실력을 겨루는 장이다.

만국박람회만 해도 엄청난데, 세계적인 체육 대회도 함께 연다고 하니 세계의 중심이 파리라고 해도 과장이 아닌 듯하다.

그때 '딸랑' 하는 방울 소리와 함께 숙소 문이 벌컥 열려서 조선인 일행은 깜짝 놀란다.

나이 많고 몸집 큰 모텔 여주인이 서 있다.

이상한 복장과 머리 모양을 하고 문 앞에서 서성이는 동양인들을 보고 나와 본 것이다.

"Coréen?"

여주인의 물음에 일행이 고개를 끄덕이자 여주인은 손에 쥔 묵직한 열쇠 꾸러미를 짤랑거리며 따라오라는 고갯짓을 하고 앞장서 간다.

창고는 모텔 뒤편에 있었다. 여주인이 열쇠로 문을 열어 주고 이곳에 물건을 두면 된다는 듯한 프랑스어를 읊더니 열쇠를 김 바회에게 넘겨 준다.

다른 말도 덧붙였는데 열쇠를 잃어버리면 안 된다는 말 같다.

창고는 아주 넓었다. 지금 수레에 싣고 온 물건을 넣고 12번

정도 왕복해서 나머지 물건도 넣으면 오늘 일과가 끝나는 것이다.

벌써 밤은 꽤 깊었다.


조선인들에게 계단은 그다지 달갑지 않다. 그런데 집안에 이렇게 많은 계단이라니. 조선집에 있는 턱이라 봐야 문지방이나 마당에서 툇마루로 올라가는 정도가 고작인데 4층을 계단으로 오르려니 밤늦게까지 짐을 옮긴 조선인들의 종아리와 허벅지가 죽을 맛이다. 조선에서 인왕산을 오를 때도 이렇게 힘들지는 않았다.

김바회보다 무거워 보이는 프랑스인 모텔 여주인이 발을 옮길 때마다 낡은 나무 복도와 계단이 삐거덕거려서 불안하다. 계단 나무 손잡이 너머로 1층 바닥을 보자니 아찔하다.

모텔 여주인은 4층 복도 가장 안쪽 끝에 있는 문을 열어 주고 방문 열쇠는 김덕중에게 넘겨 준 후 계단을 내려간다.

지친 몸을 이끌고 허름한 숙소 내부로 들어오는 일행.

침대 2개, 바닥에는 매트리스 2개가 놓여 있다. 숙소는 건물의 맨 위층이라 침대가 있는 쪽은 천장이 사선으로 기울어져 있어서 허리를 굽혀야 걸어 다닐 수 있는 높이다.

서열 낮은 노막상은 알아서 바닥 매트리스에 몸을 던진다.

"아이고 몸이 천근만근이다. 으잉?"

놀란 노막상이 매트리스를 손바닥으로 더듬더니, 이게 아니다 싶은 표정으로 나무 바닥도 손바닥으로 이곳저곳 더듬어 본다.

"아니 이거 완전 냉골이네. 간만에 뜨끈한 구들장에 등 좀 지져 보나 했는데."

침대 맡에 짐을 놓고 앉은 김덕중이 노막상의 철없는 소리에 대꾸해 준다.

"나무 바닥에서 구들장을 찾는 멍청한 놈은 처음 봤다. 그리고 온돌 바닥 있는 나라가 어디 있냐? 우리 조선에만 있는 것이지."

"그런가요? 아니 그 좋은 걸 왜 안 놓는데요? 그럼 나리. 만국박람회 마치고 저희랑 여기 남아서 온돌 장사나 하실래요?"

"예끼 이놈아! 가능할 것 같은 얘기를 해라."

"법국도 겨울이 꽤 찬데 집마다 온돌을 깔면 좋지 않겠어요?"

"네놈 생각이 엉뚱한 건 내 인정한다."

노막상의 말이 김덕중을 웃게 한다.

김바회는 일하면서 계속 참았던 소변을 보려고 화장실엘 들어간다.

"야! 여기도 요상하게 생긴 측간이 있다."

"그래요? 아니 왜 변소를 방안에 놓는 거야? 냄새나게."

감바회의 목소리가 방음 안 되는 화장실 문밖으로 생생하게 들린다. 그리고 쪼르륵, 후드득, 쪼르륵, 후드득하며 김바회의 오줌이 변기와 바닥에 사방으로 튀는 소리가 들린다.

"이거 난감하네. 여직까지 계속 흔들리는 배에서 싸다가 이제 땅에서 싸려니까 조준이 잘 안 된다."

"허이구. 그렇게 조준을 못 하는 양반이 어떻게 조선에다 애를 여섯이나 낳고 오셨대? 형수님은 다 한 분이신 게 확실하죠?"

"뭐야. 이놈아?"

도편수 김덕중은 김바회와 노막상이 주고받는 농담에 또 껄껄 웃는다.

허의문은 다른 이들의 농담을 뒤로하고 창가에 서 있다.

숙소가 모텔 4층에 있는 덕분에 도시의 먼 곳까지 한눈에 들어온다.

에펠탑이 있는 마르스 광장에는 전기가 들어오는 가로등이 촘촘히 심어져, 광장과 거리를 밝히고 있다. 아직 박람회 전이지만 하루하루 다가오는 세계적인 행사 분위기를 위해 가로등을 밤늦게까지 켜 두는 것이다.

조선에 전기로 켜지는 전구가 처음 들어왔을 때가 1887년이다. 13년 전 경복궁에 처음 설치되었지만, 지금도 일반 백성들이 전구를 볼 수 있는 기회는 흔치 않다. 의문도 궁에 들어갔을 때 불 켜진 전구를 처음 보고 놀랐던 기억이 지금도 생생하다.

그런데 저 거리에만 가로등과 전구가 수백, 수천 개가 켜져 있다.

공사 중인 대한제국관 구역에는 아직 전기 가로등이 설치되어 있지 않다. 노랗고 다소 뿌연 가스등 몇 개가 유일하다. 장대처럼 긴 라이터를 든 가스등 야경꾼이 등을 켜고 다닌다.

전기 가로등으로 밝은 마르스 광장과 뿌연 가스등에 의존에 겨우 암흑을 면한 대한제국관 거리의 대비가 마치 세계와 조선의 차이를 보여 주고 있는 것 같다.

허의문은 가로등을 보면서도 그런 생각을 하고 있다.

# 2023년

박지현 대리는 환희에 찬 표정으로 눈앞에 놓인 물건들을 영접하고 있다.

이곳은 국립중앙박물관의 수장고다. 이 장소는 문화재와 보물들을 수해, 지진 같은 자연재해나 전기 공급 차단, 화재 등 인공적인 재해로부터 안전하게 보존할 수 있도록 설계되었고, 소장품을 복원하는 작업도 하는 금고 같은 곳이다.

안쪽 공간에 박지현 대리가 그토록 만나길 바라던 11점의 유물이 놓여 있다.

해금, 대금, 단소, 거문고, 정악가야금, 양금, 향피리, 세피리, 방울이 3개만 남아 있는 칠성 방울, 용고, 북 등 11점의 악기들이 형태에 맞춘 스티로폼에 꼼꼼하게 포장되어 있다.

이 악기들은 1900년 파리 만국박람회 때 대한제국관에 전시되었던 유물들이다. 행사가 끝난 후 전시물들을 본국으로 다시 가지고 올 비용이 없어서 대한제국관 한국위원회 명예위원장인 민영일이 전시물들을 서책, 목기, 악기, 유기, 의복, 군기, 곡식 종류, 사기, 종이 등으로 분류해서 프랑스에 있는 공예박물관, 국립예술직업전문학교, 음악박물관, 기메아시아박물관 같은 상설박물관에 기증하고 귀국한 것이다.

박지현은 그중 프랑스국립음악원에 있는 11점의 국악기를 대한민국, 용산 국립중앙박물관에서 전시하기 위해 프랑스 측과 연락하며 부단히 노력했다.

그 결과 이 악기들은 123년 만에 고국에 돌아왔다.

박지현은 떨리는 마음으로 국악기 쪽으로 다가가며 다시 한 번 머릿속을 정리해 본다.

경천사십층석탑과 호머 헐버트로부터 시작된 긴 여정.

호머 헐버트에 대한 역사적 기록은, 조선의 마지막 황제 고종의 밀사였으며, 일본이 독일 은행에서 불법으로 인출해 간 고종의 비자금 반환을 위해 노력하다가 1949년 광복절 행사 참가 차 한국에 방문했을 때 여독으로 사망하고, 양화진 외국인선교사 묘원에 묻혀 있다는 것이 보편적 정보다.

하지만 박지현은 헐버트에 대한 조사를 깊게 하면서, 1886년 7월 조선 땅에 온 그가 고종 황제와 가깝게 지내며 무척 많은 일에 관여했다는 것을 알 수 있었다.

특히 1900년 대한제국이 파리 만국박람회에 참가한 것은 헐버트와도 연관이 있지 않을까, 의심하게 되는 부분이 있다.

그 당시 조선은 일본, 청나라, 미국, 러시아 등 주변 열강의 이권 다툼으로 나라의 존립 자체가 위태로운 시기였다. 그런데 고종은 행사 주최 측에 엄청난 비용을 지급하면서 파리 만국박람회에 참가했다.

프랑스 재정후원자 미므렐 백작에게는 조선의 광산 채굴권과 철도사업권을 넘기면서까지 한 무리한 참가였다.

세계 많은 나라의 시민들이 파리라는 한 도시에 모이는 1900년 만국박람회 자리가 대한제국이 자주적 주권 국가임을 세계에 알릴 좋은 기회이긴 하지만, 그렇다고 그렇게 큰 비용을 지출하면서까지 무리하게 참가할 가치가 있었을까?

혹시 헐버트가 고종에게 박람회 참가를 강하게 요청하지는 않았을까?

아니면 고종의 굳은 참가 의지를 함께 계획하고 조언이라도 해 주지 않았을까?

헐버트는 그 당시 암살의 위협 속에서 위태롭게 지내는 고종이 믿는 몇 안 되는 외국인 중 한 명이었다. 그중 헐버트는 고종이 가장 신임하는 외국인이라 해도 과언이 아니다.

그래서 박지현은 고종과 헐버트의 의견이 박람회 참가로 일치했다는 막연한 가설을 세우고 만국박람회를 조사하기 시작했다.

앞에서도 언급했지만, 이런 조사는 그때에는 대학생이 된 박지현이 헐버트라는 인물이 궁금해서 가볍게 시작한 학업 외 개인 과제 같은 일이었다.

그런데 예상치 못한 곳에서 실마리가 꼬리를 내밀었다.

당시 프랑스 신문과 잡지에 대한제국관 기사는 꽤 실렸었다.

박지현은 프랑스 신문사와 잡지사로부터 얻은 자료들 사이에서 이상한 기록을 하나 발견했다.

'대한제국에 관한 기사 삭제 요청.'

이런 내용의 기록은 여러 신문사와 잡지사에서 발견된다. 누가, 어떤 기사를 삭제해 달라고 요청했는지는 알 수 없었지만, 그 기사를 신문사와 잡지사에 실어 달라고 제보한 사람은 알 수 있었다.

프랑스 여인 르네 보부아르.

그녀가 대체 누구기에 신문사와 잡지사에 대한제국에 관한 기사를 제보하고 싣기를 요청한 것일까? 그리고 그 기사의 내용은 무엇이었을까? 그녀에 관해 더 알아야 했다.

1900년 당시 20대였던 르네 보부아르의 자손을 찾는 일은 꽤 힘든 일이었지만, 박지현은 결국 해냈다. 대학생 박지현은 학업보다 이 일에 더 열심히 매달렸었다.

르네의 손녀 마리스는 한국인인 박지현의 이메일 연락에 반갑게 답메일을 보내 줬다. 둘은 간단한 영어로 소통했고 마리스는 할머니에게 조선에 대한 좋은 얘기를 많이 들었다고 했다.

르네가 어떤 내용의 기사를 신문사와 잡지사에 제보했는지 알 수는 없었지만, 어떻게든 도움을 주려는 마리스가 메일에 첨부해 보낸 사진 이미지는 박지현이 또 한 발 앞으로 내디딜 단서를 주었다.

그 사진은 아주 오래전에 찍은 사진이었다.

1900년 파리 만국박람회 당시 대한제국관 앞에서 찍은 사진.

경복궁 근정전을 본떠 만든 아름다운 대한제국관이 보이고 그 앞에 두 사람이 서 있다.

20대의 아름다운 프랑스 여성 르네와 조선인 청년.

둘은 어색하게 떨어져 서 있지만, 르네가 조선인 청년에게 호감이 있다는 느낌이 든다. 르네의 상체가 조선인 청년 쪽으로 살짝 기울어져 있다. 호감이 아니라면 그런 방향으로 몸이 기울진 않을 것이다.

프랑스 여성이 호감을 가진 조선인 청년. 어려 보이지만 날렵한 큰 키에 서양식 양복을 입고 있는 남자.

짧고 유난히 까만 머리와 까만 눈동자가 강인해 보인다.

'이 남자! 설마?'

노트북으로 사진 이미지가 첨부된 마리스의 메일을 열었을 때 박지현은 볕 좋은 봄날, 대학교 교정 스탠드 계단에서 점심을 먹으며 다음 강의를 기다리고 있었다.

그런데 지현은 강의를 들어가야 한다는 생각도 잊은 채 예전 자료를 찾기 위해 노트북을 뒤졌다.

'틀림없이 그 아이다. 왜 그 사진을 잊고 있었지?'

다행히 고등학교 때 모아 두었던 자료 폴더 안에서 그 사진을 찾았다. 노트북을 바꿨는데 데이터가 남아 있어서 다행이다. 귀찮아서 파일 분류와 파일명 정리를 안 한 것이 후회되는 아찔한 순간이었다.

'이런 사진을 중요하게 생각하지 않았다니....'

그 사진은 박지현이 고등학교 때 헐버트를 조사하면서 우연히 얻은 사진이었다.

헐버트 박사 기념사업회에서 얻었는지, 헐버트의 자손들에게 이메일을 보내고 얻었던 것인지, 헐버트가 졸업한 미국 다트머스대학교에서 얻었었는지는 확실하지 않다. 하지만 이 사진 덕분에 박지현이 헐버트를 계속 조사하고 무리한 가설까지 세우며 끊어진 단서를 쫓게 된 것이다.

'그래. 내 집착의 가장 큰 동력은 이 사진 덕분이었다. 그런데 어떻게 잊고 있었지?'

방금 찾은 사진과 마리스가 보내온 두 장의 사진 이미지를 나란히 놓고 비교해 본다.

**1900년 파리, 조선 청년 허의문**

1900년 만국박람회 대한제국관 앞에서 찍은 사진과 1888년 9월 헐버트의 결혼사진.

우연히 얻은 헐버트의 결혼식 사진에도 조선인 아이가 있다.

6~7살 정도로 보이는 검은색 눈망울을 한 남자아이.

길게 땋은 댕기 머리를 하고 서양식 양복 차림을 한 남자아이의 모습이 너무 귀엽다. 아이는 신랑인 헐버트와 신부 메이 한나, 그리고 헐버트의 미국인 부모 사이에 수줍게 서 있다.

사진 오른쪽 밑에는 한글로 '1888. 9. 나의 아들 허의문과'라고 쓰여 있다.

'헐버트가 결혼하기 위해 미국으로 건너갈 때 데려가서 같이 사진을 찍은, 헐버트가 아들이라고 한 조선인 아이'

박지현은 사진에 있는 남자아이와 청년의 얼굴을 번갈아 본다.

"허의문!?"

틀림없다. 머리를 짧게 자르고 12년이 지나 폭풍 성장을 했지만, 둘은 같은 사람이다.

'그런데 왜 헐버트의 양아들 허의문이 1900년 프랑스 파리 만국박람회에 있었던 거지? 그리고 그의 존재가 역사 속에는 왜 없는 거야?'

박지현은 허의문이라는 청년이 궁금해 미칠 지경이었다.

분명 호머 헐버트에게서 시작된 단순한 조사 행위였다. 그런데 허의문이라는 조선 청년이 나타나면서 퍼즐이 됐다.

박지현은 이 퍼즐을 풀려면 첫 시작점을 프랑스로 삼아야 한다는 결정을 내렸다.

청년 허의문과 사진에 함께 있는 프랑스 여인 르네 보부아르의 손녀 마리스에게 이메일을 보내서 지금 상황을 설명했고 프랑스로 방문해도 좋다는 답메일을 받았다.

　박지현은 바로 다음 날 학교에 휴학계를 냈다.


　2015년 5월. 휴학생 박지현이 탄 비행기가 파리 샤를 드골 공항에 착륙한다.

　택시를 타고 파리 시내를 가로지르는 박지현의 눈에 멀리 에펠탑이 보인다.

　파리에 왔는데 에펠탑을 방문하지 못하는 것은 아쉽지만, 관광은 다음으로 미뤄야 한다. 에펠탑은 다시 와 볼 기회가 있을 거다.

　택시는 파리를 가로질러 조금 더 남쪽으로 내려가 한적한 근교 마을에 도착했다.

　커다란 배낭을 멘 박지현이 걷기 좋은 좁은 자갈길을 걸어 소박한 프랑스 시골집 앞에 서서 문을 두드린다.

　문을 열고 나온 르네의 손녀 마리스는 60대 중반의 할머니였다.

　박지현은 마리스가 생각보다 나이가 많아 잠시 당황했었다. 하지만 조금만 생각해 보면 당연하다. 자그마치 110년 전 사람의 손녀가 소녀일 순 없지 않은가?

　마리스는 밝고 에너지 넘치는 할머니였다. 지현을 손녀처럼 따뜻이 맞아 줬고 그녀가 필요로 하는 것을 적극적으로 제공하며 지원해 줬다.

마리스가 메일에서 언급했던 시골집의 다락방에는 오래된 물건들이 엄청나게 쌓여 있었다. 그 속에서 르네의 물건을 찾기는 쉬운 일이 아니었다.

박지현은 꼬박 4일을 마리스 할머니네 다락방에 처박혀 있었다. 오후에 가끔 마리스와 인상 좋은 남편 할아버지와 함께 개 두 마리를 데리고 마을을 산책하는 일이 유일하게 쉴 수 있는 시간이었다.

지현은 프랑스 방문을 짧게 계획했기 때문에 돌아가야 할 비행기 예약 날짜가 다가오는 것이 무척 불안했다. 이곳까지 먼 길을 왔는데 아무 소득 없이 돌아간다면 더는 비빌 언덕이 없다. 단서가 끊기는 것이다.

그런데 운 좋게 프랑스에서의 마지막 날에 쓰레기처럼 쌓여 있던 종이 뭉치 사이에서 작고 두꺼운 수첩을 찾았다. 확인해 보니 르네의 수첩이 맞았다. 프랑스어로 쓴 수첩이라 내용을 확실히 확인하긴 어려웠지만, 지현이 궁금해 하던 기간에 기록한 내용의 수첩이 분명해 보였다.

마리스는 지현이 그 수첩을 한국으로 가져가는 것을 허락해 주었고 분석이 끝난 후에 깨끗이 돌려줄 것만 부탁했다.

박지현의 무모한 프랑스 여행에서의 소득은 르네의 수첩 한 권이 유일했다.

에펠탑 한번 가까이서 보지 못했고 1년 동안 아르바이트로 모은 돈을 다 날렸지만, 프랑스행은 가치 있는 일이었다.

르네의 수첩 안에는 충격적인 내용이 기록되어 있었다.

11점의 국악기들은 스티로폼이 제거된 채로 국립중앙박물관 수장고 중앙에 있는 커다란 테이블 위에 올려져 있다. 양손에 흰 장갑을 낀 박지현이 성능 좋은 DSLR 카메라를 들고 국악기 구석구석을 사진 이미지로 남기고 있다.

국악기들은 무척 가치 있는 것들이다. 우리 문화를 알리기 위해 고종 황제가 손수 선별해서 파리에 보냈던 것들이라 모두 만듦새가 빼어났다.

섬세한 거문고의 금장 학 문양이나 지금은 없는 칠성공이 뚫려 있는 단소, 화려한 단청색의 용고 등이 눈에 띈다.

게다가 해금, 대금, 피리, 단소는 현존하는 것 중 가장 오래된 것들이다.

이런 소중한 국악기들이 모두 합법적인 프랑스 소유의 물건이고 대한민국은 잠시 '대여'해 올 수밖에 없는 현실이 안타깝다.

박지현은 이미 30분 째 이 국악기들을 살피며 사진을 찍고 있다.

하지만 그녀가 기대한 것은 발견되지 않고 있다.

'분명 허의문이 파리에 간 목적이 여기에 있어. 내가 못 찾는 것뿐이야.'

고개를 들어 CCTV 카메라를 살핀다. 수장고 안쪽, 이곳 임시 보관 창고에도 CCTV 카메라는 8개나 설치되어 있다. 수상해 보이지 않아야 한다. 용인할 수 있는 수준의 접촉으로 더 꼼꼼하게 살펴보기 위해 휴대전화를 들어 손전등 기능을 켠다. 손전등의 빛으로 대금과 소금, 피리의 관대 안쪽을 비추어 살핀다.

없다! 뭔가 있었으면 대번 눈에 띄었을 것이다.

해금의 울림통에는 부서져 뚫린 구멍이 있어서 안쪽에 손전 등을 비춰 살펴보았다. 나머지 국악기들도 조심스럽게 돌려 보고 뒤집어 보며 혹시 뭔가를 숨길만 한 곳이 없는지 살펴보지만, 소득 없다.

양금이나 북, 거문고, 가야금 안을 뜯어서 숨겼다면 밖에서 봐 서는 찾기 힘들다. 중요한 물건이기 때문에 그랬을 가능성도 고 려해야 한다.

고민하던 박지현의 눈이 대금에 꽂힌다.

대금에는 청가리개라는 것이 있다. 대금 고유의 고음역대 떨 림소리를 위해 갈대의 속껍질을 얇게 가공한 청을 청공에 붙이 는데 그 청을 보호하기 위해 겉에 씌우는 가리개이다.

박지현은 그 안쪽도 살펴 보고 싶지만, 황동으로 만든 청가리 개를 들추는 행위가 마음에 걸린다. 하지만 확인해 볼 필요는 있다. CCTV 위치를 다시 한 번 살피곤 최대한 몸으로 가리며 핀셋으로 가죽 끈에 묶인 황동 청가리개를 살짝 들춰서 옆으로 밀어 본다.

청공에 갈대의 속껍질인 얇은 청이 아직 붙어 있다. 이것이 1900년 청이라면 귀중한 역사적 가치가 있는 것이다. 우선 120 여 년 전 청의 모습이라 생각되어 휴대전화로 사진을 한 장 찍어 놓는다.

하지만 그 외에 눈에 띄는 것은 아무것도 없다.

박지현이 생각해도 그녀가 찾는 물건이 이런 좁은 곳에 숨겨 져 있을 리 만무하다.

"늦었다. 가자!"

"으앗!"

오상훈 과장의 목소리에 놀란 박지현이 하마터면 대금을 손에서 떨어뜨릴 뻔했다.

프랑스 측에 보낼 국악기 인수인계에 관한 서류 정리를 마친 오상훈 과장이 갑자기 들이닥친 것이다.

"왜 그렇게 놀래? 나쁜 짓이라도 하는 녀석처럼."

국악기들이 이미 스티로폼 포장지에서 꺼내져 테이블 위에 놓여 있다. 그리고 장갑은 꼈지만, 박지현의 손에 대금이 들려 있다.

"야! 너 뭐 하는 거야? 왜 그걸 손에 들고 있어?"

"아…. 저는 그냥 자세히 보고 싶어서."

사람 좋은 오상훈 과장이지만 지금은 가볍게 넘길 상황이 아니다. 게다가 테이블 위에 핀셋도 보인다. 좀 전 '탱그랑'하는 작은 금속 떨어지는 소리의 원인이었음이 분명해 보인다.

"뭘 만졌어?"

"대금 청가리개 좀 들춰 봤어요. 청이 있나 하고요."

"너 왜 모르는 애처럼 행동해? 얘네도 1주일 적응 기간 가져야 하니까 되도록 건드리면 안 되는 거 몰라?"

"죄송합니다."

"그리고 모든 시간을 녹화한 CCTV 영상, 프랑스에 제출해야 한다는 것도 알잖아."

"예. 제가 너무 서둘렀습니다. 죄송합니다."

박지현이 빠르게 인정하니 오상훈 과장도 더 뭐라 하기 뭣하지만, 그렇다고 박지현이 한 행동이 심각하지 않은 것은 아니다.

오상훈 과장은 박지현이 테이블에 서 있는 방향과 CCTV들의 방향을 확인한다.

중요한 위치의 CCTV는 가렸지만, 다른 방향의 CCTV에서는 박지현의 행동이 잡혔을 것이다. 보기에 따라서는 프랑스 측이 그냥 넘어갈 수도 있는 문제일 것이고, 1주일의 적응 기간을 약속했는데 손을 댄 것을 문제 삼자면 큰 문제가 될 수도 있는 상황이다.

"하~! 프랑스 측에서 문제 삼지 않기를 바라야지."

"죄송해요. 너무 오랫동안 기다렸던 유물들이 도착해서 제가 흥분했나 봐요."

"이 전시에 네가 들인 공을 모르는 건 아니지만, 이게 끝이 아니잖아. 이걸 시작으로 프랑스에 있는 1900년 만국박람회 때 대한제국관 유물을 대여해서 전시하기로 했는데 첫 시작부터 신뢰를 깨는 행동을 하면 안 되지. 그리고 우리 최종 목표 잊었어?"

왜 잊었겠는가? 박지현이 제안하고 추진하고 있는 일인데.

"직지심체요절 전시잖아."

"예."

"이러면 그 민감한 걸 어떻게 대여해 올 수 있냐고?"

직지심체요절!

세계에서 가장 오래된 금속활자로 인쇄된 서적이다. 자그마치 1377년.

당시 세계에서 가장 오래된 금속활자 인쇄본인 요하네스 구텐베르크의 성서보다 78년이나 앞선 것이다.

이 직지심체요절은 조선말, 조선 주재 프랑스 공사였던 빅토르 콜랭 드 플랑시가 길거리에서 구입해서 본국으로 가지고 돌아가 프랑스 국립도서관 소유가 된 것이다.

대한민국이 프랑스 측에 여러 번 반환을 요구했지만, 번번이 거절당한 서적이다.

프랑스는 조선 왕실의 외규장각 의궤는 반환해 줬으면서도 직지심체요절에 관해서는 단호하다.

입수 경로가 약탈이 아닌 개인이 직접 구입한 것이기 때문에 반환 요청을 강하게 할 수 없기도 하다.

2021년에는 대한민국의 문화체육부 장관이 프랑스 문화부 장관에게 직지심체요절을 한국에서 전시할 수 있도록 대여해 달라고 요청했으나 한국의 압류 가능성을 우려한다면서 거절한 사례도 있다. 그만큼 프랑스가 직지심체요절을 절대 포기할 수 없는 중요한 보물이라고 인정하는 것이다.

박지현이 그런 직지심체요절의 전시를 최종 목표로 프랑스 내 한국 유물을 대여해 오는 릴레이 전시를 기획했고 그 첫 유물들로 도착한 것이 이 국악기들이다.

하지만 박지현의 진짜 목표는 이 국악기들이라는 걸 오상훈 과장은 모르고 있다.

어쩔 수 없이 이미 벌어진 일이다.

그래도 다행이다. 적어도 이 국악기들은 볼 수 있으니까.

오상훈 과장에게는 미안하지만, 박지현에게는 이번 한 번만으로도 충분하다.

수장고를 정리하고 오상훈 과장을 따라나서는 박지현은 불을 끄기 전 테이블 위에 놓인 국악기들을 다시 한 번 본다.

외부에서 봐서 없다면 내부에 있는 것이다.

X-Ray 촬영을 해보는 수밖에 없다.

'꼭 찾아내야 한다. 분명 허의문은 여기 악기 중에 숨겼다.'


# 1900년

깊은 밤. 허의문은 쉬프렌 대로의 대한제국관 부지 앞에 서 있다.

주황색 흐릿한 가스등 아래 앙상하게 서 있는 대한제국관 골조 모습이 더욱 초라해 보인다.

허의문은 나무를 정식으로 만져 본 경험이 없다. 목재로 창이나 문, 가구를 만드는 소목장이라는 자격으로 이곳에 오게 되었지만, 목수 일은 전혀 모른다.

그렇지만 지금 눈앞에 보이는 대한제국관의 뼈대가 잘못되었다는 것쯤은 알 수 있다.

나무 기둥과 보, 도리의 모습에서 근정전을 찾기 힘들다.

그리고 조선에서는 나무를 잇고 얹기 위해서 저렇게 커다란 못이나 볼트, 나사 같은 쇠붙이들을 쓰지 않는다.

허의문이 편히 잠을 청할 수 없는 이유가 안 그래도 많은데 오후에 본 대한제국관의 모습도 머릿속에서 떠나질 않았다. 뾰족한 수는 없지만 답답한 마음에 여기 나와 있다.

그때 뒤쪽에서 인기척이 들린다.

돌아보니 도편수 김덕중이 다가오고 있다.

"잠이 안 오냐?"

"예. 어르신은 왜 나오셨습니까?"

"계속 흔들리는 배나 기차에서 자다 보니까 땅 멀미가 난다. 그리고 바회 놈 하고 막상이 놈이 어찌나 코를 고는지 더 잘 수가 없구나."

김덕중의 앙탈 같은 투정이 좀 귀엽다. 김덕중은 대한제국의 골조를 더 잘 보기 위해 허의문을 지나쳐 앞으로 나선다.

"네가 보기엔 저 골조가 어떠냐?"

"경복궁 근정전과 너무 다른데 그냥 진행하라는 대공이 야속합니다."

"그럼 어찌 수정하면 되겠냐?"

"예?"

허의문은 갑자기 들어온 김덕중의 질문이 난감하다. 아닌 건 알겠는데 그렇다고 정답을 설명할 줄은 모르는 얄팍한 안목밖에 없기 때문이다.

"소목장 노릇을 한다고 따라온 놈이 그것 하나 설명 못 하냐?"

허의문이 계속 우물쭈물하고 있자, 김덕중이 다가와 의문의 오른손을 잡고 손바닥을 펴서 살핀다.

'사실대로 말씀드려야겠다.'

"저 어르신. 사실은...."

"안다 이놈아. 이게 어디 나무 만지는 놈 손바닥이냐? 굳은살

　　　　　　　　　**1900년 파리, 조선 청년 허의문**

없이 깨끗하구나."

그러고는 의문의 손바닥을 뒤집어서 이번에는 손등을 살핀다. 정권 부위에는 굳은살이 꽤 잡혀 있다.

김덕중은 대번에 '주먹을 쓰는구나.' 판단했다.

"목수는 아닐 거라 진즉 알았다. 배에서 목수일 얘기가 나오면 슬쩍 자리를 피했던 게 어디 한두 번이냐? 대공이 조선에 네 녀석 뒷배가 있다고 말씀하시던데, 그 뒷배와 관련 있는 일을 맡았느냐?"

"아닙니다."

"뭐가 아니냐. 이놈아? 지금 네 얼굴에도 대번 티가 난다. 이렇게 먼 곳까지 사람을 보낸다면 필시 큰일일 텐데, 어쩌려고 너같이 어린 녀석에게....쯧쯧!"

불안하기도 하고 안타깝기도 해서 김덕중은 혀를 찬다.

"설마. 나라님 일이냐?"

"죄송합니다. 알려드릴 수 없습니다. 모른 척해 주시면 감사하겠습니다."

"나는 관심 없지만 조심하도록 해라. 이미 민공도 눈치 챘을 거야. 나야 뭐 대한제국관을 잘 완성시키라고 하시는 어명을 받들기 위해 이곳에 왔으니까, 행사만 무사히 진행된다면 네 녀석 일에 크게 신경 쓰지 않는다."

다시 골조를 유심히 살피는 김덕중.

"너희들이 짐을 여러 번 나르는 동안 자리를 지키면서 한참을 고민했다. 지금 골조는 보와 도리도 변변치 않은데 지붕을 삼각형 구조로 쌓아 올리고 있다. 겹처마도 아니고 그냥 기와를 얹겠다는 심산으로 보인다. 보고 있자니 머릿속이 복잡했고 마음이 착잡했다. 저것을 어떻게 손봐야 하나, 손본다고 달라질 건가? 하고 말이다. 만국박람회는 40여 일 남았지?"

"예. 그 정도 남았습니다."

"그 기간에 가능할까? 그렇다고 그냥 두고 볼 수도 없고...."

김덕중은 큰 결심을 앞두고 잠시 뜸을 들인다.

그러더니 갑자기 자기 손바닥을 허의문 앞으로 쑤욱 내민다.

김덕중의 손바닥과 손가락 마디 사이에는 굳은살이 두껍게 자리 잡고 있다. 오랜 세월 힘을 쓴 손가락 마디는 불거져 있고 손끝은 개구리 발처럼 넙데데하게 넓어져 있다.

허의문은 증기선에서 지낼 때 깨지고 아물길 반복해서 모양이 기이하게 변한 김덕중의 손톱은 자주 봤지만, 손바닥을 이렇게 자세하게 보는 것은 처음이다.

'이게 대목장 도편수의 손이구나.'

"어떻게? 잠을 줄여서라도 목수 일을 배워 보겠느냐?"

진짜 목수의 손바닥을 보며 감탄하던 허의문이 "네. 어르신." 하며 대답하자 김덕중이 공사 현장 안으로 발길을 옮긴다.

"그럼 먼저 저 기둥과 보에 박힌 흉한 대못이며 쇠붙이들을 죄다 뽑아 버리자."

김덕중의 뒤를 따르는 허의문의 얼굴에 환한 미소가 번진다.


마차를 타고 있는 민영일의 얼굴에는 짜증이 가득하다.

파리에 도착해서 호텔에서 묵는 첫날이기에 느긋하게 늦잠 잔 후에 쯔보이 쇼고로 교수와 점심 약속을 했는데 예상치 못한

변수로 일찍 일어나게 됐기 때문이다. 7시도 안 된 시간에 방으로 벨보이가 올라와 문을 두드렸다.

"407호 손님. 1층 데스크로 전화가 와 있습니다. 급한 일이라고 합니다."

'전화라니? 이 호텔에 내가 있는 것을 아는 이들이라 봐야 뻔한데 누가 이 아침에? 젠장. 불안한데.'

몇 시간 전까지 마신 술기운에 머리가 어지러웠지만 서둘러 잠옷 위에 가운을 걸쳐 입고 1층으로 내려갔다.

데스크 안내 직원에게 스웨덴 자석식 전화기 수화기를 건네받았는데 불길한 예상은 정확히 맞아떨어졌다.

수화기 너머에서 들려온 목소리 주인은 건축가 외젠 페레였다. 아침 일찍 일을 시작하는 프랑스 목수 중 한 명이 자기 집으로 찾아왔다는 것이다. 목수 말로는 조선인들이 현장을 다 부수고 망쳐 놓았다고 한다. '그게 무슨 소린가?' 이해되지 않는데 외젠 페레는 민영일에게 빨리 현장으로 와서 상황을 파악해 보자며 전화를 끊어 버렸다.

그래서 아침 일찍 마차를 타고 대한제국관을 향하고 있다.

민영일은 마차가 쉬프렌 대로에 접어들자, 창밖으로 머리를 내밀어 대한제국관을 찾는다. 짜증 섞인 표정으로 정면을 보던 민영일이 이내 경악한다.

분명 어제 대한제국관 자리에 목재 골조가 꽤 많이 올라가고 있었는데 같은 자리에는 아무것도 보이지 않는다. 그냥 공터다.

입구에 김덕중과 허의문, 김바회, 노막상 4명 조선인이 서 있는 것을 보니 저 장소가 대한제국관 부지인 것은 확실하다.

마차가 서고 민영일이 내리자, 조선인들이 긴장하며 민영일에게 90도로 허리 굽혀 인사한다. 하지만 민영일은 그들의 인사를 받아줄 정신이 아니다.

"여기가 왜 이래?"

아무것도 없는 휑한 부지, 철거한 목재가 한쪽에 어지럽게 쌓여 있다.

5명의 프랑스 목수들은 공사장에서 멀리 떨어져서 떨떠름한 표정으로 담배를 피우며 시간을 죽이고 있다.

"너희들이 그랬어?"

김덕중 쪽을 휙 돌아보며 소리 지르는 민영일.

"나리. 어제 그 골조로는 대한제국관을 만들 수 없습니다. 더 늦기 전에 다시 시작하는 것이 좋을 듯해서 저희가 밤새워 철거했습니다."

"미쳤어? 만국박람회까지 시간이 촉박한데 그나마 진행된 걸 다 부숴?"

민영일은 김덕중의 설명에 더 역정을 낸다. 허의문이 끼어들어 설명한다.

"김덕중 어른과 상의했습니다. 저희 4명이 저기 있는 법국 목수들을 돕는다면 9명이서 가능한 기간이라고 판단했습니다. 게다가 김덕중 어른은 조선 최고의 도편수 아닙니까?"

"이것들이! 그걸 나와 상의하고 허락을 받아야지 네놈들 멋대로 판단해? 정말 조선으로 돌아가 치도곤을 당하고 싶은 거냐?"

"Mon Dieu!"

돌아보니 외젠 페레가 마차에서 내린다. 민영일보다 조금 늦게 도착한 것이다. 페레는 공사장 상황을 보곤 놀라서 '맙소사!'를 연발한다. 민영일은 이 상황을 어떻게 설명해야 하는지 난감하다.

"민!" 민영일과 눈이 마주친 페레가 눈을 부라리며 민영일을 부른다.

민영일이 페레와 대화하려 걸음을 옮기는데 허의문이 민영일 옆으로 바짝 다가서서 조용히 말한다.

"조선인 4명이 공사에 참여할 것이라 말씀하십시오. 그리고 김덕중 어른이 도편수인 것도 설명하시면 싫다고 하진 않을 겁니다."

"주제넘게 나서지 마라. 비켜!"

민영일은 계속 따라오려는 허의문을 세게 밀치며 페레에게 다가간다.

외젠 페레와 민영일은 20여 분간 언성을 높이며 얘기하고 있다.

김덕중과 허의문은 불안한 심정으로 둘의 언쟁을 지켜보고 있지만, 프랑스 목수들은 일하는 시간이 거저 지나가고 있어서 마음 편히 쉬고 있다.

김바회와 노막상은 바닥에 앉아 꾸벅꾸벅 졸고 있다. 이들은 모텔방에서 자는 중간에 깼다가 김덕중과 허의문이 없는 것을 발견하고 무슨 일이라도 났는가 깜짝 놀랐다고 한다. 대한제국관에 있는 둘을 발견하고 작업에 합류해 밤새워 철거 작업을 도왔다.

페레와의 협의가 끝났는지 민영일이 조선인 일행이 있는 곳으로 걸어오고 있다.

페레는 민영일과 협의한 내용을 전달하려 프랑스 목수들 쪽으로 향한다.

민영일은 4명 조선인에게 다가가는 도중 속에서 치밀어 오르는 부아를 삭인다. 허의문이란 어린 놈의 제안이 페레에게 그대로 먹혔기 때문이다. 솔직히 그 제안밖에 뾰족한 수가 없었긴 하지만 민영일의 머리에선 바로 떠오르지 않았다. 어리고 천한 것의 머리를 빌리는 것 같아 애써 다른 대화 방법을 찾으려 해도 페레의 분노는 사그라질 줄 몰랐다.

외젠 페레는 프랑스에서 유명한 건축가다. 개인 자동차와 본인 집에 자석식 전화기를 가지고 있는 것만 보아도 당연하게 유추할 수 있지 않은가? 그런 그가 영광스럽게도 조선이란 나라의 전시관을 맡아 주었는데 밤새 상의도 없이 골조를 철거해 놨으니 달가울 리 없다. 다시 복구할 수도 없고 조선인들 뜻대로 구조를 변경하여 작업을 진행하려고 해도 설계도 작업부터 해야 했다. 기간이 턱없이 부족하다. 페레 입장에선 당연히 계약 파기 얘기가 나왔다. 내세울 카드가 없는 민영일은 난감했다. 자존심 상하는 일이지만 허의문의 훈수를 따를 수밖에 없었다.

페레는 민영일이 4명의 조선인을 공사에 참여시키겠다는 말에는 시큰둥했지만 그중 나이 많은 김덕중이 조선의 궁궐을 짓는 도편수라고 하자 표정이 환하게 밝아지며 화가 누그러지는 듯했다.

도편수는 세세한 설계도 없이 큰 치수만 가지고도 작업을 지시할 수 있다고 추가 설명하니 믿을 수 없다는 반응을 보였다.

도편수가 그런 능력을 가지고 있다는 것도 허의문이 마지막까지 민영일의 뒤통수에 대고 얘기해 뒀기 때문에 알 수 있었다. 페레에게는 그 부분이 가장 마음에 들었나 보다.

결국 페레는 김덕중이 모든 책임을 질 수 있다면 구조를 변경하여 조선의 근정전과 같은 방식으로 작업해도 좋다고 했다. 자기는 동양 건물은 베트남 건물만 작업해 봤기 때문에 조선의 건축양식을 배우고 싶다는 뜻도 전해 왔다. 그러면서 만약에 생길 수 있는 문제에 관한 책임은 조선인들에게 있다는 조건도 다시 한 번 확실히 했다.

민영일은 부담스러웠지만, 조건을 수락할 수밖에 없었고 페레와 합의된 내용을 조선인 일행에게 전달했다. 김덕중과 허의문, 김바회, 노막상은 책임을 져야 한다는 조건의 부담을 아는지 모르는지 그저 좋다고 한다.

민영일은 일본인 쯔보이 쇼고로 교수와의 점심 약속이 중요하기 때문에 자리를 뜨고 대한제국관 부지에는 4명 조선인만 남았다.

기분 좋다며 혼자 덩실덩실 어깨춤을 추는 노막상의 괴상한 춤을 보곤 프랑스 목수들이 웃음을 터트린다.


작업자들끼리는 통하는 게 있다. 서로의 말은 몰라도 필담이나 그림으로도 상대의 작업 방식을 이해할 수 있다. 어색했던 손짓, 발짓도 며칠 만에 금방 익숙해져서 굳이 민영일의 통역이 필요 없는 상황이 되어 버렸다. 열정적인 조선인들의 작업 태도에 프랑스 목수들은 점차 동화되어서 늦게까지 남아 작업에 참여했고 조선의 건축 방식 배우는 것을 즐겼다.

못 없이 나무를 깎아 견고하게 결속시킬 수 있는 결구법은 프랑스 목수들에게 꽤 충격이었다. 반면 도편수 김덕중과 조선인들은 서양의 편리한 작업 방식과 좋은 도구를 손에 익혀 작업의 효율을 높였다.

특히 외젠 페레는 김덕중이 알려 준 근정전의 건축 구조에 무척 감탄했다. 건물에 사용하는 재료 대부분이 돌, 나무, 흙, 종이이기 때문에 모두 자연으로 돌려보낼 수 있는 부분에서도 경의를 표했다.

외젠 페레는 명성에 걸맞게 이해가 빨라서 작업자들에게 정확한 지시를 내렸다. 그리고 가장 염려하던 조선 전통 기와를 흡사하게 제작하여 조달해 주었고 기와를 얹을 때 사용하는 좋은 질의 흙을 구해다 줬다.

프랑스 목수들은 기왓장을 지붕에 올리고 밑에서 진흙 덩어리를 던져 주면 지붕에 펴 바르며 기와를 얹는 작업을 가장 즐거워했다.

도편수 김덕중은 작업자들이 무리하게 일해서 몸이 아프면 조선에서 챙겨 온 뜸과 부항을 떠 줬고 침도 놔 줬다. 처음엔 긴 침을 겁내던 프랑스인들도 저녁마다 조선인들이 종아리, 팔, 어깨에 침을 꽂고 있는 것을 보곤 용기 내서 체험에 참여했다가 한방 치료의 매력에 푹 빠지기도 했다.

작업이 끝난 저녁에 조선인들과 프랑스인들이 몸 이곳저곳에 침을 꽂고 부항기를 몸에 붙이고 옹기종기 모여 앉아있는 모습은 정말 웃긴 광경이다.

4월 초. 처음 우려와는 다르게 대한제국관은 작은 근정전 모양으로 빠르게 완성되어 가고 있었다.

4월 8일. 날씨가 화창한 일요일이다.

대한제국관 건립은 순조로웠고 소소한 마무리와 전시물 진열만 남은 상황이다.

조선인들은 그간 너무 일만 해 왔기 때문에 만국박람회 개최를 6일 남긴 일요일에 하루 시간을 내어 주변을 둘러보는 여유를 즐기기로 했다.

전날 민영일 대공이 지도에 표시해 가며 세세하게 설명해 준 건물과 꼭 방문해 봐야 하는 곳을 둘러볼 예정인데, 하도 많고 지역이 넓어서 밤늦게까지 돌아다녀도 하루로는 다 볼 수 없을 정도이다.

일행들은 저마다 멋들어지는 최고의 조선 의복을 착용하고 박람회 부지를 누볐기 때문에 어딜 가도 눈에 띄었지만, 증기선에서부터 느꼈던 외국인들의 시선은 이제 꽤 익숙해졌다.

조선인들은 멀리서만 보던 건물과 전시회장, 전시물들을 가까이서 보며 입이 떡 벌어졌다.

박람회장 정문에 세워진 포르테 기념비는 웅장하고 아름다웠다.

거대한 유리 돔 궁전인 그랑 팔레를 샹젤리제 거리로 직접 찾아가 가까이서 본 감상은 형언조차 하기 어려웠다.

넓은 박람회장의 각국 전시관을 둘러보기 위해 꼭 건너야 하는 알렉상드르 3세 다리는 정말 넓고 튼튼해 보여서 조선인들이 이제까지 봐 왔던 다리의 개념을 송두리째 바꿔 버렸다. 게다가 17m로 높게 솟은 네 개의 화강암 기둥에는 금박 입힌 아름답고 정교한 조각상들이 자리 잡고 있어 다리에 우아함을 더했다.

아직 개통되지는 않았지만, 공사 중인 지하철 입구도 볼 수 있었다. 아르누보 양식으로 화려하게 치장한 입구 계단 아래에서 공사가 한창인데 만국박람회 진행 중인 7월쯤 개통할 예정이다. 마르세유에서 오르세 역으로 올 때 탔던 기차 같은 것이 땅 밑으로 다닌다고 하는데 어떻게 그런 커다란 탈것이 땅 밑으로 다닐 수 있는 것인가? 민영일 대공이 이곳 파리 지하철이 세계에서 4번째로 만들어지는 것이라고 설명해 줬다. 그것이 정말이라면 세계는 얼마나 풍족하게 발전하고 있는 것인가? 노막상은 분명 민영일 대공이 자기들을 놀리려고 거짓으로 알려 준 것이라 굳게 믿는 듯했다.

박람회 가장자리에는 움직이는 보도가 만들어지고 있었다.

9개의 역이 있는 움직이는 보도는 박람회 가장자리를 따라 6m 높이에 설치되어 있는데 총길이가 3.5km나 되어서 걸을 필요 없이 박람회의 중요한 장소로 사람들을 편안하게 이동시켜 주는 장치라고 했다.

아직 마무리 공사 중이어서 실제 움직이는 모습은 보지 못했다.

"이것 봐. 순 거짓부렁이라니까. 저 긴 길거리가 저절로 움직여서 사람들이 걷지 않아도 옮겨 준다는 게 말이나 될법한 소리냐고? 누구 힘으로 저걸 옮긴다는 거야? 다 거짓말로 사람들을 끌어 모으려는 속셈이지."

노막상 만큼은 아니지만 허의문도 정말 파리 만국박람회에서 이런 상상 속 일들을 실제로 볼 수 있을지는 의심이 갔다.

하지만 이런 의심도 에펠탑을 보고는 싹 날아가 버렸다.

센 강변에 세워져 있는 에펠탑은 마르스 광장 초입에 있어서 대한제국관에서 꽤 가깝다. 한 달 넘게 대한제국관 공사 작업하며 먼발치에서 계속 봐 왔지만, 가까이에서 본 느낌은 완전히 달랐다.

모두 강철로만 만들어진 300m 높이의 거인은 이제까지 조선인들이 본 모든 것보다 거대하고 놀라웠다. 미국 오티스사에서 설치한 엘리베이터라는 기구를 타면 이 거인의 머리 꼭대기에 힘 안 들이고 오를 수 있다.

목이 아플 정도로 고개를 뒤로 젖히고 엘리베이터라는 기구가 사람들을 위아래로 실어 나르는 장면을 넋을 잃고 바라보고 있자니 저절로 움직이는 보도도 당연히 믿게 되는 분위기다.

민영일 대공이 이 에펠탑은 꼭 올라가 보라고 했다. 웬일로 프랑스 돈까지 넉넉히 줬다.

조선인들은 민영일이 준 돈 중 4명분 입장료로 20프랑을 준비해서 길게 선 사람들 뒤에 줄을 섰다. 만국박람회는 아직 개최하지 않았지만, 에펠탑에는 항시 관광 온 사람들이 많았다. 게다가 오늘은 일요일이다. 엘리베이터가 열심히 오르내리며 사람들을 날라도 워낙 줄이 길어서 조선인들의 차례가 오려면 아직 멀었다.

한 시간쯤 기다리고 나니 짜증나고 먹은 것이 없어서 배도 고

프다.

줄을 정리하는 프랑스인 일꾼이 녹색 칠판에 흰 글씨로 뭐라써서 돌아다니는데 분위기를 보아하니 2시간은 기다려야 한다는 뜻 같다. 조선인들 뒤쪽 많은 이들이 줄을 떠나 버린다.

"이걸 꼭 올라야 합니까? 배고픈데."

김바회가 모두가 꺼내지 않은 생각을 먼저 말로 내뱉었다.

"그럽시다. 갔다 치고 밥이나 먹으러 가시죠. 벌써 저녁때가다 돼 가는데 우리 조식 먹고 나와서 아무것도 못 먹었어요."

"그럼, 이 입장료는 어떻게 할까요?"

돈을 맡은 허의문이 김덕중에게 입장료 처분을 묻자 노막상이 "넷이 나누면 되지." 하며 먼저 냉큼 5프랑을 챙겨가 버린다.

"자! 이렇게 하고 밥이나 먹으러 갑시다. 뭐 올라가 봐야 별거있겠습니까? 인왕산보다 낮아 보이는데."


식사도 쉽진 않아 보인다.

민영일은 외식 값도 챙겨 줬고 레스토랑이라는 음식점에서주문할 수 있도록 꼼꼼히 프랑스어로 글 편지도 써서 주었다. 송아지 고기며 수제 훈제 연어, 포도주까지 먹고 오라는 선심을 쓴것이다.

모두 아침에는 잔뜩 들뜬 기분으로 나섰지만, 막상 레스토랑이라는 곳엘 들어가려니 용기가 나질 않는다. 양복 입은 서양 남성들과 부담스러운 복장의 서양 여성들이 담배를 피우며 식사하는 곳으로 누구라도 먼저 나서서 들어가게 되지 않는다. 입구앞을 서성이는 조선인들을 발견한 레스토랑 안 사람들이 이쪽을 대놓고 주시하고 있기 때문이기도 하다.

결국, 도편수 김덕중이 "나는 그냥 숙소에 가서 먹으련다." 하는 한마디에 모두 숙소 쪽으로 발걸음을 옮겼다.

덕분에 각자 10프랑이라는 큰돈을 나누어 가질 수 있었다. 조선에 돌아가면 무용지물일 돈이지만....

마르스 광장에서 숙소는 멀지 않다. 그래서 모텔 식사가 더 생각났는지 모른다.

덩치 큰 모텔 주인의 식사는 끔찍하다. 항상 몽둥이같이 크고 딱딱한 빵에 멀건 죽을 내놓는다. 가끔 스파게티라는 국수라도 주는 날이면 다행이지만 대부분 뻑뻑한 빵을 프랑스식 죽에 찍어 먹는 것이 고작이다. 모두 조선 밥이 그리워 미칠 지경이다. 그나마 종일 굶은 시장기가 숙소 빵마저 그렇게 한다.

원래라면 지도에 표시한 곳을 모두 구경하고 밖에서 식사하면서 밤늦게까지 프랑스 포도주를 마시는 호사를 누린 후에 숙소로 돌아올 계획이었다.

하지만 모두 그럴 흥이 나지 않았다. 놀랍게 발전하는 세계 여러 나라 모습에 기죽기도 했지만 가장 큰 것은 청과 일본관을 봤기 때문일 것이다.

같은 아시아 나라지만 청나라관과 일본관의 크기와 위상은 대단했다. 장소도 대한제국관보다 훨씬 접근성 좋은 위치에 자리 잡고 있었다. 특히 일본관은 아직 내부를 공개하지 않았는데도 휴일 나들이 나온 많은 프랑스인들이 벌써부터 찾아와서 일본관의 외관에 감탄하는 분위기다. 일명 '자포니즘'이라는 일본

풍 선호 현상 때문이다. 작금에 일본에게 고통받는 조선인들이 보기엔 영 불편할 수밖에 없다.


슬슬 어두워지는 시간. 숙소로 향하는 조선인 일행의 눈에 대한제국관이 보인다. 일행은 대한제국관 앞에 멈춰서서 자신들의 업적을 감상한다.

외관은 거의 완성된 대한제국관.

초반에 엉성했던 뼈대와 달리 조선에 있는 경복궁 근정전과 흡사하다. 조선인들은 짧은 기간 동안 이렇게 완성시키기 위해 정말 열심히 일했다.

아름답게 완성된 대한제국관. 아름답다고 생각했다. 하지만 지금은 왜 이렇게 초라해 보일까?

"어르신. 저희도 내일부터는 전시물을 풀어 봐야 하지 않겠습니까? 전시관 내 배치도 고민해 봐야 합니다."

"하~ 그래야겠지."

허의문의 질문에 답하는 김덕중의 마음이 무겁다.


삐걱거리는 나무 계단을 오르는 일행.

"에이 빠께슨가 뭔가, 여기 사람들은 어떻게 그런 딱딱하고 푸석거리는 걸 평생 밥으로 먹고 사는 거야? 뱃가죽이 등에 붙어서 어쩔 수 없이 먹었다만 지겨워 죽겠네. 속도 더부룩하고 똥도 안 나오고. 안 그래요? 나만 그런가?"

노막상 뿐 아니라 모두 그렇다.

그래도 도리가 없다. 4월이니 조선에선 냉이 된장국이 한창

밥상에 올라올 때이지만 여기 프랑스 모텔 여주인에게 냉이 된 장국을 끓여 달랄 순 없는 일이다.

1층에 차려진 모텔의 저녁은 평소와 별반 다르지 않았다. 바게트와 수프, 그리고 짜고 질긴 소시지.

평소와 다른 것은 보통 저녁을 먹고 나면 대한제국관 공사장으로 가서 추가 작업을 했었는데 오늘은 숙소로 올라와 일찍 쉬려는 것이다.

더부룩한 속 때문에 저마다 끅! 끅! 트림하며 4층 복도 끝 방으로 향하는데 뭔가 분위기가 이상하다. 분명 잠그고 나왔던 문이 1/3쯤 열려있다.

허의문이 가장 먼저 눈치채고 문 쪽으로 빠르고 조용히 다가간다.

벽에 몸을 붙이고 방 안쪽에서 인기척이 들리는지 귀를 기울여 본다.

다른 이들의 눈에는 허의문의 행동이 이상해 보인다.

"뭐 하는 거야? 왜 그래?"

"쉿!"

눈치 없는 노막상이다. 방 안에 누가 있었다면 문밖 소리를 들었을 것이다. 하지만 방 안에서는 아무런 기척도 들리지 않는다.

'삐걱!' 문을 여는 허의문.

방안을 들여다보는데 그의 눈앞에 펼쳐진 모습이 충격적이다.

개인 가방과 짐들이 모두 밖으로 내팽개쳐져 널려있다. 변변치 않은 세간살이에 붙어있던 서랍도 빼내서 뒤집혀 있고 침대는 반대로 돌아가 있다. 침대 위에 있던 이불이며 매트는 바닥에 내려져 누군가의 구둣발에 질겅질겅 밟힌 상태이다.

"뭐야. 여기가 왜 이래?"

"누군가 들어와서 물건을 뒤진 모양입니다."

뒤늦게 방 안으로 들어온 김바회의 질문에 허의문이 대답했다.

허의문은 그 누군가가 어디 사람인지 알 것 같다.

"무얼 찾겠다고 이 난리를...."

이어진 김덕중의 넋두리가 허의문의 머리를 맑게 한다.

'여기선 아무것도 찾을 수 없었을 것이다. 그럼 설마?'

허의문은 불길한 예상이 빗나가길 바라며 방을 뛰쳐나간다.

"의문아. 어딜 가는 것이냐? 허의문!"


허의문은 숨을 고르며 모텔 벽을 돌아 창고 쪽으로 다가가고 있다.

창고가 보이기 전부터 버석! 콰직! 하는 요란한 소리와 사람들의 말소리가 들린다. 잘 들리진 않지만 작게 중얼거리는 말소리가 일본어인 게 확실하다.

프랑스에 오기 전부터 우려했던 예상이 맞았다.

창고 열쇠는 부서져 있고 문도 반쯤 열려있다.

창고 안쪽에 꽤 여러 명이 있는 듯, 몇 개의 석유등이 일렁거린다.

허의문이 열린 창고 문으로 다가가 안쪽을 살핀다.

검은 양복을 입은 괴한 6명이 창고 물건을 뒤지고 있다.

이놈들이 방을 뒤집어 놨을 것이다. 방에서 만족할 만한 소득을 얻지 못하자 이곳으로 와서 전시물 포장을 뜯어 뭔가를 찾고 있다. 바닥에 널브러진 전시물들이 괴한들의 발에 마구 짓밟히고 있다.

부서진 도자기 파편을 확인한 허의문은 결국 판단력을 잃고 버럭 소리 지르며 창고 안으로 뛰어 들어간다.

"이놈들 뭐 하는 짓이냐?"

괴한이 6명이나 되는 상황을 고려치 않은 무모한 행동이다.

하지만 괴한들도 허의문의 호통에 놀랐다. 그들 중 누군가의 입에서 "くそっ, 行こう(젠장. 가자)"라는 짧은 일본어가 튀어나온다.

창고에는 반대편에도 문이 있다. 괴한들은 이미 퇴로로 확보해 놓은 반대편 뒷문으로 향한다. 콰직! 콰직! 발에 밟히는 물건을 무시하며 도망치는 괴한들.

허의문은 겁도 없이 맨 뒤쪽에 있는 놈의 뒷덜미를 잡아채서 넘어뜨린다.

"일본 놈들이구나. 도대체 뭘 찾겠다고 귀중한 물건들을 이 지경으로 만든 거냐?"

허의문은 자기도 모르게 일본인에게 조선말로 호통을 쳤다.

괴한들이 들고 있는 석유등 불빛이 흔들리는 바람에 창고 안이 어지럽다.

분노가 머리 꼭대기까지 차오른 허의문은 넘어진 괴한의 상체에 올라타서 마구 주먹을 휘두른다. 퍽퍽퍽! 갑자기 들이닥친 공격에 속절없이 당하는 일본인.

그때 도망치던 괴한 중 한 명이 방향을 바꿔 이쪽으로 뛰어온다.

덩치가 유난히 큰 괴한은 허의문에게 발차기를 날린다. 발 공격을 받고 뒤로 넘어지는 허의문. 재빨리 일어서는데 덩치 큰 괴한이 틈을 안 주고 다시 달려든다.

괴한의 오른손 주먹에 턱을 가격당하는 허의문.

하지만 허의문도 만만치는 않다. 턱을 맞아 넘어지는 와중에도 몸을 비틀어 오른발 돌려차기로 덩치 큰 괴한의 오른쪽 관자놀이를 후려 찬다.

둘은 동시에 우당탕 바닥에 넘어진다.

그때 도망치던 일본인 괴한 중 한 명이 "대장." 하고 덩치 큰 괴한을 부른다. 그는 한 손에는 석유등을, 다른 한 손에는 권총을 들고 있어 어둠 속에서 유난히 눈에 띈다. 그의 총구가 허의문을 겨눈다.

"어이! 어이! 멈춰."

일본인 대장이 만류하는 소리에 총 든 괴한이 잠시 멈칫하는 사이, 허의문은 바닥을 더듬어 손에 잡히는 아무것이나 들고 집어 던진다.

나무를 깎아 만든 팽이가 쉬익! 날아가서 괴한의 이마를 강타한다.

탕! 발사되는 한 발의 총성.

다행히 총알은 허의문을 맞추지 못한다.

그 순간 조선의 놀이를 소개하기 위해 가지고 온 팽이가 허의문 손에 잡힌 게 정말 다행이었다. 허의문은 정월 대보름이나 단옛날 건넛마을과 피 튀기며 돌팔매질하는 석전으로 잔뼈가 굵은 덕에 먼 곳에 서 있는 괴한의 이마를 정확히 맞힐 수 있었다. 석전은 허의문의 양아버지 헐버트가 가장 끔찍하게 생각하는 조선의 전통 놀이이기도 하다.

"저런 어린 놈한테 무슨 총이야 일을 크게 만들고 싶어?"

대장이 일본어로 동료를 꾸짖는다. 그와 동시에 창고 밖에서는 김덕중과 김바회, 노막상이 다가오는 소리가 들린다.

"의문아! 괜찮으냐?"

"이거 총소리 아닙니까?"

"창고 안에서 들리는 것 같은데."

조선인들 소리에 괴한들은 더 지체하지 않고 창고를 떠나려 한다.

일본인 대장이 일어서서 허의문을 돌아보는데 어둠 속에서 붉은빛이 밝아지며 그의 얼굴을 비춘다.

강인한 인상의 일본인은 허의문 발에 맞은 오른쪽 눈가가 부어 있다.

허의문도 대장에게 맞아 터진 왼쪽 입술의 피를 손등으로 쓱 문질러 닦는다.

"어린 놈이 겁도 없이 죽으려고 환장했구나?"

일본인 대장은 혼잣말을 입 밖으로 흘렸다. 그러자 허의문이 일본말로 대꾸한다.

"일본 놈들은 남의 나라에서 총질이나 칼질하는 게 습관이구나?"

허의문의 일본어 실력에 조금 놀라는 일본인 대장. 간이 배 밖으로 나온 어린 조선인이 어떤 놈인지 노려보는데 의문은 그런 일본인의 눈을 피하지 않는다.

둘 사이에선 주변 상황에 아랑곳하지 않는 긴장감이 짧고 강렬하게 흐른다.

"이놈들아. 이게 뭐 하는 짓이냐?"

김덕중이 소리치며 창고 안으로 들어온다.

"또 보자. 조센진 꼬마."

일본인 대장은 훼방꾼들이 등장한 것에 아쉽다는 표정을 지으며 허의문에게 공격받아 넘어진 부하를 일으켜 반대편 창고 문으로 몸을 피한다.

그와 동시에 화악! 하며 붉은빛이 더 커진다.

"불이다. 불이야!"

노막상이 소리치는 바람에 정신을 차리는 허의문.

일본인 대장 얼굴에 붉은빛이 비췄던 것은 총 든 괴한이 떨어뜨린 석유등 불이 창고 안 물건에 옮아 붙었기 때문이다. 그 불이 크게 번지고 있다.

4명의 조선인은 불을 끄기 위해 미친 듯이 발로 밟고 두꺼운 천을 휘두른다.


다행히 불은 더 커지기 전에 잡혔다. 모텔이 외지고 창고는 더 안쪽에 있었던 터라 주변에서 총소리를 들은 이는 없었던 것 같다. 사방이 조용한 깊은 밤이었다면 상황이 달랐겠지만, 지금은 생활 소음이 많은 저녁 무렵이다.

한바탕 소동을 치르고 불씨가 완전히 제거되자 전시물들 상태가 제대로 눈에 들어온다. 조선에서부터 꼼꼼히 싸매고 소중히 공수해 온 전시물들이 포장이 뜯긴 채 바닥에 널려있다.

18세기 청동용 조각이나 무기, 불상 같은 전시물은 충격에도 문제없지만, 두루마리 그림이나 청화, 백자류는 다르다. 미인도와 족자 그림에는 발자국이 찍혀있고 그릇이나 도자기류 중 많은 것이 깨져 있다. 조선의 석탄이나 금, 은 등 산업 현황을 알리기 위해 준비해 온 본보기 병도 상당수가 깨져서 안쪽 재료들이 바닥에 뿌려져 어지럽게 섞여 있다.

오늘은 조선인들이 만국박람회를 돌아보며 대한제국관의 전시물들이 초라하다고 뼈저리게 느낀 날인데 그나마 있던 전시물이라도 많은 것을 못 쓰게 될 판이니 더욱 난감하다.

짝!

"네 이놈! 이것이 모두 네놈 때문이렷다?"

김덕중이 갑자기 허의문의 뺨을 세게 때리는 바람에 모두 깜짝 놀란다.

"어르신. 갑자기 왜 이러십니까?"

"네가 무슨 꿍꿍이를 감추고 여기 왔기에 일본 놈들이 쳐들어와서 이 꼴을 만들어 놓은 것이냐?"

"진정하십시오. 일본 놈들이 이곳에 온 게 왜 의문이 탓입니까?"

"얘기해 봐라. 일본 놈들을 네가 끌어왔다고 생각하는 내가 잘못 짚은 게야? 이 상황이 너와 무관하냐?"

놀란 김바회와 노막상이 끼어들어 말려 보지만, 김덕중의 분노는 사그라지지 않는다. 잠시 고민하던 허의문이 말문을 연다.

"저와 무관하지 않은 듯합니다."

"조선에 있다는 네 뒷배와 관련 있는 것이냐? 누구냐? 그 뒷배가?"

허의문은 동료들에게 얼마간의 사실을 털어놔야겠다고 결심한다.

"호머 헐버트라는 분입니다."

그의 이름을 들었을 때 김바회와 노막상은 어리둥절했지만, 김덕중은 대번 알아들었다.

"그 궁궐에 자주 드나드는 미리견 사람 말이냐? 네가 어떻게 그 사람과 알고 지내느냐?"

"제 양아버지입니다."

"뭐야?"

헐버트라는 서양인은 대한제국 황제가 각별히 신임하고 가까이 두는 외국인 중 한 명이다. 조선인 중에도 그의 이름을 들어본 사람이 많다. 조선에 외국인 선생으로 들어왔으며 선교 활동과 함께 부모가 없는 아이들을 거두어 돌보는 시설도 운영한다고 들었다. 조선인보다 더 조선을 위해 많은 일을 하는 고마운 이다.

민비 살해 사건 당시 황제의 목숨을 지키기 위해 밤마다 불침번을 서기도 했다.

그런 사람이기에 일본에는 눈엣가시 같은 존재이고 늘 감시 대상이다.

고아들을 거두어 돌본다는 건 알았지만 조선인 양자가 있었다니....

그 외국인과 관련된 일이라면 일본인들이 나설만하다고 생각된다.

"그분이 너에게 무슨 일을 시키더냐? 나랏님과 관련된 일이냐?"

"자세한 내용은 저도 모릅니다. 단지 이 서신을 전달하라고만 하셨습니다."

허의문은 목에 걸려 있는 작은 가죽 지갑을 앞섶에서 꺼내 그 안에 접혀 있는 서신을 김덕중에게 보여 준다. 서신을 감히 펼쳐 보지는 못하는 김덕중.

"누구에게 전달하는 서신이냐?"

"콜랭 드 플랑시라는 3대 조선 주재 프랑스 공사에게입니다."

"안다. 조선 주재 공사이면 지금 조선에 계시지 않느냐?"

"개인적 일로 저희보다 한 달 먼저 프랑스에 와 계십니다."

"그럼, 일본놈들이 네 양아버지가 그분한테 전달하는 서신 때문에 이런 일을 벌였단 말이냐?"

"그건 저도 잘 모르겠습니다. 하지만 이유는 그것뿐이라고 생각됩니다."

김덕중은 서신 때문에 일본인들이 이런 짓을 저질렀다고 선뜻 인정하기 힘들었다. 혹시 황제 폐하의 밀명이라도 적힌 중요한 서신이라면 모를까.

"더 중요한 것을 숨기는 것 아니냐?"

"아닙니다. 어르신."

"행여 더 숨기는 게 있는 것이 발각되는 날이면 다시는 조선 땅을 못 밟게 할 것이다."

"분명 일본 놈들은 뭘 찾고 있는지도 모르고 조선이 잘 되는 일에 훼방을 놓은 것입니다. 제가 이 서신을 내일 전달하면 더는 탈이 없을 겁니다."

"네 말대로라면 어떻게 그 서신 전달로 이후에 탈이 없을 거라 확신하는 것이냐?"

허의문의 변명에는 허점이 있다. 김덕중이 그 점을 언급하자 의문은 잠시 말문이 막힌다. 김덕중은 불신의 눈으로 허의문을 바라보곤 한마디 더 쏘아붙이고 자리를 뜬다.

"어차피 여기서 뭐 더 탈 날 일도 없다."

김덕중이 떠난 창고 안에는 허의문과 김바회, 노막상만이 남아있다.

창고 안을 다시 둘러보니 전시물들의 상태가 심각하다.


프랑스 공사 콜랭의 집은 만국박람회 부지와 멀지 않은 파리 시내 근처, 부유한 개인 주택이 모여 있는 마을 중앙에 있다.

콜랭은 키는 크지 않지만, 강한 턱선에 덥수룩한 검은 수염을 길러 다부진 인상을 주는 40대 중반 남성이다.

이른 아침부터 어지간해서는 몸 쓰는 일을 하지 않는 콜랭이 남자 하인 마엘과 함께 여러 가지 물건을 집 앞으로 내오고 있다.

콜랭의 집 앞에 쌓인 물건은 모두 조선에서 구한 물건들이다. 동양 문화에 관심이 많은 그는 청나라와 조선에서 외교관으로 근무할 때 그 나라 물건들을 구입해서 본국 프랑스로 보내는 일을 즐겼다. 어느 시점부터는 그런 개인 취미 활동에 많은 시간을 투자하게 되었고 프랑스 집에는 조선에서도 보기 쉽지 않은 중요한 유물들이 많이 쌓였다. 이것들은 콜랭이 직접 발품 팔아 조선을 누비며 저잣거리나 책방, 유기점을 뒤져 돈을 주고 구입한 것이기 때문에 불법적으로 취득한 물건은 아니다.

어렵게 구한 물건들이 많지만, 콜랭은 이 물건들을 오늘내일 모두 처분하려 한다.

사실 동양 물건에 관심 많은 프랑스의 개인 수집가들에게 조선 물건은 그리 인기 있는 품목은 아니다. 조선 것보다는 청나라 것이 더 인기가 많고 가장 인기가 좋은 것은 일본 물건이다. 이곳 프랑스에서 조선은 알지도 못하고 관심도 없는 동양의 한 작은 나라에 불과하다.

하지만 아쉬운 가격을 받더라고 팔아야 한다. 급하게 큰돈이 필요하기 때문이다.

오늘 국립기메동양박물관에서 개인 소장가들을 초대한 경매 행사가 열린다.

대한제국 주재 프랑스 공사로 있는 콜랭이 휴가를 내고 프랑스로 들어와 급하게 추진한 행사이다.

행사에서 조선 물품을 팔아 마련한 자금을 가지고 서둘러 조선으로 돌아가야 한다. 그 자금이 있어야 사랑하는 이를 구할 수 있다.

콜랭은 물건 더미 위에 '직지심체요절' 하권을 올려놓는다.

작은 저잣거리 한쪽, 허름한 책방에서 이 책을 처음 발견했을 때가 생각난다.

이런 중한 책을 헐값에 팔고 있는 것이 놀라웠고 상하권 중

'상'권을 끝내 찾지 못한 것이 지금까지 아쉽다. 상권과 함께 이 서적을 제대로 연구하면 분명 엄청난 가치의 서적이 될 테지만, 지금은 그런 걸 따질 때가 아니다.

물건을 계속 내오기 위해 자리를 뜨려는데 누군가의 손이 불쑥 들어와 물건 위에 놓인 직지심체요절을 집어 든다.

놀란 콜랭이 손의 주인에게 함부로 집어 들 책이 아니라고 입을 떼려다가 책을 들어 살펴보는 이의 얼굴을 보곤 잠시 멈칫한다.

'여기에 왜 이 사람이? 아!'

"의문!"

그제야 콜랭은 허의문이 파리 만국박람회 대한제국관 준비 인원으로 참여하게 된다는 기억이 나서 파리라는 장소와 조선인 청년 허의문을 연결 지을 수 있었다.


콜랭이 허의문을 처음 만난 것은 1888년 6월경이었다.

조선 주재 프랑스 공사로 근무하게 된 지 2개월 남짓 지났을 때 조선에서의 생활이 낯설고 힘들어서 호머 헐버트라는 미국인을 만나 조언을 구하려고 그의 집을 방문했을 때였다. 헐버트는 콜랭보다 2년 먼저 조선에 도착해서 벌써 조선어와 조선 글을 익히고 조선을 잘 이해하는 젊은이라고 했다.

통역하는 역관을 대동하고 헐버트의 집 앞에 도착했을 때 콜랭과 역관의 눈에 가장 먼저 띈 것이 어린 허의문이었다.

6~7살 정도밖에 안 된 어린 조선인 꼬마 남자아이가 싸리 빗자루로 대문 앞을 열심히 쓸고 있었다.

콜랭과 역관은 그 꼬마가 당연히 '보이'라고 생각했다.

보이란 서양인들 집에서 으레 두고 부리는 조선인 종이다. 보통 15살에서 50살까지 나잇대 폭이 넓고 결혼은 했을 수도 있고 안 했을 수도 있다. 보이라고 부르지만, 여자인 경우도 많았다. 조선의 말과 풍습을 모르는 외국인들에게 보이의 영향력은 절대적이었다. 그들이 없으면 생활이 힘들 만큼 조선인 보이들은 외국인이 조선에서 생활하며 생길 수 있는 많은 문제를 영리하게 해결해 주었다.

프랑스 공사관에도 3명의 보이가 있었으니, 헐버트의 집 대문 앞에서 비질하고 있는 허의문을 당연히 보이라고 생각했다.

하지만 이 아이는 너무 어린 것 아닌가? 이런 작은 아이를 보이로 쓰다니.... 콜랭은 자기보다 10살 어린 호머 헐버트에 대한 좋은 인상이 살짝 무너지는 듯했다.

함께 온 역관도 같은 생각이었는지 "이런 어린 놈을 보이로 쓰는 집은 첨 봤습니다."고 중얼거리며 어린 의문에게 "얼른 주인님께 귀한 손님이 오셨음을 알리라."고 강압적으로 명령했다.

하지만 어린 허의문은 쪼르르 달려가 주인님에게 손님이 도착했음을 알리는 대신 그 까만 눈동자를 깜빡이지도 않고 역관을 빤히 바라보며 서 있었다.

"뭐해 이놈아. 빨리 달려가 주인님께 고하지 않고?"

역관이 늘 가지고 다니는 80cm 길이의 곰방대로 허벅지를 찰싹 때려도 꼬마는 요지부동이었다.

"저는 하인이 아닙니다."

굳게 닫혀있던 꼬마 허의문의 입에서 처음으로 나온 말이었다.

"뭐라는 거야. 이 천한 상놈이. 냉큼 뛰지 못하냐?"

꼬마의 입에서 나온 말은 역관을 화나게 했다. 항상 상놈들에게 곰방대나 몽둥이를 휘두르던 버릇은 그 순간에도 빛을 발했다.

역관의 곰방대가 왼쪽 허벅지와 어깨를 마구 후려치는 데도 꼬마 허의문은 역관의 눈을 똑바로 보며 "저는 하인이 아닙니다."라는 말을 계속 되풀이했다.

너무 심하다 싶어 언제나처럼 콜랭이 말리려 나서려는데,

"무슨 일입니까? 그만두세요."

집 안쪽에서 건장한 미국 청년이 놀란 눈으로 뛰어나오며 흠잡을 데 없는 조선말을 내뱉었다.

호머 헐버트는 역관에게 맞고 있는 어린 허의문을 꼭 안아서 진정시킨 후에 콜랭과 역관을 돌아보며 모국어인 영어로 말했다.

"This child is my adopted son."

이 아이는 '보이'가 아닌 헐버트의 조선인 '양자'라고 했다.

콜랭은 헐버트의 그 말을 듣고 그날 방문했던 목적을 깡그리 잊어버렸다.

헐버트와 두 시간 동안 무슨 얘기를 나눴는지도 기억 안 나고 그저 계속 미안하다는 사과를 끊임없이 했던 것 같다.

어린 허의문은 아버지 헐버트를 통해 "저는 괜찮습니다."라는 말을 전했고 의젓하게 자리를 떴다.

헐버트와 콜랭, 역관을 위한 다과상은 당연히 30대 초반쯤 되

어 보이는 조선인 남자 '보이'가 내왔다.

그리고 어린 허의문이 다시 대문 앞을 쓸고 있는 모습이 보였다.

헐버트가 하지 말라고 해도 6~7살인 허의문은 뭐라도 집안일을 찾아서 한다고 한다.

그게 콜랭과 허의문의 첫 만남이었다.


허의문은 이곳 파리에 오기 위해 몇 년간 열심히 준비했다. 콜랭은 허의문이 왜 그렇게 파리 만국박람회에 오는 것에 집착하는지 이해할 수 없었지만, 헐버트의 부탁으로 조용히 그의 준비를 도와 왔다.

조선에서 알던 이를 지구 반대편에서 예상치 못한 상황에 만난 것은 무척이나 반갑고 놀라운 일이다. 그래서 힘든 와중에도 큰 미소로 허의문을 반겼지만, 허의문의 표정은 그렇지 못했다.

직지심체요절을 가만히 쥐고 보던 의문은 그 책을 다시 물건들 위에 내려놓았다.

마치 콜랭이 사랑하는 이가 그랬던 것처럼....

그리고 허의문은 조선에서부터 가지고 온 헐버트의 서신을 콜랭에게 내밀었다. 작은 가죽 지갑에 들어가기 위해 접혀 있던 서신의 두께는 꽤 두꺼웠다.

그 서신을 콜랭에게 내미는 허의문의 표정이 너무 어둡다.

콜랭은 허의문 손에서 그 서신을 받아들기가 두려웠다.

그 서신을 넘겨받는 순간 아직 일어나지 않은 끔찍한 현실이, 바로 현실이 되어서 자신을 덮쳐올 것 같은 예감이 들기 때문이다.

그래도 콜랭이 허의문에게서 서신을 건네받는다.

# 1890년

한 해의 끝자락. 눈이 많이 오던 날이었다.

1888년부터 초대 프랑스 공사로 조선에 근무하게 된 콜랭은 조선 왕에게 받는 신임이 두터웠다. 콜랭의 처신도 좋았지만, 프랑스가 다른 주변 열강들처럼 조선을 집어삼키기 위해 정치적 싸움을 하지 않고 종교적 관계에만 집중했기 때문에 조선 입장에선 프랑스가 덜 부담스러웠던 부분도 있었다.

그래서 헐버트는 콜랭에게 궁에 들어가 왕을 알현할 기회를 부탁했었다.

헐버트는 한글과 조선을 끔찍이 사랑했다. 그는 조선에 도착한 지 3년 만에 조선의 글과 말을 완벽하게 익혔고 심지어 '사민필지'라는 최초로 한글로 쓰인 세계 지리 교과서를 쓰기도 했다.

왕을 만나 직접 쓴 '사민필지'를 소개하며 한글의 우수성과 개선 방향을 논의하고 싶다는 게 그의 부탁 이유였다.

콜랭은 말도 안 되는 이유라 생각했지만, 결국 열성적인 헐버트의 설득에 넘어가고 말았다.

왕을 알현한다는 것은 무척 복잡한 절차가 필요한 일이다. 프랑스 공사인 자신도 조선과 프랑스 간의 중요한 이슈가 없다면 왕의 용안을 볼 기회는 거의 없다시피 하다. 그래서 궐내 승인이 떨어지기까지 3달을 기다렸다.

사실 단순히 콜랭의 요청만으로 이뤄진 자리는 아니었다. 이미 궐내에서도 미국인이 쓴 '사민필지'에 대한 소문은 파다했다. 한글이 조선 내에서 천대받고 있어서 양반들 사이에서는 순 한글로 출판된 '사민필지'가 외면당하고 있지만, 남들 눈을 피해 한 명 두 명 구해 읽어 보며 서적의 훌륭한 평판이 곳곳으로 스며들고 있었다.

게다가 미국인이 책 이름을 '선비와 백성이 반드시 알아야 할 것'이라고 대담하게 지은 것도 작가에 대한 궁금증을 키웠다.

왕이 이 자리를 특별히 허락한 것은 그런 이유도 있었을 것이다.

이른 아침부터 분주히 준비한 헐버트와 콜랭은 펑펑 내리는 눈길을 뚫고 입궁했다.

눈 쌓인 조선 궁의 모습은 정말 아름다웠다.

헐버트는 왕을 알현하는 중요한 일을 망각한 채 조선 궁의 겨울 모습에 넋이 나가 한참을 반석(磐石) 위에 서 있었다. 콜랭이 궁 마당 한가운데 서 있는 헐버트를 잡아끌어 발걸음을 재촉하지 않았다면 넓은 궁내에서 길을 잃고 헤매고 있었을 것이다. 왕을 알현하기로 되어 있는 강녕전은 경복궁 내 깊은 곳에 자리하고 있다.

콜랭과 헐버트는 대기실에서 잠시 대기하다가 무관과 사역원 역관의 안내를 따라 접견실로 이동했다.

입식 테이블이 준비되어 있는 접견실에는 이미 왕과 왕후가 와서 앉아 있었다.

콜랭과 헐버트가 허리를 굽혀 인사하는 타공례를 행하려 하자 왕은 편한 자리이니 너무 격식에 매이지 말고 앉아 얘기를 나누자며 분위기를 편하게 이끌었다.

테이블 위에 놓인 두 장의 홍지에 콜랭과 헐버트의 이름이 적혀 있어 자리를 정해 두었다.

자리에 앉아있는 헐버트는 좌불안석 가시방석이다.

왕과 왕후가 헐버트 눈앞에서 자신이 쓴 '사민필지'를 한 권씩 들고 꼼꼼히 보고 있기 때문이다. 벌써 꽤 시간이 많이 흘렀다.

원래는 왕만 알현할 자리였다. 하지만 어제 급히 궁에서 프랑스 공관에 있는 콜랭 측으로 전갈을 보냈다. 중전마마께서 만남을 함께 하시기를 원하시니 '사민필지' 책을 두 권 준비하라는 것이었다. 부랴부랴 저녁부터 밤까지 다른 사람 손을 타지 않은 깨끗한 책 한 권을 더 구하는 법석을 떨었어야 했다.

왕과 왕후를 함께 만나는 것은 흔한 일이 아니다. 콜랭도 왕후를 2번, 아주 짧게 스치듯 만났을 뿐이다. 그러니 지금 자리가 헐버트에게는 더욱 긴장되는 자리일 것이다.

테이블 위에 외국에서 들여온 고급 다과가 차려져 있지만, 긴장한 헐버트는 입에도 대지 못했다. 헐버트는 접견실 한쪽으로 나 있는 창문을 통해 눈 내리는 조선 궁의 아름다운 모습을 감상하며 이 초조한 시간을 버티고 있다.

콜랭은 그런 헐버트를 보고 있자니 오히려 마음이 편해져서 조심히 조선의 전통주로 입술만 적셔 본다.

이곳에서 쓰이는 식기들은 모두 서양에서 들여온 고급 제품들이다. 준비한 이의 안목이 느껴진다. 분명 왕후의 취향이 반영된 것이리라.

조용한 분위기에서 왕이 책 덮는 소리가 들린다. 그리고 책이 테이블 위 공간에 내려 놓인다. 왕후도 왕을 따라 책을 놓는다.

헐버트는 창에서 시선을 돌려 왕과 왕후를 주시한다.

왕은 차분하게 서양에서 들여온 커피, 가베를 한 모금 마시고 잠시 헐버트를 물끄러미 바라본다. 그 짧은 순간이 헐버트에게는 무척 길고 긴장된 순간이었다.

"훌륭하다. 짐이 근래 본 서책 중 가장 훌륭하다."

"과찬이십니다. 주상전하."

사역원 역관 두 명이 통역하고 있다. 한 명은 왕과 콜랭을 담당하고 한 명은 왕후와 헐버트를 담당하고 있다.

콜랭 쪽을 담당하는 역관이 왕과 헐버트의 조선말을 콜랭에게 프랑스어로 전달한다.

상대적으로 콜랭 쪽 역관은 바쁘다. 왕과 왕후, 헐버트의 말을 콜랭에게 전달하고 콜랭의 말은 왕에게 전달해야 하기 때문이다.

헐버트가 조선말과 프랑스어에 능통해서 왕후 쪽 역관은 콜랭의 프랑스어를 왕후에게만 전달하면 되어서 편하다. 하지만 콜랭이 헐버트의 칭찬을 길게 하는 바람에 왕후를 담당하는 역관에게도 꽤 많은 일을 준다.

콜랭은 왕의 초청으로 조선에 온 헐버트가 조선을 한없이 사랑하며 조선의 어린 학생들을 얼마나 헌신적으로 가르치고 있는지 이제까지 봐온 경험을 빗대어 왕과 왕후에게 아뢴다.

헐버트가 3년 만에 조선말과 글을 모두 깨치고 이 '사민필지'라는 책을 썼다는 낯부끄러운 설명까지 구구절절하게 늘어놓자, 헐버트는 콜랭의 말을 끊어야겠다고 생각했는데 어떻게 말을 꺼내야 할지 몰랐다.

그런데 콜랭이 바로 헐버트에게 말할 기회를 넘겼다.

"전하께 제안해 드릴 것이 있다고 했잖은가? 어서 설명해 보게."

왕과 왕후의 시선이 헐버트를 향했다.

외국인이 조선의 왕께 아뢸 제안이 있다니 어찌 궁금하지 않겠는가?

갑자기 말을 꺼내려니 좀 당황스러웠지만, 헐버트가 너무나 기다려 왔던 순간이었다. 헐버트는 호흡을 한번 깊게 쉬고 조심스럽게 말을 꺼낸다.

"국문(國文)이야말로 세계에서 가장 과학적이고 아름다운 문자입니다. 소인은 조선의 문자 국문과 사랑에 빠졌습니다."

외국인의 입에서 나온 예상치 못한 말에 왕은 놀란 눈을 했지만, 왕후는 이해한다는 듯 작게 고개를 끄덕여 줬다. 헐버트는 왕후의 반응에 자신을 얻어 다음 말을 이어 갔다.

"하지만 국문에도 고쳤으면 하는 아쉬운 부분이 있습니다."

"아쉬운 부분이라? 무엇인가?"

조선인들도 국문의 개선점 같은 것을 생각해 본 적 없었다.

왕은 외국인의 생각이 궁금했다.

"소인. 사민필지를 쓰면서 국문에 띄어 씀이 없어서 무척 어수선하고 정확한 뜻을 전달하기 어려웠던 때가 많았사옵니다."

"띄어 씀이라?"

왕의 되물음에 헐버트는 종이 한 장을 내밀었다.

그 종이에는

'장비가 말을 타고. 장비 가말을 타고.'라는 두 줄의 문장이 쓰여 있다.

왕과 왕후가 종이에 쓰인 문장을 이해하기 위해 몇 번을 읽어 보는 눈치다.

"두 줄의 문장은 띄어서 읽는 방법에 따라 뜻이 전혀 달라집 니다. 간단한 예로도 이러합니다. 지금의 국문은 모든 글을 붙여 쓰니 뜻이 잘못 전달되는 경우가 많습니다. 국문은 표음 문자이 기 때문에 뜻 전달을 정확하게 하기 위해서는 의미 단어를 벌려 쓸 필요가 있다고 사료되옵니다. 학자들과 함께 연구하여 이 점 을 개선한다면 국문은 세계 어느 나라의 문자도 따라올 수 없는 더욱 과학적인 글이 될 거라 생각되옵니다."

헐버트는 설명하면서도 머릿속이 복잡했다. 혹시 왕과 왕 후가 국문에 익숙하지 않은 건 아닐까? 설마! 아니! 그럴 수도 있다. 사민필지의 내용을 훑을 정도의 이해밖에 없을 수도 있다. 조선의 양반들은 국문을 천한 글이라 여기고 가까이하지 않으 려 하고 있지 않은가? 그렇다면 저 두 줄이 뜻하는 의미를 알지 못할 수도 있다.

헐버트는 두 줄의 문장과 함께 그림도 함께 그려 넣어야 보는 이가 이해하기 쉽겠다는 생각했다.

장비가 용맹하게 말을 타고 달리는 그림과 장비가 가마꾼들 이 들고 가는 가마에 타고 있는 그림을 비교해서 볼 수 있도록 말이다.

그런데 그때 왕이 웃었다.

"정말 기발한 착상이다. 우린 이런 불편함을 인지하지 못했는데 외인이 가상하구나. 어찌 보입니까?"

왕은 왕후를 돌아보며 의견을 물었다.

"미리견의 학자가 조선의 글을 더 잘 이해하고 있는 것을 보니 한편으론 부끄럽습니다."

굳게 닫혔던 얇은 왕후의 입술에서 처음으로 목소리가 흘러나왔다.

헐버트는 유난히 흰 얼굴에 날카로운 눈매를 가진 왕후를 처음 맞닥뜨렸을 때부터 지금까지 쭉 긴장을 늦추지 못했다. 밖에서 들은 왕후에 관한 소문 때문이었다. 지금 조선은 위태로운 시기고 그 원인의 상당 부분을 왕후가 제공했다고들 한다. 게다가 저잣거리에 떠도는 소문으로 왕후의 모습을 추론하면 인간의 모습이라 상상하기 힘들었다.

그래서 무엇을 상상했을까? 왕후의 목소리가 듣는 이의 고막이라도 찢을 기세일 거로 생각했었나 보다. 예상보다 평범하고 침착한 왕후의 목소리는 헐버트를 조금 안심시켰다.

"짐 또한 그렇게 생각하오."

왕은 왕후에게 답한 후에 헐버트에게 전할 말을 덧붙인다.

"정작 조선인들은 우리 국문을 언문이라며 낮춰보는 경향이 있는데 외인이 이렇게 우리 것을 진심으로 생각하는 것을 보니 기특하고 고맙다. 짐은 그대의 연구에 힘을 보태겠다."

"성은이 망극하옵니다. 전하."

왕의 반응이 좋아서 다행이었다. 헐버트는 내친김에 왕에게 자신이 사랑하는 조선에 대해 좀 더 고하기로 결심했다.

오늘 본 눈 내리는 조선 궁의 모습은 외국인의 눈에는 한없이 신비스러워 보였다. 조선의 봄, 여름, 가을, 겨울은 어느 한 계절 같은 모습이 없었다. 조선의 아름다운 계절을 조선 궁의 모습과 함께 기록해서 외국에 알린다면 조선을 알리는 데 더없이 좋을 거라고 말을 더했다.

사실 왕에게 전하고 싶은 뜻과 조금 다르게 에둘러 표현한 것이었는데 왕이 그 의도를 이해했는지 헐버트가 원하는 질문을 해 줬다.

"혹시 사진기를 가지고 있는가?"

"예. 전하."

사진기를 가지고 있다는 헐버트의 대답에 왕은 관심을 보였다.

헐버트가 결혼하기 위해 미국에 다녀왔던 1888년에는 미국인 이스트만에 의해 롤 필름을 장착한 최초 휴대형 코닥 카메라가 등장했고 대중들에게 판매되기 시작했다. 100장을 찍을 수 있는 이 카메라는 기존에 혼자 들고 다닐 수 없을 정도로 크고 번거로운 카메라와는 달리 휴대와 조작이 간편해서 개인이 사진을 찍을 수 있는 시대를 열어주었다.

'당신은 버튼만 누르고 나머지는 우리가 하겠습니다'라는 혁명적 선전 문구에 혹해서 25달러라는 엄청난 금액을 치르고 카메라와 2달러짜리 여분 필름 롤을 구입했다. 헐버트는 조선의 아름다운 모습을 사진으로 남기고자 했던 오래된 꿈을 이 카메라가 이뤄 줄 거란 기대에 부풀어서 조선에 도착했다.

몇 달 동안 심사숙고해서 100장의 사진을 찍었고 그 결과를 확인해야 할 시점이지만, 문제가 있었다.

사진을 인화하려면 카메라를 미국 로체스터에 있는 코닥 공장으로 보내야 한다는 것이었다. 10달러 비용을 지불하면 인화한 사진과 함께 새로운 필름을 넣어서 소비자에게 다시 돌려보내 주는 시스템인데, 운송비용도 만만치 않고 3~4개월은 걸리는 왕복 기간도 문제였다. 카메라와 사진의 안전도 보장할 수 없는 상황이었다.

카메라를 구입할 당시 조선을 사진으로 담을 생각에 판매원의 설명을 귓등으로 흘려들은 헐버트의 뼈아픈 실책이다.

여러 가지 문제로 사진 인화를 차일피일 미루며 시간이 지나는 동안 세상은 빠르게 발전하고 변했다. 필요가 커지면 공급이 생기는 법. 얼마 전, 제물포항 근처 일본인 거주 구역에 코닥사의 인가를 받은 사진관이 생겼다는 소식이 들렸다.

일본인들은 서양 문물을 빠르게 받아들였고 기술을 배우는 데 적극적이었다.

일본인 사장에게 맡겨 인화한 사진은 정말 대만족이었다.

원형 틀 안에 조선의 풍경과 인물, 풍속들이 헐버트가 직접 눈으로 봤던 모습 그대로 들어가 있었다.

사진관 사장에게 롤 필름 교체하는 방법을 배웠고 1년 전보다 필름 값도 많이 싸졌기 때문에, 사진으로 조선을 기록하겠다는 헐버트의 계획을 실행하는 데 걸림돌이 없어진 셈이다. 그러니 오늘같이 눈 내리는 조선 궁을 보고 어찌 사진으로 남기고 싶다는 생각이 나지 않을 수 있겠는가?

"그럼, 그대가 조선 궁을 사진으로 기록하는 것은 어떤가?"

"예? 정말 그리해도 괜찮단 말씀입니까?"

"뭣이 문제인가? 그리하여라."

"성은이 망극하옵니다. 전하"

왕의 허락이 감사해서 헐버트는 머리를 조아리느라 테이블에 이마를 부딪칠 뻔했고 그 모습에 왕이 또 허허 웃는다.

역관에게 대화를 전해들은 콜랭은 헐버트의 처신에 혀를 내둘렀다.

이렇게 짧은 순간에 손쉽게 몇 개의 이득을 취하다니, 얼마 전 미국 공사로 취임한 어거스틴 허드 2세보다 헐버트가 미국과 조선의 관계를 위해 훨씬 일을 잘하겠다고 생각했다.

"조선의 아이를 키우고 있다 들었다. 사실인가?"

그때 왕후가 헐버트에게 질문했다. 갑작스럽기도 했지만, 질문의 방향이 너무 달라 모두 당황하는 분위기다. 헐버트는 왕후가 어떻게 그런 사실까지 알고 있는지 의아했지만, 감출 것 없다고 생각하여 사실대로 대답했다.

"그러하옵니다."

"어떤 연유로?"

"몇 해 전 한성에 호열자가 창궐했을 때 역병으로 어미를 잃은 아이를 거뒀습니다."

"호오!"

왕이 뜻밖이라는 반응을 보인다. 왕후가 질문을 이어 간다.

"호열자에 단단히 걸렸던 아이라 들었다. 거두는데 두렵지 않았느냐?"

"두려움보단 아이를 살려야겠다는 생각이 더 컸습니다."

"그 아이는 지금 건강한가?"

"예 건강합니다."

잠시 뭔가를 생각하며 고민하는 왕후의 표정. 그런 왕후를 돌아보는 왕의 얼굴에 근심이 어린다. 왕은 마치 왕후의 머릿속 생각을 이해한다는 듯한 표정이다.

왕후가 다시 입을 뗀다.

"그 아이를 보고 싶구나."


두꺼운 허연 입김을 공중으로 '허' 뱉어 내니 그간 유지하고 있던 긴장이 한순간에 풀린다. 왕과 왕후를 알현했던 강녕전을 나와 눈 속을 걸으며 서로의 얼굴을 보니 헐버트와 콜랭은 마냥 헛웃음이 나왔다. 짧지만 많은 얘기가 오갔던 강렬한 시간이었다.

"중전마마가 예상과는 달라서 괜히 긴장했었다는 생각이 들었습니다."

"뭘 예상했었는가? 프랑스의 마리 앙투아네트 같은 악녀라도 되는 줄 알았나? 그보다 마리 앙투아네트가 정말 단두대에서 처형될 만큼 악녀이기는 했는가? 성이나 궁이나 마찬가지야. 그 안에서는 제 목숨, 제 피붙이 목숨 하나 건사하기 쉽지 않아."

마리 앙투아네트. 그러고 보니 그녀의 삶과 왕후의 삶이 정말 닮았다.

헐버트는 왕후의 여생이 마리 앙투아네트와는 달랐으면 하고 바란다. 아니, 다를 것이라 확신한다.

　콜랭이 계속 의견을 말한다. 지금 조선은 강대국의 이권 다툼에 휩싸여 나라의 존속이 위태로운 상황이다. 대신들 누구 하나 세계정세에 밝지 못하고, 모두가 미국, 일본, 청나라, 러시아, 어느 한쪽에라도 붙어서 자리를 보존할 궁리만 하는 상황이다. 왕과 왕후가 나라를 구하고자 뜻있는 행동을 하려 해도 결과가 좋을 리 없고 나쁜 결과는 오히려 백성들을 더 힘들게 하고 있다. 왕후에 대한 소문이 더욱 흉흉해지는 원인이기도 하다며 신랄하게 말한다.

　왕후가 접견이 끝나가는 자리에서 헐버트의 조선인 양아들을 보고 싶으니, 기별을 보내면 함께 궁으로 들라 한 말도 정말 의외였다.

　콜랭은 왕후의 속마음을 누가 알겠느냐고 하면서도 한편으론 이해가 간다며 말을 잇는다. 왕후는 3명의 왕자와 1명의 공주를 병으로 잃었다. 짧게는 5일 만에, 길어야 8개월을 곁에 두었다가 떠나보내야 했었다. 지금 곁에 남은 왕세자는 다섯 번의 출산 중 세 번째 태어난 왕자이고 그나마 건강이 좋지 않다.

　그러니 서양 의술 덕에 살아난 조선의 아이가 보고 싶을 수도 있다는 생각이다.

　"다시 하는 말이지만, 왕후의 속을 누가 알겠나. 워낙 생각이 많은 분이라."

　영어로 편안하게 얘기하다 보니 벌써 경복궁의 남문인 광화문에 거의 다다랐다.

　콜랭은 홍례문 처마 밑에서 잠시 눈을 피하고 가자 제안한다.

헐버트는 당연히 좋다며 동의했다. 이 아름다운 풍경을 더 즐길 수 있는데 반대할 이유가 없었다.

콜랭은 담배를 꺼내 물었다. 이 얘기 저 얘기 더 나누며 콜랭이 줄담배를 피울 동안 조선인 무관과 역관 2명은 굳이 처마 밖에서 허옇게 눈이 쌓인 채로 대기하고 있었다.

헐버트는 외국인들이 시답잖은 농담이나 하려고 조선인들을 고생시키는 것 같아 콜랭에게 이제 궁을 나서자고 말하려 하는데 갑자기 콜랭의 움직임이 부산스럽다.

피우던 담배를 서둘러 끄고, 이미 충분히 멋진 프랑스 공사 예복의 옷매무새를 정리한다. 그리고 자세를 꼿꼿이 하며 궁궐의 남문을 바라보는 콜랭.

헐버트가 '무엇 때문에 저렇게 긴장하는가?' 싶어 콜랭이 바라보는 광화문 쪽을 본다.

광화문으로 장악원 전악(典樂)이 들어오고 있는 모습이 보인다. 그의 뒤로 30명 정도의 장악원 악공들과 무희들이 따르고 있다.

광화문 쪽을 확인한 헐버트는 다시 콜랭을 보았다.

그의 표정, 눈빛, 그리고 환한 미소.

콜랭은 헐버트의 존재를 잊어버리기라도 한 듯, 시선은 정면을 향한 채 미소를 띠고 있다.

헐버트는 저 마음이 무엇인지 안다.

'사랑이구나. 여기 콜랭의 사랑이 있어.'

사랑하는 이들은 주변의 관심을 끄는 법이다.

홍례문 처마 밑에 서 있는 콜랭을 발견한 장악원 사람들은 수

군대며 여자 무희들 속 한 여자를 돌아본다. 헐버트는 그들의 시선으로 대번에 콜랭이 사랑하는 이가 누군지 알 수 있었다.

작고 아담한 키에 동그랗고 아름다운 얼굴을 가진 궁중 무희 '리진'.

리진도 콜랭을 발견하곤 밝아진 얼굴로 눈을 맞춘다. 주변 동료들의 법석에도 부끄러운 것이 없다. 그들의 사랑을 왕에게 허락받았기 때문이다.

외국인 공사와 왕의 재산인 궁중 무희의 사랑. 조선 궁궐 역사상 처음 있는 일이었다.

방금까지 콜랭은 왕과 왕후 앞에서 헐버트가 한 말과 행동을 대담하다고 혀를 내둘렀지만, 콜랭이 왕에게 간청한 일만큼 대담한 일이 있을까?

콜랭은 왕이 마련한 연회에서 리진의 독무 공연을 보고 첫눈에 사랑에 빠졌다.

그래선 안 된다고 자신을 수없이 꾸짖고 그녀를 잊으려 애썼지만, 이미 가슴 깊이 뿌리내린 사랑은 거부한다고 어쩔 수 있는 일이 아니었다.

결국, 프랑스를 대표하는 공사 신분도 망각한 채 왕께 조선 궁중 무희 리진을 사모하게 되었노라는 자신의 감정을 고했다.

콜랭은 왕이 진노하여 콜랭의 프랑스 공사 자격을 박탈하고 본국으로 추방할 수도 있다는 예상을 이미 하고 있었다. 어쩌면 그것도 좋겠다는 생각에 무리한 말을 입 밖으로 내뱉었다. 이루어질 수 없는데 가까이 있는 것은 너무 괴로운 일이다.

하지만 콜랭의 예상과는 달리 왕은 그의 사랑을 허락해 주었다.

리진은 공노비였기 때문에 왕이 콜랭을 섬기라 하면 당연히 명을 따라야 했다.

이 소식은 정동의 외교관들 사이에서 단연 엄청난 화제가 되었고 조선 궁내에서도 마찬가지였다.

콜랭은 오늘 장악원 악공들과 무희들이 입궐해서 연말에 있을 외교관 초청 연회 공연 준비 상황을 장악원 제조에게 보고하는 날이란 걸 알고 시간을 끈 것이다.

콜랭은 이렇게 잠깐이라도 사랑하는 이의 얼굴을 봐야 하루하루 기다리며 버틸 수 있다. 이제 2달여 남았다. 내년 1월이면 콜랭은 조선에서의 근무를 마치고 프랑스 본국으로 돌아간다. 그때 리진과 함께 가는 것이다.

무리를 이끄는 장악원 전악의 호통으로 악공들과 무희들의 소란이 잦아든다.

그렇다고 눈빛 교환까지 막지는 못한다. 이 짧은 순간, 찰나라도 리진의 모습을 놓치기 싫은 콜랭의 눈빛과 리진의 눈이 다시 한 번 마주친다.

작고 동그란 얼굴에 까만 눈동자를 가진 리진이 콜랭을 보고 웃는다.

그 웃음을 봐서 또 며칠을 견딜 수 있다.

콜랭은 어떤 어려움이 닥쳐도 그녀와 평생을 함께하겠다고 다짐했다.


거실 한쪽 응접실 테이블에 마주 보고 앉아있는 허의문과 콜랭.

사실 마주 보고 있다는 표현은 잘못되었다.

콜랭은 누군가를 볼 수 있는 상황이 아니다. 허의문이 전해 준 헐버트의 서신을 읽고는 흘러내리는 눈물을 주체할 수 없는 상황이다.

허의문은 서신을 읽어 보진 않았지만, 내용은 짐작하고 있다.

콜랭의 사랑, 리진에 관한 소식일 것이다.

의문은 이곳 파리로 출발하기 2달 전, 경복궁 내에서 리진을 본 적 있었다.

이제 경복궁은 예전의 모습이 아니다. 황제는 경운궁에 머물기 때문에 경복궁은 궁의 권위를 잃고 을씨년스럽게 방치되어 있다.

가끔 일본의 관료들과 그들에게 협조하는 조선의 고관직 대신들이 조선 기생들을 끼고 흥청망청 연회를 즐기는 용으로 사용하는 치욕을 겪는 곳이기도 하다.

의문은 저녁이면 가끔 사람들 눈을 피해 경복궁 내부를 거닌다. 권위가 땅바닥으로 처박힌 조선 궁의 모습을 보면 나약해지지 않고, 결심이 굳어지기 때문에 괴롭지만 견디며 걷는다.

그날은 이른 저녁부터 경복궁 근정전 서편에 있는 누각 경회루에서 연회가 벌어지고 있었다.

왁자지껄한 소리가 허의문의 발걸음을 경회루로 이끌었다. 또 여느 날과 같은 연회가 열리고 있을 거로 생각했다. 하지만 그날은 달랐다.

경회루 누각 내부에는 일본인 관료들과 궁중 무희 한 명이 있었다.

그 무희는 악공의 음악에 맞춰 춤을 추고 있었지만, 일본인들은 그녀의 춤에는 관심이 없었다. 술과 안주를 뿌리며 그녀의 춤을 조롱했다.

어차피 그들의 관심은 궁중무가 아니었다.

기어이 수염을 양옆으로 길게 기른 제복 입은 늙은 일본인이 그녀를 덮쳤다.

남자들의 웃음소리.

그리고 리진의 비명.

리진은 그날 저녁도 여성이 겪을 수 있는 가장 끔찍한 경험을 했다.

아주 멀리서나마 그날의 일을 봤었기 때문일까?

10일쯤 후. 리진이 장악원 숙소에서 스스로 목숨을 끊었다는 소식을 아버지 헐버트에게 들었을 때 허의문은 놀라지 않았다.

슬프지도 않았다.

그런데 지금 40대 후반의 남자가 펑펑 울고 있는 모습을 보니 허의문의 눈에서도 눈물이 흐른다.

콜랭은 사랑하는 이를 지키지 못한 자신을 탓하며 미친 듯이 소리친다.

"조선엔 가는 게 아니었어! 리진을 조선으로 데려가면 안 됐어!"

그리고 리진을 그런 박물관엔 데리고 가지 말았어야 했다.

# 1895년

리진은 1891년 2월, 콜랭과 함께 프랑스에 도착했다.

프랑스 내 유일한 조선 여인에게 쏠리는 유럽인들의 관심이 부담스러웠고 낯선 환경이 힘들었지만 리진은 프랑스 생활에 빠르게 적응했다.

조선에서는 누릴 수 없는 물질적 풍요가 타향살이의 힘듦을 견디게 했다. 그리고 무엇보다 조선 여성들에 비해 자유로운 프랑스 생활을 만족해했다.

몇 년간은 좋았다. 간간이 들리는 조선의 소식을 제외하면 말이다. 리진은 조선에 있을 때보다 이곳에서 조선의 상황을 더 확실히 알 수 있었다. 궁중 무희가 세계열강이 보잘것없는 자기 나라를 나눠 갖기 위해 힘 싸움하고 있는 것을 어떻게 세세하게 알 수 있었겠는가?

프랑스에 있으니, 조선에 대한 우려는 접으라고 해도 리진은 그러지 못했다. 프랑스 여성과 같은 복장을 하고 같은 음식을 먹어도 리진은 조선인이었다.

그리고 1895년 10월 그 일이 일어났다.

프랑스 신문과 잡지에서도 사건을 다뤘지만, 대중의 반응이 크지 않아 지속해서 보도하진 않았다.

하지만 리진에게 그 일은 단순히 지구 반대편 어느 구석에 붙어있는지도 모르는 동양의 작은 나라에서 벌어진 일이 아니었다. 그 기사를 접한 후 리진은 큰 정신적 충격에 휩싸였다.

식사를 제대로 하지 못했고 문밖을 나서지도 않는 날이 길어졌다.

그러다 말겠거니 했지만, 한 달이 넘고 두 달이 다해가는 데도 리진의 마음의 병은 나아질 줄 몰랐다.

콜랭은 억지로라도 그녀의 활기를 되찾아 주고 싶었다. 그래서 리진을 끈질기게 설득해서 하루 외출 시간을 가졌다.

오전엔 미술관에 들렀고 에펠탑 근처에서 가볍게 점심을 먹었다.

그리고 에펠탑이 가장 잘 보이는 곳에 있는 트로카데로 인류학박물관(Musee d'Ethnographie du Trocadero)을 방문했다.

콜랭이 리진과 함께 그 박물관을 찾은 이유는 그곳이 에펠탑과 가깝고 1882년에 개관했는데 콜랭도 아직 방문해 보지 못했기 때문에, 이 기회에 리진과 함께 다른 나라의 문화를 전시물로 접하는 것도 괜찮겠다 싶어서였다.

인류학 박물관답게 입구부터 진귀한 전시물들이 눈에 띄었다.

하지만 아르 네그르(Art nègre)라 불리는 아프리카 미술을 모아 둔 전시관을 둘러볼 때 콜랭은 불안한 마음이 들었다. 대부분이 식민지에서 약탈하다시피 가져온 유물들이었기 때문이다.

서둘러 리진을 데리고 박물관을 나서는 게 좋겠다고 생각되어 리진을 찾았지만 보이지 않았다.

콜랭은 당황해서 전시관을 돌아다니며 리진을 찾았다.

다행히 리진은 멀지 않은 곳, 어느 유리 벽 안에 들어있는 전시물 앞에 서 있었다. 콜랭은 반가운 마음에 리진에게 다가갔다. 다른 관람객들에게 방해되지 않도록 리진을 부르려다가 순간 충격을 받고 그 자리에 멈춰 섰다.

'아! 내가 무슨 짓을 한 것인가? 파리에서.... 아니 프랑스에서 가장 끔찍한 곳에 그녀를 데리고 오다니....'

전시물을 응시하고 있는 그녀는 한치의 미동도 없이 그 앞에 서 있었다. 유난히 맑고 검은 보석처럼 반짝이던 그녀의 눈동자가 그때는 왜 그렇게 흐리고 탁하게 보였을까?

리진이 보고 있는 것은 사키 바트만(Saartjie Baatman)이라는 전시물이다.

유리 벽 안에 전시된 여성은 남아프리카 출신의 코이코이족으로, 독특한 외모 때문에 유럽으로 끌려와 인종 전시를 당한 인물이다.

커다란 가슴, 거대한 둔부와 생식기를 가진 그녀를 유럽인들은 원숭이와 인간 사이에 있는, 덜 진화 된 동물로 봤다.

그녀의 외모는 유럽 남성들의 성적 판타지를 자극해서, 살아 있을 당시 발가벗겨져 전시당하고 만져지는 수모를 끊임없이 겪어야 했다.

그리고 1815년, 26살의 나이에 병으로 죽은 후에는 뇌와 장기, 생식기를 드러내 유리병에 담아 전시하고 있다.

그리고 몸은 박제되어서 죽어서도 눕지 못하고 저 좁은 유리 벽 안에 세워져 1895년까지 긴 세월 동안 사람들의 구경거리가 돼 있는 것이다.

콜랭은 저 여성에 관한 기사를 아주 오래전에 읽은 적 있다.

누구는 저것을 여성이라 하며 인간에게 행해서는 안 되는 가혹한 전시라 비판했고 다른 이들은 저것을 암컷이라 칭하며 인류학적 연구 가치라 했다.

콜랭은 그 논란 많은 전시물이 이곳에 있을 줄은 꿈에도 몰랐다.

게다가 리진 앞에....

리진은 무슨 생각으로 아프리카 여성을 보았을까?

사키 바트만의 키는 150cm, 리진의 아담한 키와 비슷하다.

유럽 여성과 비교해 신체적으로 왜소한 리진은 유럽인들 사이에서 언제나 심리적 위축감을 느꼈다.

리진은 그 유리 벽 안에 사키 바트만 대신 자기가 들어가 있는 모습을 상상했을지도 모른다. 그간 유럽인들이 자기에게 보였던 미소가, 호의가 아닌 유럽 여성 복장을 입힌 신기한 동물에게 갖는 호기심이었다고 생각했을 것이다.

그럴 일은 없겠지만, 만약 콜랭이 자기에게 싫증난다면 버려져서 저 아프리카 여성과 같은 처지에 놓일 거라 충분히 오해할 수 있다.

콜랭은 그제야 리진을 향한 유리벽 주변 유럽인 관람객들의 시선을 볼 수 있었다.

사키 바트만과 리진을 번갈아 보는 그들의 호기심 어린 눈.

이미 그들의 눈에 리진은 발가벗겨져 있다.

콜랭은 서둘러 리진에게 다가가 그녀를 안았다.

리진의 눈에서 눈물이 한 방울 흐르는 순간이었다.

리진이 풀썩 주저앉아 펑펑 울기 전이었으니 다행이라고 해야 하나?

리진을 부축해서 전시관을 나서는 콜랭의 뒷모습을 프랑스 남성들이 부러운 표정으로 쳐다본다.

콜랭의 그날 노력이 오히려 리진의 병을 더욱 악화시켰을 것
이란 건 자명한 일이다.

리진은 콜랭이 모아 온 조선 물건 사이에서 스스로 시들어 죽
어버리기를 결심한 화초처럼 나날이 눈에 띄게 야위어 갔다.

그때 마침 조선에 있는 제2대 프랑스 공사 프랑댕의 임기가
끝나간다는 소식이 들려왔다. 고민 끝에 그녀를 살리기 위해 조
선으로 돌아가야겠다고 결심했다. 콜랭은 제3대 조선 주재 프랑
스 공사로 임명되어 1896년 4월 27일에 다시 조선에 들어왔다.
물론 쇠약해진 리진과 함께였다.

이곳에서도 리진은 구경거리 신세를 면치 못했다.

외국인과 사는 조선 여성이 조선인들 눈에 곱게 보일 리 없었
고 유럽 여성 복장으로 사람들 눈에 띄었으니 그럴 만도 했다.
가끔 조선 의복을 착용하긴 했지만, 유럽 여성의 자유분방함을
동경하며 몸에 익혀왔던 그녀이기에 영향을 완전히 지우는 것
은 힘들어 보였다.

그럼에도 조선에서 리진의 건강은 나날이 좋아졌다.

콜랭도 조선 주재 프랑스 공사의 입지를 굳히고 바쁜 날을 보
냈다.

그렇게 평범하고 안정적인 생활을 누리던 1897년 가을이
었다.

프랑스 공관 일을 보는 이상돈 역관이 힐레벌떡 콜랭의 집무
실로 달려 들어와 리진이 체포되었다고 했다. 이 역관과 함께 장

터에 마실 나온 리진을 경무청 순검을 대동한 조선의 고관이 데려갔다는 것이다. 리진이 공가지물(공적인 기관에 소속된 물건)이라는 증명으로 고관의 손에는 기생의 호적인 기적(妓籍)이 들려 있었다.

'리진 마님'의 상황을 아무리 설명해도 씨알도 먹히지 않았다고 한다. 이 역관이 몸으로라도 막아보려 했지만, 순검들이 꺼내든 시퍼런 칼 때문에 마님이 끌려가는 모습을 지켜볼 수밖에 없었다며 울며 자신의 무능함을 자책했다.

그때까지만 해도 콜랭은 그냥 단순한 착오였으리라 생각했다.

설사 리진이 궁궐의 무희로 공노비 신분이었긴 하나 현재 프랑스 외교관의 아내인데 다시 공출해 간다는 게 말이나 될법한 소린가?

하지만 막상 현실은 그렇지 않았다. 따지고 보면 콜랭과 리진이 결혼했다는 증빙 서류는 없었다. 실제로 결혼식을 올린 적도 없었다.

다른 나라의 외교관들에게 도움을 요청해 보고, 알고 지내는 조선의 고관직에게 문의를 해 봐도 리진을 구할 방법이 없었다.

조선이 주변국들에게 갈가리 찢겨 팔려나가는 시절에 권력 있는 누군가 국가의 곳간을 들어먹을 속셈으로 공노비까지 손댄 결과이다.

프랑스에서 생활하다 온 아름다운 궁중 무희 리진에 관한 소식은 장안에 파다했다. 그런 여성은 권력을 가진 남성들의 관심을 끌고 그것이 누군가에겐 큰 돈벌이가 되는 기회다.

콜랭의 머릿속에 죽어서도 돈에 팔려 평안을 얻지 못한 아프리카 여인 사키 바트만의 시신이 떠올랐다.

콜랭은 백방으로 노력했지만, 리진을 되찾을 수 없었다.

그리고 리진이 일본인에게 팔려갔다는 소식을 들었다.

궁중 무희인 리진은 기생과 마찬가지인 최하층 신분이다. 팔려 가서 무슨 일을 당할지 불 보듯 뻔했다.

조선의 국호가 대한제국으로 바뀌고 모든 것이 뒤엎어지는 혼란한 때에 황제께 고작 장악원의 무희 한 명을 구해 달라 읍소할 수도 없는 노릇이었다.

어쩌면 콜랭에게 리진은 고작이 아니었기에 가능하다는 확신만 있다면 프랑스 공사의 자격으로 대한제국의 황제를 알현했을 수도 있겠다. 하지만 대한제국의 황제가 빼앗긴 뭔가를 되돌려 받아 오길 바랄 수 있는 시절이 아니었다.

특히 일본에게서 말이다.

프랑스 공사 집무를 보며 리진을 되찾기 위해 백방으로 뛰어다니다 보니 2년이라는 세월이 빠르게 지나갔다.

그러던 어느날, 하야토라는 일본인 사업가가 콜랭을 만나기 위해 연락해 왔다.

그는 리진과 콜랭의 관계를 잘 알고 있으며 본인이 리진을 소유하고 있는 주인이라고 자기를 소개했다.

그는 방문 목적을 스스럼없이 밝혔다. 너무 자주 아픈 리진이 이제 상품 가치가 없으니, 콜랭이 아직 그녀를 사랑한다면 정당한 값을 지불하고 사 가라는 것이다.

하야토는 콜랭의 절실함을 잘 알고 있었다. 그래서 터무니없이 높은 가격을 부르고 전혀 타협해 주지 않아도 금액을 결국 지불할 거라 확신했다.

사랑하는 이를 물건 사듯이 돈으로 사 온다는 것이 치욕스럽기는 하지만 콜랭은 그의 제안을 받아들이기로 했다.

하지만 그런 사치스러운 감정을 억누르고도 남은 문제는 돈이었다.

하야토가 고집하는 금액이 너무 커서 콜랭이 가진 재산을 처분하고 지인들에게 융통해 보아도 모을 수 있는 돈은 필요한 금액의 절반밖에 되질 않았다.

결국 콜랭이 생각해 낸 방법은 프랑스 파리의 집으로 보낸 물건들을 처분해서 금액을 맞추겠다는 것이었다.

콜랭은 그런 계획을 하야토에게 알리고 몇 달간 유예를 부탁했다.

그는 콜랭의 부탁을 받아들여 몸이 쇠약해진 리진을 쉬게 하며 건강을 추스르도록 하겠다고 약속했다. 하지만 그러지 않은 것이다.

콜랭은 사랑하는 리진을 위해 뭔가를 실행하면 왜 그녀에게 점점 안 좋은 일이 생기는 것인가 하며 자책했다.

그리고 왜 지옥에서 견디고 있는 리진을 위해 무슨 방법을 써서라도 자신의 계획을 전달하지 않았는지 후회된다.

당신을 지옥에서 구할 자금을 마련하기 위해 몇 달간 프랑스를 다녀올 테니 그동안만 참고 견디라는 희망을 줬으면 리진이 스스로 목숨을 끊는 일은 없지 않았을까?

조선에서 출발하기 전에 어떻게 해서라도 기별하고 왔어야 했다.

그럼 어떤 방법이 있었을까? 편지를 전했으면 됐으려나? 누구에게 부탁했어야 했지? 하야토라면 리진에게 편지를 제대로 전해 줬으려나? 오만 생각을 다 해 본다. 하지만 어떤 방법이 있었다 해도 이제는 다 소용없는 일이다.


# 1900년

"공사님. 마차가 도착했습니다. 짐을 실을까요?"

하인 마엘의 목소리에 정신을 차리는 콜랭.

멍하니 앉아 조선에서의 상황들을 생각하느라 시간이 많이 흘렀는지도 몰랐다.

허의문은 어느새 자리를 뜬 상황이다. 고맙단 인사도, 잘 가란 인사도 못 했지만, 허의문은 콜랭의 슬픔을 이해할 것이다.

거실을 가로지른 현관 앞에 30대 초반, 말랐지만 다부진 체구의 건강해 보이는 하인 마엘이 이마에 흐르는 땀을 닦으며 서 있다.

성실한 마엘은 콜랭이 손님을 맞이할 동안 기메 박물관으로 옮길 조선 물건들을 다 꺼내 놓고 마차를 불러 준비해 놓은 것이다.

콜랭은 잠시 마엘을 보며 생각에 잠긴다.

머릿속이 복잡하다. 그러면 오늘 행사는 어떻게 해야 하는가?

기메 박물관 관장과 어렵게 행사에 초대한 이들의 얼굴이 눈앞에 스치고 지나간다.

하지만 리진이 없는데 이 행사가 왜 필요한가?

결국, 콜랭은 마음을 굳힌다.

"미안해. 마엘. 마차는 돌려보내. 비용은 지불하고."

"예? 왜요. 공사님? 그럼 힘들게 밖에 내놓은 물건은 어쩌고요?"

"다시 들여놓자. 헐값에 팔기에는 내가 너무 사랑하는 것들이야."

그리고 콜랭은 의자를 박차고 일어나 현관문을 나선다.

마엘이 난감한 표정으로 콜랭의 뒤를 따른다.


"Excusez-moi, monsieur. Puis-je vous parler un moment?"

어색한 프랑스어가 들린다.

마엘과 함께 집 밖에 놓인 물건들을 다시 들여놓고 있던 콜랭이 돌아보니 양복 입은 5명의 남자가 보인다.

콜랭은 대번 그들이 일본인이라는 걸 눈치 챘다.

조선과 청나라에서 근무해 본 콜랭에게는 어느 순간부터 조선인, 청나라인, 일본인의 차이를 구분하는 능력이 생겼고 꽤 높은 확률로 잘 맞췄다.

이곳 프랑스에 있는 동양인들이라면 맞출 확률이 100%에 가깝다.

동양인 중에 저렇게 서양 복장을 제대로 갖춰 입는 민족은 일본인밖에 없다.

일본인 중 한 명이 잠시 얘기 좀 나누자고 예의를 갖춰 말을 걸었지만, 별로 즐거운 대화는 아닐 것이라 짐작할 수 있다. 일본인 일행 중 부주의한 놈 상의 안쪽에 권총을 차고 있는 것이 보이기 때문이다.

"조선 놈들이나 일본 놈들이나 다 마음에 안 들어."

콜랭이 중얼거린다.


허의문은 아침에 바쁘게 지나온 길을 다시 돌아가면서 괜한 호기심이 생긴다.

대로 중간에 나 있는 옆길로 프랑스인들이 많이 이동하고 있다.

이곳은 만국박람회 부지와 좀 떨어진 곳이다. 그런데 이곳에 사람들이 즐겨 찾는 곳이 있나 보다.

'길 안쪽에 박물관이라도 있나?'

그러다가 표지판이 눈에 띈다.

'Zoo Humain'

"인간 동물원?"

서둘러 대한제국관으로 돌아가 마무리 공사 작업을 도와야 했지만, 이 표지판에 대한 호기심을 억누르기 쉽지 않았다. 그리고 처리해야 할 골치 아픈 상황이 뒤에 따라붙어 있는 것도 느껴진다.

허의문은 인간 동물원 쪽으로 향하는 유럽인들 무리에 합류해 길을 따라 들어간다. 꽤 긴 직선 길에는 듬성듬성 인간 동물원 포스터가 설치되어서 호텐토트인과 다른 흑인 부족을 홍보하고 있다.

허의문의 머리로는 저것이 뭘 뜻하는 것인지 상상하는 것조차 쉽지 않다.

길 끝에 커다란 입구가 보인다. 입구 앞쪽에 사람들이 타고 온 마차나 차를 세워 두는 넓은 공터가 있다.

인간 동물원은 큰 건물 없이 울타리가 넓게 쳐진 야외 전시장 분위기이다.

입구에서 팔고 있는 입장료는 3프랑. 어제 에펠탑 전망대 방문과 레스토랑 저녁 식사를 하지 않고 남긴 돈이 있어서 입장권을 살 수 있었다.

허의문은 호기심을 해결하기 위해 인간 동물원 입구로 들어선다.

그리고 그의 뒤를 또 다른 일본인 무리가 따른다.


입장료를 내고 안쪽으로 들어온 허의문은 눈앞에 펼쳐진 광경에 할 말을 잃었다. 발걸음을 옮길 때마다 이곳의 정체가 점점 확실해진다.

'뭐야. 이게?'

인간 동물원은 정말 인간을 우리에 가두고 관람객들에게 돈을 받고 구경시키는 곳이었다.

낮은 울타리 안에는 부락 단위의 아프리카인들 십수 명이 있다.

허의문도 아프리카라는 대륙인들을 직접 보는 것은 처음이다.

서양인, 유럽인과 다르고 동양인과도 너무나 다른 외모이지만 그들도 인간인데 어떻게 저런 대우를 할 수 있는가?

울타리 안은 아프리카의 생활양식을 그대로 옮겨 놓은 모습
이다.

4월 날씨는 아직 쌀쌀하기 때문에 그들의 아프리카 생활 복장
과 허름한 흙집이 추위를 충분히 막아 주지는 못하고 있다. 아프
리카인들은 중앙에 모닥불을 피워 놓고 옹기종기 모여 있다.

그런 모습을 유럽인들이 재미있다는 표정으로 구경하고
있다.

넓은 부지의 인간 동물원에는 울타리가 몇 군데 더 있고 또 다
른 아프리카 부족들이 그들의 생활방식으로 전시되고 있다.

그 중 유난히 사람들이 많이 모여 구경하고 있는 울타리가 보
인다.

그곳으로 다가가 보는 허의문. 그곳에는 포스터에서 보았던 호
텐토트(Hottentot) 인이 있었다. 허의문은 모르고 있지만, 그들은
리진이 보고 충격받았던 사키 바트만과 같은 코이산 부족이다.
이 부족의 여성들은 둔부지방경화증이라는 유전적 특징을 가지
고 있어서 그런 모습을 구경하고 싶은 유럽인들의 호기심을 채
워 주고 있었다.

그리고 그 안에서도 눈길을 끄는 아이가 있다.

6살 정도의 자그마한 여자아이는 외모가 독특했다.

희귀유전성 질환인 선천성 색소결핍증, 백색증을 가지고 태
어난 것이다. 그 아이는 아프리카인들 사이에 있어서 더욱 빛나
보인다. 피부뿐만 아니라 아이의 곱슬 머리카락도 황백색이다.
눈동자는 푸른색이고 눈동자 중앙은 붉은색이어서 허의문이 이

제까지 보아 온 어떤 사람보다 특이한 외모를 가졌다.

그 아이가 유전적 질환 때문에 그런 외향을 띄고 여러 가지 질병으로 고통받고 있다는 것은 허의문 뿐 아니라 대부분의 유럽인도 모르는 사실이다.

사람들은 단지 그런 특이한 생명체를 보고 만지고 싶어 모여든 것이다.

여자아이는 피부가 햇빛에 무척 약하기 때문에 누군가에게서 얻은 챙 넓은 여성용 밀짚모자와 구멍 뚫린 양산을 쓰고 있다.

한 프랑스 여성이 "호텐토트! 호텐토트!" 하며 여자아이를 손짓으로 부르자 울타리 쪽으로 쪼르르 달려온다. 프랑스 여성이 쿠키를 건네자, 흑인 여자아이가 넙죽 받는다. 프랑스 여성은 일행들과 깔깔 웃으며 여자아이의 머리를 쓰다듬고 어깨와 팔을 주무른다.

허의문은 지금 눈앞에서 벌어지고 있는 상황에 큰 충격을 받는다.

'이것이 힘 있는 제국주의 국가들이 다른 민족을 대하는 방식이란 말인가?'

허의문이 잠시 방심하고 있을 때 한 무리의 사람들이 허의문을 둘러싼다. 4명은 젊은 남자고 한 명은 50대 중반 남자다. 완전한 서양 복식을 하고 있지만, 대번에 일본인들이란 걸 알 수 있다. 게다가 그중 한 명은 어젯밤 의문과 한 차례 주먹질과 발차기를 교환한 오카모토란 이름의 건장한 일본인이다. 어두운 창고에서 불빛에 비친 얼굴을 잠깐 봤지만, 또렷이 기억난다. 허의문의 발차기에 맞은 오른쪽 눈두덩이 옆에 멍 자국이 길게 나

있다. 허의문의 왼쪽 입술도 오카모토의 주먹에 맞아서 터져 있는 상태다.

이들이 쫓고 있는 것을 의문은 알고 있었다.

허의문이 아침에 숙소를 나설 때는 두 명만 따라붙었었는데 콜랭의 집을 나섰을 때는 일행이 몇 명 늘어 있었다. 의문이 이곳 '인간 동물원'에 들른 이유가 이 일본인들과 해결해야 하는 문제를 사람들 눈이 많은 이곳에서 처리하기 위해서이다. 이들을 이대로 끌고 대한제국관으로 가서 조선인 일행에게 골치 아픈 거짓 설명 거리를 만들고 싶지 않았다.

이들은 분명 의문에게 알아 내고 싶은 것이 있을 것이다. 일본인들 뜻대로 되지 않겠지만, 이런 공공연한 장소에서 섣부른 행동을 하진 않을 거란 계산이다. 물론 전혀 두렵지 않다고 하면 거짓말이다. 하지만 허의문은 이보다 더한 상황도 각오하고 있다.

"나는 쯔보이 쇼고로 교수라고 한다. 어제 우리 쪽 사람들과 가벼운 오해가 있었다지?"

50대 중반의 쯔보이 쇼고로는 조선인인 허의문에게 다짜고짜 바로 일본어로 말한다. 허의문은 대꾸 없이 그의 거만한 얼굴을 가만히 쳐다보고만 있다. 그 짧은 몇 초가 답답했는지 쇼고로는 오카모토를 돌아보며 "뭐야. 오카모토? 일본어를 잘한다고 했잖아?" 하고 묻는다.

"분명 일본어를 잘했었습니다."

쯔보이 쇼고로의 수하임이 분명해 보이는 오카모토가 허의문을 쏘아붙인다.

"어이! 조센진. 어제처럼 입을 놀려 봐. 지금은 겁을 먹었나?"

"아무도 없는 틈을 타 대한제국관에 전시할 귀중한 물건이 있는 곳에 침입해서 물건을 훼손하고 총까지 쐈다. 그런데 어떻게 이렇게 불한당처럼 몰려다니며 떳떳하게 나타날 수 있는가? 먼저 우리 조선인들에게 사과하는 것이 예의 아닌가?"

어린 청년 허의문의 당당한 태도와 또박또박한 일본어 말투에 기가 찬 쇼고로와 일본인들. 쇼고로는 '풋!'하며 헛웃음을 터트린다.

"당신들이 불까지 질러서 대한제국관 전시물 피해가 막심하다. 어떻게 보상할 텐가?"

"그깟 농산물에 잡스러운 생활용품 나부랭이를 전시해서 뭐하려고? 그리고 불이 난 건 네놈이 괜히 나서는 바람에 그런 거잖아."

오카모토가 옹색한 변명을 한다.

"그럼, 침입자를 고이 돌려보냈어야 한다는 말인가? 애초에 우리 대한제국관 물건을 뒤지기 위해 침입한 것이 잘못이다. 그걸 변명이라고 하는가?"

"닥쳐라. 어린놈아."

쯔보이 쇼고로는 어린놈과 말싸움하고 싶은 생각이 없다.

"조선 주재 프랑스 공사를 왜 만났는지나 말해."

"부탁받은 서신을 전달하기 위해서였다."

"누구의 부탁? 무슨 내용의 서신이냐?"

"그런 걸 내가 왜 너희 일본인들에게 대답해야 하나?"

"조선 땅에서 우릴 만났다면 가랑이 사이로 기어갔을 놈이 여기 외국 땅에 데려다 놓으니까, 간이 배 밖으로 나왔구나. 그깟 서신 내용을 우리가 못 알아낼 것 같나? 내가 여기서 너를 죽이지 않는 것은 조선의 허수아비 왕이 큰 비용을 지불하면서도 여기 행사에 기어이 참여하는 의도를 좀 쉽게 알고 싶기 때문이다. 더불어 너 같이 젖비린내 나는 놈을 뭐 하러 이곳까지 보냈는가 하는 것도 말이다. 말해라. 네놈이 고종의 밀사 같은데 무슨 임무를 맡았는가?"

"뭐 눈에는 뭐만 보인다더니. 네놈들 눈에는 모두가 밀사로만 보이는구나. 우리는 이곳 법국에서 열리는 만국박람회에 대한제국관을 세워서 우리 대한제국이 자주독립국임을 알리고 일본이 조선을 무력적으로 침탈하고 있는 것을 전 세계에 고하기 위해 참가한 것이다."

"대한제국? 조선이 제국임을 주장할 힘이라도 있는가? 주변을 둘러 봐라."

쇼고로가 양팔을 벌리고 과장된 몸짓으로 주변 풍경을 가리킨다.

가까이 있는 인간 동물원과 그 너머 하늘로 비죽비죽 솟아오를 만큼 높게 지어진 만국박람회 건물들이 보인다. 그리고 파리 어느 곳에서나 볼 수 있는 300m 높이의 에펠탑도 보인다. 쪼보이 쇼고로는 마치 이 모든 것이 본인의 치적인 것처럼 에펠탑을 배경 삼아 자만한 표정으로 계속 말한다.

"이 정도는 되어야 제국이라 할 수 있는 것이다. 거기에다가 다른 민족과 인종을 동물원에 가두고 전시할 수 있는 정도의 오만함도 가지고 말이다. 너희 조선이 제국에 걸맞은 능력을 하나라도 가지고 있나? 아니 애초부터 정말 지금 왕의 힘으로 대한제국을 선포했다고 생각하는가? 천만에, 우리 대일본제국이 허락했기 때문에 가능했다. 너희 무식한 조선인들은 대단한 선포라도 한 것인 줄 알고 있지만, 오히려 우리가 조선을 집어먹을 정당한 구실만 준 것뿐이야. 우리 대일본제국이 청나라와의 전쟁에서 승리했어도 조선에 관한 청나라의 간섭은 여전히 성가셨다. 그런데 조선이 자기들은 대한제국으로서 어느 나라의 간섭도 받지 않은 자주독립국이라고 선포했다. 그것이 무엇을 뜻하는지 알고 있느냐? 너희 발로 대일본제국의 발밑으로 기어들어 와도 청나라나 러시아가 간섭할 수 없다는 얘기다."

허의문은 아무 말이나 내뱉는 쇼고로의 웃는 낯짝을 보고 있자니 저절로 두 주먹이 꽉 쥐어진다. 가까스로 분노를 억누르는 중이다.

"3년 후에 오사카에서 박람회가 개최될 거야. 1907년에는 도쿄에서도 권업박람회가 열릴 거고. 거기에도 이렇게 전시할 예정이다."

쇼고로는 허의문의 눈을 빤히 보며 마지막 단어를 입 밖으로 꺼낸다.

"너희 조선인들을."

허의문은 쯔보이 쇼고로의 입에서 '조선인'이란 말이 나오자마자 자기도 모르게 쥐고만 있던 주먹을 날렸다.

'퍽!' 순식간에 쇼고로의 턱이 돌아갔다. 허의문이 다시 달려들어 쇼고로에게 추가 주먹을 날리려고 했지만, 오카모토와 부하들이 재빠르게 대처하는 바람에 제지당하고 만다. 흙바닥에 눕혀진 허의문. 일본인 두 명이 허의문 등 위에 올라타 누르고 오카모토와 다른 한 명이 욕을 하며 땅바닥에 넘어진 허의문의 얼굴을 향해 발길질을 퍼붓는다. 제압당하지 않은 한쪽 팔로 머리를 보호하기 급급한 허의문. 현실적으로 판단하자면 참았어야 했다. 하지만 그런 말을 18살 혈기 왕성한 청년이 어떻게 참고 넘길 수 있었겠는가?

"괜찮으십니까. 교수님?"

오카모토가 쇼고로의 상태를 살핀다. 쇼고로의 입가에 피가 흐르고 있다.

"힘과 무기를 앞세워 다른 나라를 침략하고 짓밟는 너희 일본의 행태를 전 세계가 알고 비난할 것이다."

"저 애새끼 아가리나 막아라."

쇼고로의 말이 떨어지기 무섭게 오카모토는 양복 앞섶에서 권총을 꺼내 든다. 어차피 사람들이 많은 이런 장소에서는 쓰지 못할 총이지만, 이 어린 놈의 기를 확 꺾어 놓고 싶었다.

땅바닥에 눕혀져 있는 허의문의 이마에 총구를 가져다 대는 오카모토.

"다시 한 번 입을 놀리면 총알을 먹을 줄 알아라. 여기 경찰들은 조선 놈 하나 죽은 것에 신경도 쓰지 않는다. 조선이 나라 이름인지 누구 집 개 이름인지도 모르는 사람이 태반이다."

"그럼 쏴 봐라. 너희들이 잘하는 짓 아니냐?"

"익!" 이 어린 놈은 오카모토가 쏘지 못할 거란, 확신이 있다. 총구가 관자놀이를 쑤시고 있는데도 눈을 부라리며 피하지 않는다.

그때 '퍽! 콰직!' 하는 소리와 함께 오카모토의 몸이 멀리 날아간다.

"Aidez-moi. Ces gens essaient de tuer des gens."

'도와주세요! 이 사람들이 사람을 죽이려고 해요!'라며 소리치는 프랑스 여성의 목소리가 들린다. 그 여성의 행동 덕에 오카모토는 바닥에 쓰러졌고 허의문의 몸은 잠시 일본인들에게 풀려나 움직이기 편해졌다.

허의문이 목소리 방향으로 고개를 돌려보는데 그곳에는 프랑스 남성이 서 있다.

'분명 목소리는 여성이었는데.... 잘못 들었나?'

상의로는 푸른색 단순하고 촌스러운 초어 코트를 입고, 바지는 튼튼한 프렌치 워크 트라우져(French Work Trouser)를 입은 이 자그마한 체구의 프랑스 남성은 얼굴을 다 덮을 정도로 큰 겨울용 모직 베레모를 푹 눌러쓰고 있어서 평범한 프랑스 노동자인 듯 보인다.

그가 허의문이 곤란한 상황에 끼어들어 도움을 준 남성이다.

갑작스럽게 기습당한 오카모토가 화가 나서 프랑스인에게 달려들 기세로 몸을 일으키자 쯔보이 쇼고로가 막는다.

"됐다. 오카모토. 그만 돌아가자."

쇼고로가 오카모토를 막은 것은 잘한 일이다. 주변을 둘러보니 유럽인들의 시선이 모두 이쪽을 향해 있다. 동양인 남자들이 소란스럽게 다투고 있으니 당연히 관심이 갔을 것이다. 호텐토트 울타리 안 코이산 부족들도 밖에서 벌어지는 싸움을 흥미롭게 구경하고 있다. 그런데 총까지 꺼냈으니 자칫 일이 커지기라도 하면 만국박람회 일본관 전시에 불똥이 튈 수도 있다.

오카모토는 허의문과 프랑스 남성을 확실히 처리하지 못하고 그냥 가는 것을 못내 아쉬워하면서 일본인 일행들과 함께 자리를 떴다.

허의문은 일어나 옷에 묻은 흙먼지를 털다가 자기를 도와준 프랑스인과 눈이 마주쳤다. 큰 베레모 밑으로 보이는 푸른색 눈동자와 갸름하고 고운 얼굴.

'여자!?'

그녀는 무슨 이유에선지 남성 노동자 복장을 하고 큰 널빤지를 들고 있다.

시리도록 푸른 눈으로 허의문을 한번 훑어보고는 허의문이 고맙다는 인사를 할 틈도 주지 않고 제 할 일을 하려 한다.

그녀의 이름은 르네 보부아르. 22살 프랑스 여성이다.

그녀가 남성 복장으로 인간 동물원에 들어올 수밖에 없는 이유는 입구에서부터 입장을 제지당하기 때문이다. 그녀와 동료들은 이곳에서 여러 번 시위했고 인간 동물원 측에서는 시위 주동자인 르네를 특히 성가셔했다. 결국 매표소 직원들과 경비 인력들이 르네의 출입을 막는 상황까지 온 것이다.

르네가 인간 동물원을 극도로 혐오하는 이유는 '리진' 마님의 영향이 크다.

어릴 적부터 콜랭 공사 집에서 하녀일을 해 온 르네에게 조선이라는 나라에서 콜랭 공사와 함께 온 리진은 무척 흥미로운 인물이었다.

르네는 리진을 좋아했고 조선에 관해 많은 애기를 들을 수 있었다. 리진도 르네에게 많이 의지하며 프랑스 생활에 적응했다. 하지만 주변 환경은 리진의 프랑스 생활을 순조롭게 하질 않았다. 점점 리진의 마음의 병은 깊어졌고 조선을 그리워했다. 콜랭 공사가 리진을 위한다고 박물관 나들이한 것은 리진의 향수병을 더 악화시켰다. 그 일을 계기로 리진은 유럽의 많은 나라가 인간 동물원을 운영한다는 것을 알았고 정보를 열심히 찾아보기도 했다. 르네도 그전까지는 인간 동물원에 대해 크게 문제라고 느끼지 못했었지만, 리진의 입장에서 생각해 보곤 인간 동물원 반대 운동을 하기 시작한 것이다.

콜랭 공사는 제3대 조선 주재 프랑스 공사직을 자진했고 리진을 위해 조선으로 돌아갔다.

1891년 2월에 프랑스에 온 리진은 1896년 4월, 5년 만에 조선으로 돌아갔다.

르네는 리진과 작별해야 했다. 리진을 모시기 위해 조선으로 함께 갈 생각도 했지만 콜랭 공사의 사택을 관리할 사람이 필요했다. 콜랭 공사는 남자 하인 마엘보다는 르네를 더 신임했다.

리진이 왕과 왕비 앞에서 춤을 추는 궁중 무희였다고 하니 조선에서는 높은 지위에 있었을 것이다. 그곳에서 마음의 병도 고치고 당연히 행복하리라 생각했다.

하지만 그렇지 못했던 것 같다.

갑자기 기별도 없이 콜랭 공사가 1899년 12월에 이곳으로 돌아와서 몇 달간 많은 사람을 만나며 큰 자금을 만들기 위해 바쁘게 돌아다녔다.

콜랭은 자세한 설명은 하지 않았다. 하지만 르네에게도 눈치가 있다. 리진 마님에게 곤란한 일이 생겼고 그 때문에 큰돈이 필요한 것이다. 그리고 그 일은 일본인과도 관련 있는 것이리라.

르네는 콜랭이 어서 목표한 금액을 마련해서 조선으로 돌아가 리진 마님의 곤경을 해결해 주길 바랄 뿐이다. 그리고 가능하다면 리진을 다시 데려왔으면 한다. 이곳에서는 리진 마님이 일본인에게 괴롭힘당하는 일은 없을 것이다. 그리고 르네가 하려는 일에 리진이 많은 도움을 줄 수 있을 것 같다. 리진도 르네가 하는 일을 무척 자랑스러워할 것이 분명하다.

오늘은 콜랭 공사가 마엘과 함께 조선 물건을 기메 동양 박물관으로 옮기는 날이다. 오후에 출근해 집안 정리만 하라고 하셔서 주간지 르 몽드 일뤼스트레의 사진 기자인 남자 동료 피에의 옷을 빌려 입고 여기 온 것이다. 이제 르네가 이곳에 온 목적을 실행하려고 준비해 온 푯말을 들어 올린다.

"이런!"

시위하려고 합판으로 만들어 온 푯말이 방금 총을 든 일본인 뒤통수를 후려치느라 부서졌다. 들어 올리고 보니 반으로 쪼개진 합판이 덜렁거린다.

일본인들끼리 싸우는 데 쓸데없이 참견했다는 생각이 든다. 리진을 알고 지내면서 일본을 별로 좋아하지 않게 되었는데 지금 닥친 난감한 상황 때문에 일본인들을 못마땅해 할 이유가 한 가지 더 보태졌다.

르네는 저 젊은 일본인 남자가 떠나지 않고 자기를 빤히 보고 있는 것도 못마땅하다.

구해 준 것에 대한 감사라도 할 작정인가? 어차피 서로 말도 통하지 않는다. 그래도 르네는 싸움을 말린 건 잘했다고 생각한다. 저렇게 어린 청년을 성인 여럿이 구타하는 상황이 말이 되는가? 이마에 총까지 겨눴다. 사실 총을 들었다는 건 그 일본인이 뒤로 넘어진 이후에나 알았지만....

푯말은 중요한 게 아니다. 큰 목소리가 있으니까.

르네는 부서진 푯말을 바닥에 팽개치고 크게 소리친다.

"제 얘기를 들어 주세요. 여러분."

카랑카랑한 르네의 목소리에 사람들 시선이 집중된다.

"여러분들이 계시는 이곳은 끔찍하고 혐오스러운 곳입니다. 이 울타리 안에 있는 분들과 우리는 모두 같은 인간입니다. 인간을 외모와 피부색으로 구분해서는 안 됩니다. 이렇게 인간을 가두고 구경하는 행위는 훗날 우리의 후손들에게 가장 끔찍한 행위로 평가될 것입니다. 우리는 이 반인륜적인 시설을 당장 폐쇄해야 합니다."

허의문은 르네가 바닥에 던진 푯말을 본다. 반으로 거의 쪼개진 합판에는 프랑스어로 크게 '인간 동물원에 갇혀 있는 이들에게 인권과 자유를!'이라고 쓰여 있다.

르네에게 사람들의 시선은 익숙하다. 이렇게 크게 인간 동물원의 문제점에 관해 주장하면 사람들의 시선은 쏠리기 마련이다. 이후가 문제다. 사람들은 관심 가지고 듣긴 하지만 같이 행동하진 않는다. 언제나 이 부분에서 막힌다. 오늘은 기필코 행동으로 옮기겠다고 결심하는데 너무나 불쾌한 광경이 르네의 눈에 띈다.

"그 손 치우세요!"

르네가 한곳을 손가락으로 가리키며 호통친다. 그쪽에는 중년의 유럽 남성이 서 있다. 그는 방금 울타리 가까운 곳에 서서 이쪽을 보느라 방심하고 있는 코이산 부족 여성의 커다란 둔부를 손으로 주물럭거렸다. 코이산 여성이 불쾌하단 표정으로 손을 뿌리쳤지만, 남성의 손길은 멈추질 않아서 코이산 여성이 남자를 피해 울타리와 멀어지는 수밖에 없었다.

"가족들 보기에 창피하지 않습니까?"

그러고 보니 그 남성은 어린 자식들과 부인과 함께였다. 남성은 얼굴이 벌겋게 달아올라서 가족들을 데리고 서둘러 자리를 뜬다.

허의문은 당당히 자기주장을 펼치는 프랑스 여성을 경외의 시선으로 바라본다. 조선 팔도 어디에서 이렇게 강한 여성의 목소리를 들을 수 있는가? 지위 높은 중년 남성에게 평민 여성이 호통을 친다는 건 조선에선 상상도 할 수 없는 일이다.

르네는 분이 풀리지 않아 씩씩거리며 호텐토트관 코이산 부족을 가두고 있는 울타리로 다가간다. 그녀는 울타리 기둥 하나를 움켜쥐더니 땅에서 뽑을 양으로 힘을 준다.

"보고만 있지 말고 도와주세요. 이분들을 여기서 해방시켜 줍시다."

누구 한 명 르네를 돕진 않는다. 사실 울타리는 무척 엉성하고 약해서 마음만 먹는다면 코이산족도 충분히 울타리를 넘거나 뽑아 버리고 이곳에서 탈출할 수 있어 보인다. 그런데 왜 저들은 그렇게 하지 않을까?

그 순간 울타리 기둥 하나가 르네에 의해 쑤욱! 뽑힌다. 르네는 하나에 만족하지 않고 바로 옆으로 옮겨가 다른 기둥을 잡는다. 또 힘을 써보지만, 이번 기둥은 만만치 않다.

허의문은 왠지 그녀를 도와야겠단 생각이 든다. 힘 빠진 르네가 기둥에서 잠시 떨어져 숨을 고르는 틈에, 뒤에서 그녀를 지켜보던 허의문이 기둥을 잡아 쑥 뽑아 버린다. 덕분에 울타리에는 충분히 넓은 공간이 생겼다. 르네는 자기를 도운 일본인을 잠시 힐끔 봤다. 그녀가 그를 도왔으니 그도 그녀를 도운 것으로 생각했다. 어찌 되었든 르네에겐 울타리가 충분히 넓어진 것이 중요하다. 바로 코이산 족에게 소리친다.

"여러분 나오세요. 욜란데. 이제 나와."

'욜란데. 저 흰 피부의 여자아이 이름이 욜란데구나.'

하지만 르네의 재촉에도 코이산족은 울타리를 빠져나오려 하지 않았다.

욜란데라는 꼬마 아이는 도리어 엄마 뒤쪽으로 숨어들면서 고개를 절레절레 가로 저었다. 르네의 얼굴에 난감함이 역력한데, '삐익! 삐익!' 하는 날카로운 호루라기 소리가 들린다.

4명의 경비원이 이쪽으로 뛰어오고 있다.

"또 저 여자야! 어떻게 들어 온 거지?"

"남자 옷을 입고 있잖아. 울타리까지 부쉈어!"

"르네 보부아르 씨. 당신에게는 여러 번 경고했어."

'르네. 이 여자 이름이 르네 보부아르?'

코이산 족은 움직일 기미가 보이지 않고 경비원들은 서둘러 달려오고 있다. 르네는 'Zut!' 거친 말을 내뱉으며 자리를 피한다.

르네가 몸을 급히 돌리며 달리기 시작할 때였다. 그녀의 머리에 얹어져 있던 커다란 모직 베레모가 벗겨져 떨어진다. 그러면서 르네의 긴 금발 머리가 휘날린다. 거친 남성 노동자 복장으로도 감춰지지 않는 르네의 아름다운 얼굴이 드러나는 순간이다.

다행히 경비원들은 나이 들어 굼떠 보인다. 하지만 젊은 신입 경비원 한 명은 달리기가 빠르다. 느린 세 명 앞으로 치고 나와 혼자 빠르게 르네를 쫓는다. "가라. 루이! 저 여자를 잡아!" 헉헉거리며 뒤따라오는 선배들의 응원을 받으며 루이라는 경비원이 르네와의 거리를 좁혀오고 있다.

르네의 달리기도 꽤 빠르지만 이대로라면 정문을 빠져나가기 전에 잡힐 게 분명해 보인다. 경비원이 한 손에 쥔 진압봉을 휘두르며 뛰어오는 모양새가 르네를 잡은 후에 관용을 베풀 생각은 전혀 없어 보인다. 하는 수 없이 허의문은 저 여인, 르네를 한 번 더 돕기로 결심한다.

경비원들에게 허의문의 존재는 안중에도 없다. 재빨리 르네가 떨어뜨린 베레모를 집어 머리에 푹 눌러 써서 얼굴을 최대한 가린다. 얼굴을 보여서 좋을 건 없기 때문이다.

경비원 루이가 쌩! 의문을 지나쳐 달려간다. 의문은 그때야 뛰기 시작한다. 가속도 붙은 루이보다 늦게 출발했지만, 뜀박질엔 소질 있다. 높은 궁장(宮牆 : 궁궐의 담장)도 나무를 밟고 가볍게 뛰어넘는 신체 능력의 소유자이기도 하다.

르네를 경비원 루이가 쫓고 그 뒤를 허의문이 쫓는 상황이다. 빠른 속도의 허의문이 경비원과의 간격을 좁히고는 있지만, 르네와 경비원 사이는 더욱 빨리 좁혀진다. "거기 서!" 바로 뒤에서 소리치는 경비원 목소리에 놀라 르네가 뒤를 돌아본다. 그 바람에 르네의 속도는 더 느려지고 경비원이 치켜든 진압봉에 닿을 듯 가까워졌다.

"서라고 했잖아!"

경비원이 르네를 향해 진압봉을 휘두른다. 진압봉이 르네의 어깨를 강타하려는 순간, 턱! 하며 경비원의 움직임이 뭔가의 힘에 저지당한다.

허의문의 손이 경비원복의 목덜미 칼라를 잡아끌었다. 경비원이 휘두른 진압봉이 아슬아슬하게 르네의 어깨를 치지 못하고 허공을 가른다.

목덜미 근처 옷을 잡아채어서 뒤로 넘어질 듯 휘청하는 경비원. 허의문이 달려오던 속도 그대로 경비원의 뒷다리를 걸어 찬다. 공중으로 붕! 떠오른 경비원의 몸. 등 전체가 바닥에 텅! 하고 떨어진다.

경비원 루이는 캑캑거리며 가슴을 부여잡고 고통스러워한다. 바닥에 등으로 넘어져 본 사람이면 등 쪽 고통보다 가슴 쪽 고통이 더 하다는 걸 알 것이다. 오장육부가 가슴 쪽으로 튀어나올 것 같은 충격에 한동안은 숨을 쉴 수가 없다.

숨을 되돌리기 위해 버둥거리는 경비원 루이에게 다가가는 허의문. 바닥에 떨어져 있는 진압봉을 집어 든다.

루이는 베레모로 얼굴을 가린 남자가 진압봉으로 자기를 내리치려는지 알았다. 으악! 머리만은 막아보려고 두 팔을 올렸는데, 베레모 남자는 진압봉을 아주 멀리 던져 버린다.

"이런 거로 사람을 때리면 어떻게 하겠다는 거야?"

허의문은 조선 포졸들의 육모방망이처럼 생긴 진압봉을 보곤 진절머리가 나서 조선말로 중얼거렸다. 어차피 이들은 어느 나라 말인지 모를 테니까. 그런데 "어!?" 하는 감탄사가 들렸다.

앞을 보니 르네가 허의문을 빤히 쳐다보고 있다.

"조선 사람?"

르네가 허의문에게 조선 사람이냐고 물었다. 그런데 그 말이 조선말이었다.

푸른 눈동자에 금색 머리카락을 가진 프랑스 여성이 정확한 발음으로 조 . 선 . 사 . 람? 하고 질문한 것이다.

허의문은 너무 뜻밖의 상황에 어리둥절해 있는데 뒤쪽에서 '삐익! 삐익!' 호루라기 소리가 들린다. 3명의 경비원이 가까워지고 있다.

"고마워. 안녕."

르네는 또 조선말로 인사하며 허의문에게 손을 흔들어 주곤 자리를 피한다. 허의문은 정문을 빠져나가는 르네의 뒷모습을 한동안 멍하니 바라보다가 자리를 피해야겠다는 생각에 달리기 시작한다.

정문을 나온 허의문은 르네가 사라진 오른쪽 길을 돌아본다.

허의문이 콜랭 공사의 집에서 오는 길에 인간 동물원을 방문하기 위해 걸어왔던 길이 보인다. 르네의 모습은 보이지 않는다. 길옆으로 빽빽이 심어진 키 큰 회양목들 사이로 몸을 숨긴 채 뛰어가고 있을 것이다.

대한제국관은 반대 방향에 있다.

허의문은 왼쪽 길로 빠르게 뛰어간다.


쯔보이 쇼고로 교수의 숙소는 에펠탑에서 3km 거리, 방돔 광장(Place Vendôme)이 내려다보이는 리츠 파리(Ritz Paris)라는 호텔에 있다. 이 호텔은 1898년 세자르 리츠(Cesar Ritz)가 오픈한 최고급 호텔로, 쯔보이 쇼고로 교수가 파리에 도착한 3개월 전부터 큰 객실 하나를 장기 임대해 쓰고 있다. 그 비용이 만만치 않은데 그만큼 일본이 파리에서 열리는 만국박람회에 참가하는 것을 중차대한 일로 생각한다는 것이고, 쯔보이 쇼고로 교수의 영향력도 짐작할 수 있다.

넓은 호텔 객실 거실은 사무실처럼 꾸며져 있다.

쇼고로는 푹신한 최고급 가죽 의자에 앉아 담배를 피우며 누군가를 초조히 기다리고 있다. 문밖에서 '똑똑똑' 노크하며 들리는 "오카모토입니다."라는 소리에 쇼고로는 기다렸다는 듯이 "빨리 들어와."라고 대답한다.

오카모토가 문을 열고 들어오는데 그의 손에 들려 있는 종이 한 장이 눈에 띈다. 조선 놈이 프랑스 공사 콜랭에게 전달했다는 서신이 틀림없다. 쇼고로는 얼른 담배를 재떨이에 비벼 끄고 오카모토가 다가오는 짧은 시간도 기다리기 힘든지 4개의 손가락을 까닥까닥 거리며 빨리 종이를 넘기라고 재촉한다.

오카모토가 그 방정맞은 쇼고로의 손에 종이를 건넨다.

"카토가 4명을 데리고 프랑스 놈 집을 뒤졌습니다. 그놈 말로는 조센진한테 받은 건 그 편지가 전부라고 합니다. 영어로 된 서신이어서 일본어로 필사해 왔습니다."


　　　　　　　　**1900년 파리, 조선 청년 허의문**

쇼고로는 속으로 '영어로 된 서신을 뺏어오면 되지 뭐 하러 필사했는가? 내가 영어를 하는 걸 모르나? 번역본을 믿을 수 있을까?'라고 생각하며 잔소리를 한바탕 할까도 했지만 피곤해서 관뒀다. 쇼고로는 책상이 흔들릴 정도로 다리를 달달달 떨며 일본어로 번역해 쓰인 글 내용을 꼼꼼히 살핀다. 하지만 편지는 글만 길었지 내용은 별것 아니었다.

조선에 있는 리진이라는 여성이 11월경에 자결했다. 시신은 고아원 근처 양지바른 곳에 묻어 주었으니, 콜랭이 돌아오면 애도할 수 있다는 것과 지금 파리에 있으니 만국박람회 대한제국관 건설과 전시에 많은 도움 부탁한다는 내용이었다.

그리고 그 편지를 쓴 이는 호머 헐버트라는 미국인이었다.

헐버트! 헐버트! 헐버트! 또 그 미국 놈이다. 그놈은 엄청 껄끄러운 놈이고 항상 주시하고 있는 요주의 인물이다.

쇼고로가 내용을 다 살피곤 긴 한숨을 내쉬며 오카모토에게 질문한다.

"정말. 이 편지가 다라고 하니?"

"예. 자신은 아무것도 감출 게 없다고 했습니다."

"그걸 어떻게 믿니?"

"카토 말로는 분위기가 이상했다고 합니다. 콜랭이라는 프랑스 놈이 엄청 적대적이었다고 합니다. 집 전체를 뒤지고 싶으면 그러라고 하면서, 대신 자기는 프랑스 경찰들을 불러 일본인들이 여기 머무는 동안 불법적인 일을 저지르는지 감시하게 하고 행여나 작은 꼬투리라도 잡히는 날이면 추방당할 각오를 해야 할 거라며 오히려 엄포를 놓았다고 합니다."

쇼고로는 오카모토에게 전해들은 말에 기분이 상해서 표정이 확 구겨진다. 프랑스 공사 놈이 왜 우리에게 그렇게까지 적대적인가? 그러다가 갑자기 표정이 밝아지며 세상 가장 재미있는 얘기를 들었다는 듯이 "캭캭캭!" 웃기 시작한다.

"당연하지. 당연하지. 그 프랑스 놈 입장에선 당연한 거지."

"예?"

"너는 기억 안 나냐? 이 편지에서 자결했다는 리진이라는 계집년 말이다."

"....?"

"그년이 외국인과 몇 년 붙어살았다는 소문이 있었는데 그 남자 놈이 프랑스 공사였다는 기억이 지금 났다. 편지에 그년이 죽었다는 소식을 왜 적었겠느냐? 콜랭이라는 프랑스 놈한테 부인이 죽었단 소식을 알린 것이다."

"아하! 그렇군요."

"그러니 당연히 까칠하고 일본인들한테 적대적일 수밖에 없지. 그년은 공노비로 기생이었다. 조선 대신 한 놈이 그걸 알고 압수해서 일본 상인 하야토에게 비싼 값에 팔아먹었고 하야토는 그년을 아주 잘 부려 먹었지."

쇼고로는 이제 리진이 또렷이 기억났다. 2년 전쯤 쇼고로도 하야토에게서 리진을 접대 받은 적이 있었기 때문이다.

그날 저녁 쇼고로는 소문으로만 듣던 궁중 무희를 본다는 기대감에 부풀어 있었다. 하야토와 함께 두 명의 남자 악공과 가면 쓴 작은 체구의 여성이 들어 왔고, 그녀가 리진이었다.

쇼고로는 대번에 기분을 잡쳤다. 처용무라는 궁중무용을 보

**1900년 파리, 조선 청년 허의문**

여 준다는데 그런 것엔 관심도 없다. 리진이라는 계집은 유치한 오색복장에 뭔가가 주렁주렁 달린 팥죽색의 흉한 가면을 쓰고 있어서 얼굴을 볼 수 없었다. 손에는 길고 흰 한삼까지 끼우고 있으니 어느 한군데 여성의 흰 피부를 구경할 수 있는 구석도 없었다. 그리고 그 지루한 동작의 처용무라는 춤은 원래 다섯 명 남자가 추는 춤이라는 데 왜 여기서 그 짓을 하고 있는지 몰랐다. 성격 급한 쇼고로는 춤과 음악 따위는 필요 없으니 멈추라고 소리 지른 후에 악공들과 하야토를 내보내고 리진의 한삼을 잡아 벗기고 얼굴에서 가면을 치워 버렸다.

그제야 리진의 얼굴을 볼 수 있었다. 흰 피부에 유난히 까만 눈동자, 꼭 다문 입술, 자그맣고 동그란 얼굴. 외모도 아름다웠지만 쇼고로에게는 그녀의 체취가 너무 좋았다. 유럽식 생활을 몇 년간 해서인지 리진에게서는 다른 조선 여자에게선 풍기지 않는 독특한 살 냄새가 났다. 쇼고로에게 그날 경험은 조선에서 있었던 즐거운 기억 중 손꼽을 만했다.

"아쉽네. 죽어 버렸다니. 그리고 하야토는 큰일 하긴 글러 먹은 놈이야."

"갑자기 무슨 말씀이십니까?"

"리진이라는 계집 몸뚱이를 양지바른 곳에 묻었다고 하지 않냐? 그런 희귀한 물건을 그냥 땅에 묻어서 썩도록 놔뒀다면 큰돈을 벌 사업 수완이 부족하다는 거지."

오카모토는 여전히 무슨 소린지 모르겠다는 표정이다.

"여기 와서 뭘 보고 느낀 거냐? 오늘도 인간 동물원을 봤잖아. 내가 너희들을 데리고 트로카데로 인류학박물관에 가서 아프리카 토인 암컷의 박제를 보여준 것도 잊었냐? 그런 것들이 유럽 제국주의의 우월함이란 말이다. 죽은 것의 몸속 장기를 드러내서 포르말린 병에 담아 전시하고 몸뚱이는 박제를 만들어 사람들에게 돈을 받고 관람시키고 있다. 이 얼마나 대단한 사업 수완이란 말이냐? 리진이라는 조선 계집을 그렇게 보관했다면 그 몸뚱이는 땅속에서 썩을 때보다 훨씬 가치 있게 쓰였을 것이다. 그 계집도 그걸 훨씬 고마워하지 않겠냐? 나도 살을 섞은 정 때문에 먼길이라도 마다하지 않고 달려가 돈을 지불하고 그 전시회를 방문해서 좋았던 기억을 회상할 거야. 우린 아직 멀었어. 이곳 유럽에서 정말 많은 걸 배워가야 한다."

"교수님의 혜안은 정말 대단하십니다."

쇼고로는 오카모토의 입에 발린 칭찬에 '피식' 새는 웃음을 지으면서도 아주 싫지는 않은 표정이다.

"그런데 그 콜랭이라는 프랑스 놈은 어떻게 할까요? 거짓말일 수도 있습니다. 집을 더 뒤질까요?"

"아니야. 놔둬. 우리가 예상하는 것을 전달받았다면 바로 드러나지 않았겠냐? 괜히 시끄러워지기만 할 일은 삼가는 게 좋아."

그리고 쇼고로는 책상에 달린 서랍을 열어 두툼한 봉투를 꺼내 책상 위, 오카모토 앞쪽에 던진다. 봉투를 집어 드는 오카모토. 살펴보니 돈뭉치가 들어가 있다.

"오늘은 오카모토 네가 민영일을 만나. 약속했던 돈 전해 주고 그 어린 조선 놈에 대해 확실히 알아 봐."

돈 봉투를 들고 호텔 방을 나가는 오카모토.

쯔보이 쇼고로는 오카모토를 물리고 생각에 잠긴다. 쇼고로는 이번 대한제국관 파견단에 고종이 가장 신임하는 외국인인 헐버트가 동행할 거로 생각했었다.

힘도 없는 대한제국의 황제 고종이 뭐 하러 이 먼 나라 파리까지 조선의 물건을 보내 전시하겠는가? 분명 궁내부 내장원을 통해 비축한 비자금을 외국으로 빼돌리기 위함이라고 예상했다. 하지만 헐버트는 조선에 남아 있고 파리에 도착한 조선인들의 방과 창고 물건들을 뒤졌지만, 비자금으로 생각되는 물건은 찾지 못했다.

조선인들이 예상보다 숙소로 일찍 들이닥치는 바람에 충분히 살펴진 못했다 하더라도 비자금 정도라면 큰 수고를 드리지 않고 바로 알아볼 수 있었을 것이다.

고종의 비자금은 대부분 금괴와 일본 지폐여서 큰 금액만큼 부피도 클 것이기 때문이다. 그럼 목적이 비자금이 아니라는 건가? 그 어린 놈의 존재도 꺼림직하다. 헐버트가 그놈을 통해서 콜랭에게 편지를 전달했다는 건 그놈이 뭔가 다른 중요한 임무를 부여받았다는 뜻일 것이다. 그런 하찮은 편지 전달이 그놈의 역할 전부일 리 없다. 민영일도 그놈이 수상쩍다는 말을 했었지만, 그런 어린 놈이 무슨 중요한 일을 하겠냐고 흘려들었었다. 비자금을 일본 몰래 외국 은행에 예치하는 막중한 일을 그놈이 맡았다는 건 상상도 할 수 없는 일이다.

하지만 생각할수록 비자금이 아닐 수도 있다는 의심이 점점 커진다. 왠지 불안하다. 답은 그 어린 놈에게 있을 것이다.


리츠 파리는 오픈한 지 2년밖에 안 된 호텔이지만 설립자인 세자르 리츠의 '세계에서 가장 위대한 사람들이 집처럼 느낄 수 있는 호텔'이라는 철학을 철저히 고수하면서 유명 인사들의 취향을 만족시켜 주며 입소문을 타고 단숨에 파리의 사교 명소로 떠올랐다.

이른 저녁부터 호텔 라운지는 많은 사람으로 가득 찼다.

남녀 가리지 않고 뿜어 대는 담배 연기로 라운지 전체가 뿌옇다.

가장 안쪽 구석에 용케 2인용 테이블을 잡은 민영일과 오카모토가 마주 보며 앉아 이야기를 나누고 있다.

둘이 돈독한 사이는 아니어서 불필요한 안부를 나누거나 하진 않고 바로 본론으로 들어갔다.

"물건을 건드린다고 하지는 않았잖아. 가뜩이나 대한제국관에 전시할 물건이 빈곤한데 밟고 부수고, 불까지 지르면 어떻게 해?"

민영일이 일본어까지 능통한 터라 오카모토와 일본어로 대화를 나눈다.

"사고였잖아. 그놈들 밤늦게까지 안 들어온다고 하지 않았나? 왜 그렇게 일찍 들여보낸 거야? 그건 민공 잘못이야. 우리 측 사람이 크게 다쳤다면 민공이 책임졌어야 해."

"내가 언제 들어올지 확실한 건 아니라고 했잖아. 자기들이 놀기 싫어서 일찍 들어온 걸 어떻게 막나? 모든 상황을 대비하고 있었어야지. 아무튼 전시물을 부순 건 보상해 줘야겠어."

"칫! 그깟 게 무슨 전시물이야? 만국박람회는 각종 공산품이나 공예품을 전시해서 자국의 산업기술 수준을 겨루는 국력 홍보 마당이다. 그따위 물건들을 내보이는 곳이 아니야. 설마 진짜 머릿니 잡는 참빗을 전시하려고 가져온 건 아니겠지?"

오카모토의 비아냥거림에 민영일이 반박할 말을 찾지 못하고 표정을 구기는데 오카모토가 슬쩍 돈 봉투를 건넨다. 봉투의 내용물과 액수를 확인하고 표정이 밝아지는 민영일.

"솔직히 민공은 그깟 전시에는 관심 없잖아?"

틀린 말은 아니다. 민영일에게는 파리 만국박람회 대한제국관 한국위원회 명예위원장이란 걸출한 직함이 더욱 중요하다. 이런 중요해 보이는 자리를 맡고 있어야 유용한 정보도 생기고 그 정보를 팔아 배를 불릴 수도 있는 것이다.

"그런데 그 어린 놈은 뭐 하는 놈이야? 알고 있는 거 있어?"

이제야 그걸 물어 보는군. 민영일은 속으로 또 쾌재를 부른다. 민영일은 촉이 좋다. 원래 파견단은 민영일과 김덕중, 김바회, 노막상 4명으로 조촐하게 꾸려졌었다. 그런데 출발 한 달 전, 갑자기 18살의 어린 허의문이란 놈이 일행에 합류된 것이다.

아주 이례적인 일이다. 누군가의 입김이 작용했을 것이다.

허의문을 조사하는 것은 오래 걸리지 않았다. 그놈의 출신이 워낙 독특했으니까. 하지만 왜 이놈이 여기 합류했는지는 여전히 의문이다. 쯔보이 쇼고로 교수한테 허의문에 관해 알아 낸 것을 말하고 혹시 이놈의 임무로 짚이는 게 있는지 떠 볼까도 생각했지만, 안 하길 잘했다. 지금처럼 애가 닳아서 먼저 질문한다면 큰돈이 될 테니까 말이다.

"그걸 궁금해 할지 알았어. 그놈에 관해 내가 알아 낸 게 있는데. 어째, 듣겠나?"

"말해 봐."

민영일은 웃옷 안에 챙겨 넣은 돈 봉투를 툭툭 치며 이 정도 푼돈에는 넘길 수 없는 중요한 정보라고 자신만만해 한다.

"내가 당신들처럼 황제의 비자금을 의심하지 않았겠는가? 그 많은 짐 속에 금괴나 돈다발을 숨겼을지 몰라서 틈만 나면 뒤져 봤지. 하지만 없었어. 큰 비자금을 이렇게 들키지 않고 옮긴다는 게 가능한 일인가?"

오카모토도 그 점은 동의한다.

"어제 당신들도 그 비자금을 찾았겠지. 괜한 헛수고야. 허의문 그놈은 비자금 때문에 합류한 게 아니야."

"허의문? 그놈 이름이 허의문이야?"

'젠장. 말이 헛나왔네. 뭐! 이름 정도는 상관없어. 이놈들이 대한제국관만 기웃대도 이름은 귀동냥으로도 얻어들을 수 있으니까.'

"그래. 나는 허의문이 고종의 비자금 운반책 임무를 맡았다는 가정은 애초부터 집어치웠어. 그럴만한 인물이 아니야. 그러면 그놈은 왜 합류했을까?"

"뜸 들이지 말고 빨리 말해."

"이상한 게. 나는 그놈 정체를 알아도 전혀 감이 안 온단 말이야. 그런데 그놈 정체를 알려 준다면 쇼고로 교수는 알 것 같다는 거지. 그놈이 이곳에 온 목적을 말이야."

"그게 뭔 개소리야."

"허의문 정체를 아는 게 나보다는 당신들한테는 훨씬 유익하다는 얘기야."

그리고 민영일은 오카모토의 얼굴 앞에 쫙 편 손바닥을 보이며 다섯 배의 금액을 요구한다.

"5배! 허의문에 관한 정보는 내가 평소에 받는 금액의 5배야."

"미쳤구나."

"그건 쇼고로 교수가 판단하시게 해. 교수께서 고민이 끝나시고 돈이 준비되면 연락하고."

민영일은 할 말을 마치고 자리에서 일어나 호텔 로비의 시끌벅적한 사람들 속으로 사라진다.


# 2023년

20평 남짓의 전시장. 보통 중고등학교의 교실 크기만 하다. 123년 만에 고국으로 돌아온 귀한 유물들을 모시기엔 조촐하지만 11점의 악기들을 전시하기엔 알맞은 공간이다.

오후 4시. 11명 정도의 관람객들이 악기를 관람하고 있다.

'1900년 파리, 그곳에 국악 展'은 큰 전시는 아니지만, 적극적인 홍보와 123년 만에 돌아온 우리의 전통 국악기라는 애처로운 이야기까지 더해져서 2개월간의 전시 기간 중 30,000여 명의 관객이 방문했다. 흥행 성적이 나쁘진 않은 것이다.

며칠 후면 전시가 끝나고 악기들은 다시 꼼꼼히 포장되어 1주일간 적응 기간을 갖고 비행기에 오를 예정이다. 모든 진행이 순조로워서 1900년에 프랑스 공예박물관에 기증한 백자, 청화

자기와 공예품을 전시하는 다음 기획전도 무난하게 진행될 것 같다. 지금처럼 아무 일 없이 순조롭다면 말이다.

박지현은 오늘도 이 작은 전시장의 입구와 출구를 지키면서 악기를 수도 없이 다시 본다. 이 전시를 박지현이 기획했고 관람객의 반응이 궁금하다는 핑계를 댔지만 2개월간 계속되는 박지현의 행동은 집착으로 보일 정도로 심해 보인다. 박물관 개장부터 폐장까지 이 악기 전시장만을 지키는 박지현을 이상하게 보는 사람들이 생겨나기 시작했다. 오상훈 과장은 특히 박지현의 행동을 못마땅해 했다.

결국, 어제는 오상훈 과장에게 심하게 꾸짖음을 당했다. 기본적인 업무도 미루고 이 전시장만 지키다가 부랴부랴 야근으로 누락된 일을 메꿨던 적이 한두 번이 아니었기 때문이다. 오상훈 과장이 계속 이런 식이면 다음 전시 기획에서는 담당 인원에서 제외하겠다고까지 엄포를 놓았지만, 박지현은 오늘도 이 전시장에 나와 악기들을 구석구석 살핀다.

큰 유리 케이스 안에 들어가 있는 악기들을 봐 봐야 관람객들과 다르지 않은 입장이다. 전에 수장고에서 봤을 때도 못 찾은 게 이 상황에서 보일 리 만무하다. 그렇다고 손 놓고 있기도 답답하다. 전시가 끝나고 악기들이 비행기에 오르면 또 언제 볼 수 있을지 모른다.

박지현은 X-Ray 촬영을 해 보기로 확실히 결정했다. 허의문이 용고나 거문고, 가야금, 양금, 북 같이 큰 악기 안쪽에 숨긴 게 분명하다. 하지만 X-Ray 촬영은 쉬운 과정이 아니다. 게다가 비공식적인 절차로 진행하는 건 거의 불가능한 일이다.

악기를 옮기는 동선의 CCTV, 방사선 조사실 사용 허가, X-Ray 필름 사용처 서류, 촬영을 대처할 다른 유물, 보고서 조작 등 넘어야 할 산이 많다.

박지현이 할 수 있는 일이 아니다.

결국, 방사선 조사실을 담당하는 오상훈 과장의 도움이 필요하다. 박지현은 어제 오상훈 과장에게 된통 혼나면서 이유를 말해 버리고 싶은 유혹을 몇 번이나 느꼈다. 하지만 막상 말하려니 어떻게 얘기를 시작해야 할지 막막했다.

이제까지 조사한 정보가 있다고 해도 결론은 정말 소설 같은 박지현의 상상일 뿐이니까.

그때 뒤통수가 근질근질하다. 박지현 옆에 서 있는 전시관 스태프의 표정도 이상하다. 뒤를 돌아보는 박지현. 역시 전시관 출구 쪽에 오상훈 과장이 서 있다. 팔짱을 끼고 박지현을 무섭게 노려보는데 이제는 더 못 봐주겠다는 표정이다.

'말하자. 미친 거 아니냐고 욕을 처먹더라도 사실대로 말하고 도와달라고 하자.'

박지현은 터덜터덜 오상훈 과장 쪽으로 걸어간다.


## 1900년

4월 14일. 드디어 파리 만국박람회가 시작되었다.

요란한 팡파르와 군중들의 함성이 박람회장 정문이 있는 콩

코르드 광장을 가득 채운다. 입장이 시작되자 정문으로 사람들이 쏟아져 들어와서 미리 결심해 둔 전시장을 향해 약속이라도 한 듯 빠르게 이동한다. 정문이 열린 지 얼마 되지 않아 강대국들의 크고 인기 많은 전시장은 몇 시간을 기다려야 입장할 수 있는 긴 사람의 띠가 만들어졌다.

허의문은 군중들 사이에서 박람회를 살펴보고 있다.

대한제국관 물품을 전시하는 데는 많은 시간이 필요하지 않았다. 워낙 준비해 온 전시물이 빈약했기도 했지만, 그마저 많이 파손당했기 때문이다. 시간이 많이 남아 여유로웠다. 그래서 일행들은 허의문에게 대표로 만국박람회장을 둘러보고 오라고 했다.

6일 전. 일요일에 함께 전시장을 둘러볼 때와는 다른 분위기다. 아직 마무리가 덜 되어서 개관을 못한 곳도 있지만, 며칠 사이에 모든 준비를 마친 전시관들은 정말 멋졌다. 거리 곳곳 사람들로 넘쳐나고 각국의 이채로운 건물들이 즐비하다. 건물의 크기가 자국의 국력을 대변하듯 강대국들의 전시관 건물은 크고 아름답다. 처음 보는 기술들과 문물, 다채로운 그 나라만의 민속행사가 허의문의 발길을 멈추게 한다.

허의문은 일부러 청나라관과 일본관도 찾았다.

전시관을 둘러보는 많은 외국인이 보이고 건물 밖 길가까지 사람들이 북적북적 댄다. 무척 부러운 모습이다.

부지가 너무 넓어서 대국들의 전시관과 중요한 전시물, 건축물을 돌아보는 데도 몇 시간이 훌쩍 지났다. 건물 내부입장이나 체험은 생각지도 못했다.

박람회장에서 가장 외진 거리인 마르스 광장 서쪽 쉬프렌 거리, 대한제국관으로 돌아오는 길을 걷다 보니 사람이 확연히 줄어드는 게 느껴진다.

그래도 며칠 전부터는 이쪽 거리에도 전기가 들어오는 가로등이 설치되었다. 저녁에 시험 점등을 했었는데 불빛을 받은 대한제국관은 정말 아름다웠다.

허의문은 저녁에 불이 켜지면 밤에 더 아름다운 대한제국관을 보며 오늘도 느낀 헛헛한 마음을 위로해야겠다고 생각한다.

거리의 몇몇 관람객들은 대한제국관을 밖에서 휘 보며 지나가고 드나드는 사람은 보이지 않는다.

허의문이 대한제국관을 들어서려는데 민영일이 똥 씹은 표정으로 서둘러 나오다가 허의문과 어깨를 부딪친다.

"이런! 넌 어딜 이렇게 싸돌아 다니냐?"

따지고 보면 담배를 꺼내 물며 앞도 살피지 않고 부주의하게 나오던 민영일의 잘못이 컸지만, 도리어 지가 성질이다. 도편수 김덕중이 박람회 시작 분위기와 다른 전시관을 둘러보고 오라 해서 나갔던 것이라 설명하려 했다. 하지만 민영일은 정말 궁금해서 질문을 던진 게 아니다. 허의문에게 뭐라 말할 기회도 주지 않고 담배를 문 채 쉬프렌 거리를 가로질러 가 버린다.

"하이고! 성깔머리하곤."

"왜 저러십니까?"

"왜 저러긴 뭘 왜 저래. 사람 없다고 투덜투덜. 자기 할 일 없다고 성질내면서 나가 버린 거지."

노막상이 허의문에게 설명하고 김덕중은 질문한다.

"잘 보고 왔냐? 어떻더냐?"

"사람이 정말 많습니다. 그렇게 많은 사람이 한곳에 모여 있는 것은 처음 봅니다. 볼거리도 많으니, 어르신도 한번 보고 오십시오."

"됐다. 겨울까지 한다는데 천천히 보지 뭐."

"아니. 사람이 그렇게 많은데 여기는 왜 이렇게 휑하대?"

"그래도 어림잡아 100명은 왔어."

노막상의 투덜거림을 김바회가 바로 잡는다.

"100명은 무슨.... 죄다 문가에 서서 한번 쓰윽 훑어보다가 애개! 하는 표정들로다가 나가 버렸잖아요. 안으로 10걸음 이상 들어온 사람은 20명도 안 돼요."

그때 허의문 뒤쪽으로 젊은 프랑스 연인이 전시관 문가에 나타난다.

둘은 안쪽을 살피는가 싶더니 전시관 문지방을 넘어 한걸음 안쪽으로 들어온다.

노막상과 김바회는 난리가 났다. 티 내지 않으려 소리는 죽였지만 오두방정이다. 민영일 대공이 없는데 저 양인들이 뭔 말이라도 하면 어떻게 하냐며 네가 나서라! 형님이 가 봐요! 둘이 주거니 받거니 가관이다.

하지만 그들의 걱정이 무색하게 프랑스 연인은 서로의 얼굴을 보며 '별거 없다. 나가자!'라는 눈빛을 교환한 후에 바로 밖으로 나간다.

"봤지! 봤지! 열에 여덟은 저렇다니까. 민공이 삐쳐서 나갈 만도 하지.”

노막상 말대로 대한제국관 안이 휑하긴 하다. 전시물을 설명한 글은 붙어 있지만, 전시물이 없는 공간도 많이 눈에 띈다. 아직 준비가 덜 된 전시장처럼 보인다.

문제는 시간을 준다고 해도 그 공간을 채울 전시물이 없다는 것이다.

밖에 저렇게 볼 것이 많은데 굳이 이 외진 곳까지 와서 전시물이 절반도 안 차 있는 대한제국관을 볼 이유가 있겠는가?

문가에서 시큰둥한 표정으로 안쪽 분위기만 살피다 돌아 나간 관람객들이 몇 명 더 지나가고 나니 어느덧 해가 뉘엿뉘엿하다. 가로등이라도 들어오면 아름다운 대한제국관 분위기에 이끌려 관람객이 있지 않을까 기대도 해 보지만, 아직 가로등도 들어오지 않는다. 그마저도 대한제국관을 도와주지 않는다.

노막상과 김바회는 지쳤는지 전시물을 올려놓은 단상 끄트머리에 엉덩이를 걸치고 앉아 꾸벅꾸벅 졸고 있다.

그런데 입구로 한 무리의 관람객들이 들어온다.

프랑스 가족이다. 중년의 점잖아 보이는 부부가 10살 아들, 8살 딸과 함께 들어왔다.

김덕중이 졸고 있는 김바회와 노막상을 발로 툭 쳐서 깨운다. 놀라서 깼지만, 으레 다시 나가려니 생각했다. 아들과 딸은 벌써 지루하다는 표정이다. 하지만 아버지로 보이는 이가 아들딸을 안쪽으로 살짝 밀고 들어온다. 아버지가 동양에 관해 관심이 많은 듯하다. 다행히 입구 바로 왼쪽에 놓인 청동으로 만든 용 조각이 근사하다. 4명 가족은 예상과 달리 안쪽 전시물까지 관람한다.

긴장해서 뻣뻣한 자세로 나란히 서 있는 4명 조선인의 모습이 우스워서 부인은 '풋' 웃음을 터트렸다가 미안했는지 눈이 마주친 조선인들에게 살짝 눈인사를 해 준다. 그런 인사가 어색한 노막상이 허리를 90도로 구부려 인사하자 그 모습에 가족들은 웃음이 터진다.

전시물은 별거 없지만, 프랑스 가족은 독특한 분위기를 즐기고 있다. 가족은 안쪽까지 들어와 뚜껑 없는 작은 가마처럼 생긴 남여(籃興)를 타고 외출하는 양반 마네킹 전시물을 유심히 본다. 그런 것들엔 영어와 프랑스어로 설명문이 달려 있다. 아버지는 아이들과 함께 생소한 동양 물건들에 붙어 있는 설명문을 읽으며 많은 이야기를 나눈다. 모습이 좋아 보인다.

하지만 해설이 없는 물건도 많은데 행여나 질문이라도 한다면 어쩌나 또 걱정이 앞선다. 그냥 조용히 보다 나가 주기만 바랄 뿐이다.

그런데 갑자기 아들이 아버지를 부른다.

부모와 달리 아이들의 관심은 작은 것에 있다. 전시장 중간 유리 진열장 안에 남성과 여성이 사용하는 잡다한 소품들이 들어가 있는데 그 진열장을 보던 아들과 딸이 아버지를 부른 것이다.

무기와 불상을 보던 부부는 아이들이 부르는 쪽으로 간다.

아들이 유리 진열장 안의 뭔가를 가리키며 묻자, 아버지는 깔끔하게 손질된 턱수염을 매만지며 심각한 표정으로 고민한다.

결국, 가장 우려하던 일이 발생했다. 프랑스인 아버지가 힐끔힐끔 조선인들을 본다. 아내와 아이들도 조선인들을 본다. 분명

도움을 요청하는 눈빛이다.

"으아! 형님 어찌합니까? 저게 그거지요? 저 뭐…. 설명해 달라는 거요."

"그런 거 같은데. 아이고 뭐가 궁금하다고 여기를 자꾸 보는거야. 덕중 어르신 어떻게 좀 해주십시오. 계속 쳐다봅니다."

"이놈아. 내가 뭔 수가 있냐? 어여 나가서 민공을 찾아보던가."

그때 허의문이 앞으로 나선다. 도편수 김덕중 말대로 민영일을 찾으러 나가는가 했다. 하지만 그렇다기엔 너무 움직임이 여유롭다.

허의문이 프랑스 가족에게 다가가며 한마디 한다.

"Bonjour. Que puis-je faire pour vous ?"

이게 무슨 소린가? 허의문의 입에서 법국 말이 줄줄 흘러나온다.

자연스럽게 프랑스 가족에게 다가가서 뭘 도와주면 되겠냐고 묻는 허의문. 중년의 프랑스 신사가 손가락으로 유리 진열장 안을 가리키며 뭐라 뭐라 하는 말을 귀 기울여 듣더니 호탕하게 웃는다. 듣는다고 뭔 뜻인지는 아는 것인가?

허의문이 김덕중을 바라보며 질문한다.

"여기 이 안에 있는 것이 뭐에 쓰이는 물건인지 궁금하다는데, 꺼내서 알려 줘도 되겠습니까?"

'뭐? 무슨 물건? 꺼낸다고?'라는 질문을 해야 했지만, 김덕중은 그냥 멍한 표정으로 고개만 끄덕인다.

허의문이 가족들에게 프랑스어로 질문한다.

"그러시다면 제가 이걸 꺼내서 직접 쓰임새를 알려 드려도 될까요?"

허의문의 말에 프랑스 가족은 흔쾌히 고개를 끄덕인다.

"원래 이러면 안 되는 건데 도련님께서 궁금하시다니 알려드리는 겁니다."

'끼익' 진열장의 유리 천장을 열고 허의문이 뭔가를 집어 든다.

그의 손에는 참빗이 들려 있다.

의문은 10살 아들의 머리를 가만히 보더니,

"이건 조선 사람들이 머리를 손질하는 데 쓰는 특별한 빗입니다. 제가 도련님 머리를 한번 빗겨 드리고 싶은데 괜찮을까요?"

프랑스 부모가 허락하자 허의문은 아들의 머리를 참빗으로 빗겨 주기 시작한다. 뻑뻑한 참빗질에 아들의 표정이 불편해지지만, 빗질을 몇 번 더 하는 동안 아들은 불편함을 꾹 참는다. 몇 번의 빗질을 끝내고 허의문이 참빗을 들어 자기 얼굴 앞으로 가져가 살핀다. 그리곤 가족 중 특히 부인에게 당부한다.

"놀라지 마세요. 부인."

가족들 앞에 참빗을 내밀어 보여주는 허의문. 가족들이 참빗을 살피는데 통통하게 살이 오른 10여 마리의 머릿니가 참빗 위를 기어 다니고 있다.

"으아악!"

경악하는 프랑스 가족.

"이것은 참빗이라고 하는 물건입니다. 조선인들이 머릿니를 잡는 데 사용합니다. 머릿니는 무척 해롭고 질병을 일으켜서 꼭 없애야 하는 벌레이죠. 이놈들은 뛰어다니지도 못하고 날개도 없이 머리카락에 붙어살기 때문에 이렇게 촘촘한 대나무 빗으로 머리카락을 빗겨 주면 쉽게 예방할 수 있습니다."

부인은 참빗이 무척 마음에 들었나 보다.

"우리 가족한테도 머릿니는 골칫거리입니다. 손으로 일일이 잡아내기 힘들어서 머리를 짧게 깎아 버리기도 해요. 프랑스에 가발이 발달한 건 머릿니 때문이라고도 합니다. 한참 보이지 않아서 없어졌나 하면 어느 순간 뺨을 기어 다니고, 어디서 옮겨오는지도 알 수 없어서 끔찍한데 이 참빗을 저희에게 팔 수 없나요?"

"아~ 죄송하지만, 전시물이기 때문에 그건 좀 곤란합니다."

아쉬워하는 부인을 보곤 남편이 다른 방향으로 부탁한다.

"그럼 미안한데 이것으로 우리 가족들 머리를 한 차례씩 빗겨 줄 수 있겠습니까?"

"그래요. 그것도 좋겠어요. 저부터 부탁드려요."

부인은 무척 적극적이다.

전혀 예상치 못한 상황에 난감한 허의문. 김덕중과 김바회, 노막상을 바라보지만, 그들에게서 뭔가 뾰족한 수가 나올 것 같진 않다.

"좋습니다. 그럼, 이쪽으로 앉아 주세요."

부인은 허의문이 전시된 조선 의자를 가리키자 즐거운 표정으로 앉는다. 조선 청년이 조선 전통 의자에 앉은 프랑스 부인의 머리카락을 참빗으로 빗겨 주는 진풍경이 펼쳐진다.

"세상에! 내 머리에 이렇게 많아?"

아무래도 이 프랑스 가족의 머릿니 전파 원인은 부인에게 있었던 것 같다.

오랜 시간 꼼꼼히 빗질한 덕에 가족 4명의 머리에서 백수십 마리의 머릿니를 퇴치할 수 있었다.

프랑스 가족은 허의문의 친절에 고마움을 표했고 이런 작은 생활 속 물건에서도 Coréen의 창의력을 엿볼 수 있어 즐거웠다고 말한다.

대한제국관의 위치가 외지고 전시물이 많지 않음을 아쉬워하며 많은 사람이 방문했으면 좋겠다는 응원의 말도 잊지 않는다.

부모는 대한제국관을 떠날 준비를 하는데 아들과 딸은 또 궁금한 것이 있는 눈치다. 전시관을 나가기 전, 왼쪽 벽 구석에 전시된 악기들을 유심히 보고 있는 아들과 딸. 조선 전통 악기의 화려한 색상과 무늬에 시선을 뺏겼다.

"이 악기들에선 어떤 소리가 나나요?"

아이들이 궁금해할 만한 질문이지만 궁금증을 해결해 주려면 악기를 연주해 줘야 했다. 허의문은 다시 김덕중을 돌아본다.

"어르신. 법국 가족들이 우리 조선 악기 소리를 들어보고 싶어 합니다. 제가 대금 밖에 연주할 줄 모르는데 연주를 해 봐도 될까요?"

김덕중은 기가 찰 노릇이다. 저놈은 그런 걸 왜 자기에게 묻는 것인가? 김바회, 노막상은 아직도 턱이 떡 벌어져서 다물질 못하고 있다.

"그…. 그래라. 못할 이유가 뭐 있겠냐?"

허의문은 악기 중 대금을 들고 프랑스 가족에게 밖에서 듣는
것이 좋겠다며 함께 전시장 밖으로 나간다.

"저 괘씸한 놈이 법국 말을 저렇게 잘하면서 이제까지 입 꼭
다물고 우리를 속인 겁니까?"

노막상이 화를 내는 이유가 김바회에게는 그다지 중요하지
않다.

"저 녀석 뭐 하는 놈입니까요?"

"내가 아는가? 특이한 녀석이라고는 생각하고 있었는데 나도
당황스럽네. 그래도 여기 와서 목수가 된 건 확실해."

허의문은 쉬프렌 대로에 처음 도착해서 본 대한제국관의 기
본 골조를 허물고 다시 건설하는 일에 누구보다도 열심히 일
했다. 목수 일도 하루하루 빠르게 배웠다. 그 점은 도편수 김덕
중도 인정하는 부분이다. 하지만 저런 능력을 이제까지 숨겨 온
것을 보면 필시 드러낼 수 없는 일을 맡은 것이다. 오늘 감추지
않고 자기 모습을 드러낸 것을 보면 뭔가 일이 진행되는 것이다.

김덕중은 괜히 불길한 예감이 앞선다.

노막상은 의문이 녀석이 대금은 얼마나 잘 부는지 들어보
겠다며 전시관 입구 쪽을 향한다. 김덕중과 김바회도 그 뒤를 따
른다.


허의문은 전시장 입구를 나와 돌계단을 내려오면서 대금의
청공을 덮고 있는 황동 청가리개를 들춰 본다. 혹시나 청공에 붙
여 놓은 갈대청이 상하지는 않았을까 걱정되서였다. 다행히 몇
달의 혹독한 여행과 방치에도 연약한 청은 괜찮아 보인다.

황동 청가리개 안쪽에 갈대청이 상하면 교체하기 위해 화선지 봉투를 붙이고 그 안에 여벌 청을 넣어 놨는데 그 화선지 덕분에 청공에 붙여 놓은 갈대 속 청이 건조하고 습한 상황에서도 잘 버티고 있었다.

대금의 청 교체 작업은 무척 번거로운 작업이다. 지금 대금에 붙어 있는 청도 여행길에 오르기 전에 허의문이 붙여 놓은 것이다. 물에 불린 갈대 속 청을 아교를 발라 팽팽하게 붙이고 건조시켜 배에 실었다. 그때는 대금에 청이 안 붙어 있는 것이 속상해서 큰 의미 두지 않고 했던 일인데 이렇게 전시물로 연주할 상황이 올지는 몰랐다.

이제 밖은 완전히 밤이라 어둡다.

여전히 가로등은 켜지지 않고 있다. 오늘은 무슨 일이 있는가?

허의문은 대한제국관 돌계단 밑에 가부좌를 틀고 앉는다. 취구 쪽 끝을 왼쪽 어깨에 얹고 대금을 땅과 수평이 되게 잡고 자세를 취한다.

몇몇 사람들은 관심 없이 지나다니고 프랑스 가족과 조선인 일행들만 허의문을 지켜보고 있다.

숨을 크게 들이쉰 후 취구에 입술을 붙이고 천천히 숨을 불어 넣는 허의문.

대금에서 프랑스인들이 이제까지 들어 보지 못한 소리가 울려 나온다.

대금 소리는 서양 악기인 플루트와 비슷하지만, 취구와 지공 사이에 뚫린 청공에 붙어 있는 얇은 청이 붕붕 떨며 내는 미세한 청소리가 대금만의 매력이다. 게다가 이 대금은 쌍골죽이라는 병든 대나무로 만들어졌다. 이 대나무는 병이 들어 몸통 양쪽으로 크게 골이 가 있지만, 단단하고 살이 꽉 차 있어서 보통 대나무로 만든 대금보다 울림이 더 깊다.

바람 소리와도 같은 구슬픈 조선인의 가락이 어둠 속으로 울려 퍼지자, 관심 없이 길을 오가던 외국인들이 모여든다. 대금을 연주하는 허의문을 중심으로 관람객들이 반원을 만들어 둘러쌌다. 좁은 쉬프렌 거리에 처음으로 사람들이 넘쳐나는 모습이다. 사람은 많지만 북적대지 않고 조선의 소리에 조용히 귀 기울이는 분위기이다.

그때였다. 누군가 관람객들 사이를 비집고 나와 허의문과 청중 사이에 들어온다.

어두워 얼굴이 보이지 않지만, 고운 몸의 외곽선과 길게 날리는 머리카락으로 여성임을 알 수 있다. 그 여인이 허의문의 대금 가락에 맞춰 춤을 추기 시작한다.

덩실덩실!

무슨 춤인가? 허의문은 대금 연주를 하며 그 여인의 춤을 눈으로 좇는다.

분명 조선의 춤인데 형식을 모르겠다. 계속 보고 있노라면 여인의 춤 속에서 조선의 궁중무용인 정재무들 안에 있는 대표 동작들이 보인다. 대금의 소리에 맞춰 그때그때 빠르기도 하고 느리기도 한 동작을 즉흥적으로 꺼내어 놓는 것 같다.

저 여인은 누구인데 이렇게 조선에서 멀리 떨어져 있는 땅에서 조선의 춤을 추는 것인가?

그 순간 여인이 두 손을 위로 들어 올려서 뿌렸다가 허리 뒤로 내려 여미고 두 무릎을 굽히며 오른발과 왼발을 번갈아 살포시 들었다 놓는다.

그리고 환하게 웃는 입가의 미소. 어둠 속에서도 그 여인의 시원한 미소와 흰색 치아가 보인다.

저건 분명 화전태!

꽃 앞에서 자태를 짓는다는 뜻의 동작으로 춘앵전 18박에 나오는 춤 동작이다.

임금 앞에서 추는 궁중 춤 특성상 엄격한 예 때문에 여인의 치아가 보이는 걸 금기하고 있다. 하지만 화전태에서만은 엷은 미소를 허락한다.

허의문은 이 여인의 화전태 동작을 보고 조선의 여인을 떠올렸다.

궁중 무희 리진!

허의문이 이곳 파리로 오기 몇 달 전 스스로 목숨을 끊은 기구한 운명의 여인. 지금 파리에 있는 프랑스 공사 콜랭의 연인이었던 조선 여인.

눈앞에서 춤을 추고 있는 여인은 머리에 화관을 쓰지 않고 노란 앵삼을 입고 있지 않으며 오색 한삼을 손에 끼우고 있지도 않지만 마치 리진이 살아 돌아와 춤을 추고 있는 듯하다. 화전태에서의 저 환한 미소가 리진의 것과 너무도 흡사하다.

허의문은 리진을 아주 어릴 적 궁에서 처음 보았다. 추운 겨울, 한 해의 끝자락에 조선의 왕이 각국의 외교관들과 몇몇 외국인들을 궁으로 초청해서 연회를 열었을 때였다. 무슨 이유에선

**1900년 파리, 조선 청년 허의문**

지 헐버트는 9살 허의문을 궁으로 데려갔다. 나중에 안 일이지만 어린 허의문을 보고자 한 중전마마의 명이 있었다고 한다.

그 연회에서 허의문은 리진을 보았다. 아이가 감당하기엔 지루한 시간이 이어지고 있을 때 리진이 등장했다. 어린 허의문의 눈에도 리진의 춘앵전 독무는 아름다워 보였다. 그리고 화전태 동작에서의 그 환한 미소. 그때 아버지 헐버트가 가지고 간 코닥 카메라로 찍은 리진의 흐릿한 사진이 아직 집에도 있다.

리진은 얼마 후 프랑스 공사 임기가 끝난 콜랭과 프랑스로 떠났지만 한참 후에 다시 궐내에서 볼 수 있었다.

다시 조선으로 돌아온 리진은 완전히 다른 사람이었다. 마치 실성한 사람처럼 궐 구석에서 혼자 몇 시간이고 춤을 추었다. 허의문은 그 모습을 자주 본 적 있었다. 그때 리진의 춤이 저랬다. 궁중 춤의 격식을 허물고 쌓인 한을 표출하려는 듯 마음껏 춤사위를 펼쳤다.

그때 리진의 춤사위와 이 여인의 춤사위가 너무도 닮았다.

심지어 화전태의 마지막에 여인의 웃음소리가 들렸다.

리진도 화전태를 마치고 아무 땅바닥에 드러누워 한참을 웃었다.

이 여인의 웃음소리 때문에 허의문은 대금 연주를 멈췄다. 여인도 춤을 멈췄다.

허의문은 얼굴이 보이지 않는 여인을 제대로 보기 위해 자리에서 일어난다.

주변에 많은 사람이 있지만, 의문에게는 이 여인만 보인다.

'누구십니까? 제가 헛것을 보고 있습니까?'

피유우우우!

그때 의문의 의문을 풀어주려는 듯 검은 밤하늘로 불꽃이 솟구쳐 오른다.

뒤이어 환한 주황색 불빛이 허의문과 여인의 얼굴을 비춘다.

불빛보다 아주 조금 늦게 퍼버버벙! 하는 요란한 소리가 뒤따라온다.

1900년 파리 만국박람회의 첫날을 축하하는 불꽃놀이가 시작된 것이다.

'르네 보부아르!?'

인간 동물원에서 만났던 프랑스 여인이다. 허의문에게 조선말로 '조선 사람?'이냐고 물은, 남성 옷을 입고 있었던 묘령의 여인이 지금 다시 허의문 앞에 서 있다.

지금은 실용성을 강조한 길지 않은 스커트와 남성복에서 받아들인 셔트 웨이스트 블라우스를 입고 있다.

르네의 볼에는 땀이 송골송골 맺혀 있다. 그리고 두 눈에서는 굵은 눈물이 흐르고 있다. 이 여인은 왜 울고 있는 것인가?

허의문은 자기도 모르게 "Bonjour." 하고 인사했다. 그와 동시에 르네는 "안녕하세요." 하고 조선말로 인사한다.

서로를 보는 허의문과 르네 머리 위로 펑펑펑! 요란한 소리와 함께 아름다운 불꽃이 밤하늘을 가득 채운다.

그리고 훌륭한 공연을 감상한 사람들이 둘을 위해 박수친다.

# 2023년

"안 돼! 너 미쳤어?"

"과장님!"

씩씩거리며 빠른 속도로 걸어가는 오상훈 과장 뒤를 박지현 대리가 쫓아가고 있다. 이런 걸 두고 혹 떼러 갔다 혹 붙이고 오는 격이라고 하는가?

2달 내내 '1900년 파리, 그곳에 국악 展' 전시장에만 붙어 있느라 기본 업무마저 소홀히 하는 박지현 대리를 더는 참기 힘들어 쓴 소리 한마디 하겠다고 조용한 곳으로 불러낸 게 화근이었다.

오상훈 과장이 인생 선배답게 따끔하게 설교하는 동안 박지현은 고개를 푹 숙이고 바닥만 보고 있었다. '내가 너무 심하게 몰아붙이는 건 아닌가.' 걱정되는 순간 박지현이 고개를 들더니 오상훈 과장을 빤히 보며 내뱉은 말이 "과장님. 방사선 조사실에서 대한제국관 악기들 X-선 촬영하고 싶어요. 도와주세요."였다. 이게 무슨 자다 봉창 두드리는 소린가?

그 말을 꺼내기 무섭게 끈덕지게 졸라대는 박지현 때문에 오히려 오상훈 과장이 자리를 피하는 것이다.

"왜 그러는 건데? 이유도 말 안 하고 다짜고짜 그런 부탁이 말이나 돼? 아니다. 이유가 뭐든 간에 얘기하지 마. 어차피 그런 도움은 줄 수 없어."

"제발요. 과장님. 전시회 며칠 안 남았어요. 저 악기들 프랑스 돌려보내면 다시는 볼 기회가 없을지 몰라요."

"어쨌든 무슨 대단한 이유라도 안 돼. 프랑스에 알리지 않고 비공식적으로 전시물을 X-Ray 촬영하자고? 그게 가능한 일이라고 생각되니?"

"우선, 할 수는 있잖아요."

"이게 진짜! 뒷감당은 어떻게 하려고?"

"그건 제가 책임질게요."

"뭐? 네가 뭔데 책임져? 사표라도 쓸래?"

오상훈이 생각 없이 던진 말인데 박지현의 대꾸가 없다.

"얘가 진짜 미쳤네. 야! 이건 사표로 끝날 일이 아니야. 프랑스 측에서 문제 삼으면 전과자 신세가 될 수도 있는 일이라고."

"알아요."

"그리고 이 이후 전시 계획은? 직지심체요절 전시는?"

갑자기 박지현이 걸음을 멈춘다. 몇 걸음 앞서가던 오상훈도 걸음을 멈추고 박지현을 돌아본다. 심각한 표정으로 고민하는 박지현.

"거기서 뭘 찾는 건데?"

박지현이 오상훈의 눈을 빤히 본다. 그리고 결국 말한다.

"사진이요."

"뭐? 사진?"

"네 그 악기 중 어딘가에 사진이 숨겨져 있을 거예요."

"누가? 무슨 사진을 숨겨?"

"1900년에 파리 만국박람회에 갔던 허의문이란 청년이요."

"허의문? 첨 들어보는 이름인데."

"네. 파리박람회 이후엔 기록이 없어요."

"그 사람이 무슨 사진을 악기에 숨겨?"

"1895년 10월 8일. 명성황후, 고종비 민 씨 살해 사진이요."
"뭐~어?"

# 1890년

"한번 안아 봐도 되겠느냐?"

고종비 민 씨가 몸을 낮추고 어린 9살 허의문에게 가까이 다가와 묻는다.

허의문 뿐 아니라 헐버트도 지금 상황이 무척 당황스럽다.

연회가 있는 날이었다. 중전 민비가 헐버트에게 아들 허의문을 데리고 오라는 전갈을 보내서 함께 연회에 참석했지만, 연회가 끝나고 집으로 돌아갈 때가 되어도 중전에게서는 별다른 기별이 없었다. 늦은 밤, 헐버트와 허의문이 집으로 돌아가기 위해 경복궁 서문 영추문으로 향하는데 갑자기 안내하던 역관과 무관들이 둘을 다른 쪽으로 이끌었다. 그들은 경복궁 북쪽으로 둘을 데리고 가더니 북문인 신무문에 가까워지자 헐버트와 허의문에게 정중히 양해를 구하고 검은 보자기로 눈을 가렸다.

그리고 어딘지 모를 길을 걷게 했다. 멀진 않았지만 평범한 길이 아니었다. 어느 순간부터는 주변이 습하고 좁았다. 천정이 낮은지 발소리가 울리는 통로였다. 무관들이 들고 걷는 횃불의 냄새와 열기가 느껴졌다.

역관과 무관들은 예의를 갖추고 공손하게 둘을 대했지만, 어린 허의문은 무서움에 떨며 아버지 헐버트의 손을 꼭 잡았다.

헐버트는 이 상황이 중전의 부름이라고 예상할 수 있었다. 하지만 그와 아들 허의문을 만나는데 이렇게 비밀스럽게 진행하는 까닭은 알 길이 없다.

좁은 통로와 몇 개의 문을 지나서 어딘지 모를 방에 도착했을 때 눈가리개를 풀 수 있었다. 그 방이 옥호루였다는 건 나중에나 알게 되었다.

그리고 눈앞에 보인 이가 중전마마인 고종비 민 씨였다.

놀란 그들을 보며 중전이 가장 먼저 한 말이 허의문을 한번 안아 봐도 되겠냐는 말이니 당황스러울 수밖에 없다.

어린 허의문은 아버지 헐버트의 얼굴을 한번 올려봤다. 헐버트가 의문에게 고개를 끄덕해 주었다.

허의문은 지금 상황이 무서웠고 솔직히 중전도 무서웠다. 어린 나이에 시장 통에서 주워들은 중전에 관한 소문이 있었기 때문이다. 하지만 어쩌겠는가? 중전마마가 자기를 안아 주겠노라고 몸을 숙여 두 팔을 뻗고 있는데 거부할 수 없는 노릇이다. 성은과도 같은 영광이라 생각하는 이들도 있을 것이다.

허의문은 눈 딱 감고 중전의 품으로 뛰어들었다.

중전 민비는 그런 허의문을 한참 안아 주었다. 그때는 허의문도 무섭지만은 않았다. 중전의 품이 따스하고 좋았다.

허의문을 품에서 놓아 준 중전은 허의문을 이곳저곳 살핀다.

"건강하구나. 이름이 무엇이냐?"

"허의문이라고 하옵니다."

"허의문? 이름이 특이하구나."

헐버트는 소의문 밖에서 데려와서 허씨 성을 붙여 허의문이란 이름을 짓게 된 연유를 중전마마에게 고했다.

그 이유가 중전을 미소 짓게 한다.

허의문을 한참 살피던 중전이 허리를 펴고 헐버트를 본다.

그리고 나지막이 헐버트에게 말한다.

"내 그대에게 부탁이 있다."

해를 넘기고 신묘(辛卯)년이 되는 첫날이었다. 그날도 눈이 많이 내리는데 아침 해가 다 뜨기도 전에 헐버트의 집으로 한 무리 사람들이 들이닥쳤다. 작은 뒤주를 지고 온 두 명의 일꾼과 4명의 별감이었다. 별감은 궁내에서 왕족을 경호하는 임무를 맡는 자들로 모두 철릭을 입고 머리에 초립을 쓰고 있었다.

그들의 행차가 무척 중요한 일이라는 뜻이다. 하지만 별감들은 옮겨 온 물건이 무엇인지 아무 설명도 하지 않고 뒤주를 헐버트의 집 마당에 내려놓고 서둘러 자리를 떴다. 중전 민비가 헐버트에게 맡긴다며 부탁한다던 물건이 틀림없어 보였다.

그날은 설이어서 집안일을 돕는 조선인들은 휴가를 보낸 상황이었다. 어쩔 수 없이 헐버트와 그의 부인 메이 헐버트가 뒤주를 집안으로 옮겼다. 다행히 뒤주는 가벼웠다. 어린 허의문도 돕겠다며 주변을 알짱거렸지만, 아버지 헐버트는 위험하니 동생들을 잘 보고 있으라고만 했다. 그때 헐버트 부부에게는 허의문보다 어린 친딸 2명이 있었다. 후에 3명의 아들이 더 태어난다.

펑펑 내리는 눈을 피해 뒤주를 마루에 올려놓았을 때, 뒤주 안에서 기척이 있었다. 헐버트 부부가 뒤주 뚜껑을 열어보니 뒤주

밑바닥에는 작은 여자아이가 누워있다. 너무 놀란 부부는 아이를 꺼내 살폈다.

3~4살 정도로 보이는 아이는 몹시 마르고 허약해 보였다. 얼굴과 피부는 투명할 정도로 하얘서 자라면서 해를 한 번도 보지 못한 아이 같았다.

아이는 이런 작은 장소에 오랫동안 숨죽이고 있는 생활이 익숙한 듯 보였다.

헐버트는 너무 황당했지만, 중전이 부탁한 아이니 잘 보살펴야 한다고 생각했다. 뭔가 사정이 있는 아이겠지, 그래서 동도 트지 않은 새벽에 사람 눈에 띄지 않도록 움직였을 것이다. 설날을 택한 것도 헐버트의 집에 하인이 없을 것을 고려했단 것이다. 그렇다면 이 아이는 밖으로 드러나서는 안 되는 존재다.


"이름이 뭐야?"

"……"

"집은 어디니?"

두 손에 약과를 꼭 쥐고 우물우물 먹기만 할 뿐 대답이 없던 아이는 집을 묻는 허의문의 말에 고개를 절레절레 가로젓는다. 무슨 뜻일까? 모른다는 것인가, 집이 없다는 것인가, 아니면 알려 주지 못하겠다는 것인가? 아이는 자기 이름도 몰랐고 말도 어눌했다. 몇 살이냐는 질문에는 손바닥을 쫙 펴서 5살이라고 알려줬다.

그러고는 말린 적갈색 대추를 잘 먹었다. 아이는 약과와 대추를 좋아했다.

허의문은 그날 종일 아이를 데리고 방 안에 있으면서 처음으로 헐버트 부부가 싸우는 소리를 들었다.

메이 헐버트 부인이 여자아이를 밖으로 내치겠다는 뜻은 아니었다. 다만 저런 어린아이에게 어떤 잔인한 짓을 하고 있는지 상세한 설명을 듣지 못한다면 아이를 맡지 않겠다는 뜻이다. 호머 헐버트는 오랜 시간 부인을 설득했다. 중전마마의 뜻이니 거역하기 힘들다는 헐버트의 주된 설득 이유가 부인에게 효과적이진 않았다.

하지만 여자아이의 처량한 꼴을 보았는데 못 본 척할 수는 없었다. 그래서 거두기는 했으나 부인은 아이에게 깊이 정을 주지는 못했다.

여자아이는 그런 천덕꾸러기 대접에도 힘들어하지 않았다.


얼마 후 메이 부인이 여자아이에게 정을 주는 계기가 된 일이 있었다.

그해 대추나무 열매가 초록색으로 잘 익었을 때니까 9월이나 10월쯤이었다.

그때까지도 아이는 이름이 없어서 의문은 아이를 "누이야! 누이야!"라고 부르고 있었다. 아이에게 아이를 맡기면 사고가 나기 마련이다. 의문이 여자아이를 예뻐해 준다면서 업어 주다가 땅바닥에 머리를 찧고 나무에 올려 준다고 떨어뜨리는 일이 많았다. 그날도 허의문이 누이를 위해 집 마당에서 자라는 땅딸한 대추나무에 열린 열매를 따 주겠다고 한 일이 큰 사고로 이어질 뻔했다.

초록색 대추 열매는 아삭아삭 달면서 시큼한 맛이 좋다. 가을까지 놔두면 적갈색으로 잘 말라서 생김새는 쭈글쭈글 흉해도 훨씬 달고 맛있어지겠지만, 그때까지 어떻게 기다리겠는가? 의문은 높이가 만만해 보이는 가지를 발견하곤 어린 누이를 어깨에 올려 대추 열매를 따게 할 계획이었다.

"오…. 오라버니. 오른쪽…. 앞…. 쫌 만…."

여자아이는 허의문의 어깨 위에 서서 낮은 가지에 달린 대추 열매를 바닥으로 떨어뜨린다. 벌써 바닥에는 꽤 많은 대추가 떨어져 있지만, 더 많은 전리품을 원하는 두 악당은 약탈을 멈출 줄 모른다. 허의문이 누이의 양쪽 발목을 꽉 잡고 있다. 하지만 9살 남자아이의 손아귀 힘이라 봐야 뻔하다. 안 그래도 불안한데 위치를 옮기던 허의문의 발이 바닥에 떨어진 대추 열매를 밟고 찍 미끄러진다.

휘청하는 허의문. 누이를 떨어뜨리지 않기 위해 힘껏 잡은 발목이 상황을 더 악화시킨다. 여자아이가 허의문의 어깨에 올라서 있는 상태 그대로 땅으로 넘어진다.

퍽! 소리가 났고 그 소리가 심상치 않다. 바닥에서 일어난 허의문이 서둘러 누이를 살피는데 움직임이 없다. 작은 몸 어디 한 군데 움직거리는 곳이 보이지 않는다. 너무 놀란 허의문은 누이에게 다가갈 엄두가 나지 않는다. "누이야! 누이야!" 눈물 먹은 목소리로 불러보기만 하는데 누군가 뛰어오는 소리가 들린다.

"이게 무슨 일이냐?"

장옷을 푹 둘러쓴 중년 여성이 집 마당 안으로 들어왔다. 그 여성은 들고 있던 작은 보따리를 던지고 누이를 살핀다.

"이놈아. 무슨 일이 있었냐고 묻지 않느냐?"

장옷에 가려진 중년 여성의 얼굴이 슬쩍 보인다. 여성이 엄하게 꾸짖는 통에 허의문은 대답할 말이 선뜻 생각나지 않았다.

"대추를 따려다 제 어깨 위에서 떨어졌습니다."

"뇌진탕일 것이다. 의원을 모셔 와라."

"예?"

"어서!"

허의문은 여성의 호통에 무작정 뛰기 시작한다. 그러다 뒤를 돌아보니 중년 여성이 물독 뚜껑을 열고 수건에 물을 적시는 모습이 보인다.

허의문은 어디서 의원을 모셔 와야 할지 몰랐다. 그러다 어머니 메이 헐버트가 생각났다. 그녀는 이화학당에서 조선 여성들에게 음악을 가르치지만, 제중원에서는 환자를 돌보기도 하기 때문이다. 정동에 있는 이화학당은 집에서 멀지 않다.

메이 헐버트는 허의문이 영어로 어눌하게 설명한 상황을 듣고 집 쪽을 향해 뛰기 시작했다.

"의문! 그럼 여자아이는 어떻게 하고 왔어?"

"누가 돌봐 주고 계십니다."

"누가?"

"그게...."

허의문은 대답하기 망설여졌지만, 자기가 보고 판단한 것을 어머니에게 알린다.

"중전마마요."

허의문과 메이 헐버트가 숨을 헐떡이며 집에 도착했을 때, 다행히 아이는 정신을 차리고 깨어나 있었다. 툇마루에 앉은 여자아이의 손에는 곶감이 들려 있었고 그 옆에는 허의문이 중전마마라고 했던 여성이 앉아있다. 다시 보니 그녀는 중전이 아니었다. 당연히 허의문이 잘못 본 것이다.

여성은 마당으로 들어오는 메이 헐버트를 발견하곤 툇마루에서 일어나 허리를 숙여 공손히 인사한다.

누이는 곶감도 잘 먹는다. 허의문이 누이의 뒤통수에 손을 살짝 올려보니 큰 혹이 느껴진다. 누이에게 엄청 미안하다.

그런데 무슨 얘기를 하시는 걸까?

어머니 메이 헐버트와 중년 여성이 방 안에 들어간 지 꽤 오랜 시간이 흘렀다.

어머니는 조선말을 잘하지 못한다. 그 여성도 당연히 미리견 말을 하지 못할 것이다. 서로의 의중을 어떻게 전할까?

그러다가 의문은 누이가 한 손에 꼭 쥐고 있는 손수건을 발견한다. 그 중년 여성이 물을 적셔 누이의 이마를 닦아 주었던 손수건이다. 손수건 한쪽 구석에 오얏꽃 같기도 하고 이화꽃 같기도 한 예쁜 수가 놓여 있다. 복잡한 한자도 수놓아 있지만, 자세히 보진 않았다. 귀한 손수건 같다. 우연히 마당으로 들어와 누이를 도와준 이 여성은 누굴까 생각하고 있는데 방문이 열린다.

방안에서는 중년 여성만 나온다. 여성은 허의문과 누이 옆에 앉아 잠시 숨을 돌린다.

"좋은 곳에 사는구나."

여성은 집과 마당을 둘러보느라 얼굴을 허의문과 누이의 반대쪽으로 돌리고 있다.

"나를 중전에 기거하시는 높은 분이라고 했다지? 내가 마마와 흡사해 보이더냐?"

"아닙니다. 잘못 봤습니다."

"내 머리에 가채를 얹고, 진주 가루로 이 얼굴의 흉터를 가리고 치장하면 중전마마와 더욱 비슷할 거다."

가벼운 농을 치며 웃던 여성은 한참을 고민하는 듯 하다가 결국 고개를 돌려 어린 누이의 얼굴을 본다. 그리고 허의문에게 묻는다.

"어린 누이가 좋으냐?"

"예."

허의문의 대답을 들은 여성은 일어서서 마당으로 나선다. 그리곤 뒤돌아서서 허의문과 어린 누이를 다시 한참 바라보더니 장옷을 둘러쓰고 마당을 나가, 왔던 길로 되돌아간다.

그 이후 허의문은 그 여성을 다시 보지 못했다. 아니 나중에나 알게 되지만, 다시 본 적이 있다.

누이의 손에는 손수건이 쥐어져 있고 옆에는 여성이 마당으로 들어설 때 들고 있던 곶감과 먹을 것이 든 보따리가 보인다. 어서 따라가면 두 가지 물건을 돌려줄 수 있겠다고 생각할 때 문이 열리고 어머니가 나온다.

의문은 단단히 혼날 각오를 해야 했다. 어머니 메이 헐버트는 누이를 돌볼 때는 언제나 조심해야 한다고 일렀다. 그런데 오늘도 무리한 짓을 해서 큰 사고가 생길 뻔한 것이다.

하지만 메이 헐버트는 허의문을 크게 꾸짖지 않았다.

이화학당에 가봐야 하니 허의문에게 여자아이의 예후를 살펴
라고 당부한다. 혹시 아이가 머리가 어지럽다거나 토를 한다면
즉시 자기에게 달려와 알리라는 말도 덧붙였다. 물론 메이 헐버
트가 말하기 편한 영어로 전달했다. 그리고 집을 나서려고 할 때
였다.

"I'm OK."

여자아이가 말했다. 메이 헐버트는 가던 걸음을 멈추고 여자
아이를 돌아봤다. 아이는 다시 메이 헐버트에게 "I'm OK."하고
말했다. 그 말에 메이 헐버트는 무너져 내렸다. 조선말도 어눌하
게 하는 아이다. 그런 녀석이 눈칫밥 얻어먹으며 귀동냥으로 영
어를 듣고 그녀에게 자기는 괜찮다고 한 것이다. 어린 것이 어떤
마음으로 그 말을 담고 있었을까 하는 애잔함에 메이 헐버트는
여자아이에게 미안한 감정이 밀려들었다. 정을 주지 않으려 했
던 자기 행동이 너무 후회됐다.

메이 헐버트는 여자아이를 꼭 안아 줬다. 그리고 불쌍한 그 아
이를 위해 눈물을 흘렸다.

"의문. 여동생한테 이름이 있는 거 알아?"

처음 듣는 얘기다. 누이에게 이름이 있다니?

"윤슬. 윤슬이라고 했어. 소리는 예쁜데 무슨 뜻이야?"

윤슬은 햇빛이나 달빛에 비치어 반짝이는 잔물결이란 뜻을 가
진 조선말이다. 아버지 헐버트가 유난히 좋아하는 단어이기도
하다. 허의문이 뜻을 설명하니 어머니 메이 헐버트가 좋아한다.

"윤슬. 뜻도 예쁘다."

그래서 누이의 이름은 윤슬이 되었고 며칠 후부터는 어머니 메이 헐버트를 따라 이화학당에 나가서 공부를 시작했다. 윤슬은 영어를 가장 좋아하고 빨리 배웠다.

# 1900년

"르네. 뭐 하고 있어? 짐 내리는 거 도와줘."

허의문과 르네는 꽤 오랫동안 서로를 응시하고 있었다. 그 순간을 콜랭 공사가 깼다. 돌아보니 대한제국관 뒤쪽으로 큰 마차 두 대가 와서 서 있다. 두 대의 마차에는 콜랭이 조선에서 수집한 물건이 잔뜩 쌓여 있다. 두 명의 마부와 콜랭 대사, 하인 마엘이 짐을 내리고 있다.

"네. 알겠습니다. 공사님."

르네는 흐르는 눈물을 서둘러 닦고 언제 울었냐는 듯 미소를 띠며 마차 쪽으로 달려간다. 허의문을 지나쳐 가면서는 생긋 웃어주기까지 한다.

그 모습을 본 노막상이 더 가슴 설레 한다.

허의문은 이런 여성을 처음 보는 터라 정말 당황스럽다. 그리고 지금 자기 몰골이라니.... 르네 보부아르는 어젯밤 늦게까지 콜랭 공사가 가지고 온 물건을 전시장 안으로 들여놓는 것을 도왔다. 그리고 새벽부터 대한제국관으로 나와 프랑스어와 영어로 전시장 물품을 해설하는 설명글을 적었고 지금은 박람회장 정문인 콩코르드 광장에 나와 있다.

"직지심체요절을 보러 오세요. 이것은 세계에서 가장 오래된 금속활자로 인쇄된 책입니다. 요하네스 구텐베르크의 성서보다 50년 이상 앞선 책이에요. 이런 역사적인 책을 실물로 볼 수 있는 기회를 놓치지 마세요. 믿기 어려우시겠지만, 이런 엄청난 기술을 세계 최초로 발명한 나라는 조선이라는 동양의 작은 나라입니다."

"조선이 아니에요. 고려입니다."

"뭐요?"

"조선에서 발명한 게 아니고 고려 시대에 발명된 거라고요."

허의문이 조선말로 말해도 르네는 잘 알아듣는다. 르네가 사람들에게 대한제국관을 홍보해 주는 것은 좋지만, 잘못된 정보를 전달하는 건 아니라고 생각되어서 허의문이 정정한다. 그리고 요하네스 구텐베르크의 성서보다 50년 앞섰다고 하는데 콜랭 공사님에게 들은 설명으로는 그것보다 더 많이 앞섰다고 했다.

"지금 누가 조선 사람인지 모르겠네. 잔소리만 하면서 그냥 그렇게 가만히 서 있을 거예요?"

"이렇게 서 있는 것만으로도 도움이 된다고 했잖습니까. 지금도 충분히 치욕스럽습니다."

르네가 프랑스어로 말해도 허의문은 잘 알아듣는다. 둘은 조선말과 프랑스 말을 섞어서 대화한다.

그러고 보니 허의문의 목에는 큰 판자 두 장이 가슴과 등 쪽으로 매달려 있다. 허의문은 일명 샌드위치맨이라고 불리는 걸어 다니는 인간 광고판이 되어 있다. 그 광고판에는 조악한 직지심 체요절 그림과 함께 '서양의 요하네스 구텐베르크 성서보다 오 래된 금속활자로 인쇄된 동양의 책 전시. 쉬프렌 대로의 대한제 국관.'이라는 문구가 프랑스어로 쓰여 있다.

"치욕스럽다니요? 그거 만든다고 잠도 못 잤다고요."

르네는 대한제국관에서 전시물 설명글을 적다가 박람회 개 장 시간이 다가온 것을 알고 준비해 온 광고판을 꺼내며 누가 자 기와 함께 정문에 가서 대한제국관을 홍보하겠냐고 물었다. 물 론 모두 기겁했고 르네와 동행하는 영광은 허의문에게 낙점되 었다. 대한제국관 일에 이렇게 적극적인 르네가 고맙긴 하지만 이런 일이 허의문에겐 너무 낯설고 부담스럽다.

"프랑스어 잘하잖아요. 빨리 홍보하라고요. 아니면 일본관 앞 으로 끌고 갈 거예요."

이 프랑스 여성은 정말 그렇게 할 것 같아서 허의문도 눈 딱 감고 크게 소리친다.

"직지심체요절을 보러 오세요. 쉬프렌 대로 대한제국관에서 전시하고 있습니다."


오후부터는 홍보 효과 덕분인지, 입소문 덕분인지 대한제국 관에도 많은 관람객이 모여든다. 콩코르드 광장에서 돌아온 르 네는 아직 정리하지 못한 전시품들의 설명문을 작성하는 작업 을 계속한다. 김덕중이 그 설명문 붙이는 일을 돕고 있다.

콜랭 공사가 전시물을 가지고 온 덕에 대한제국관 안 전시물

종류는 훨씬 다양해졌고 빈 곳 없이 꽉 찼다.

대한제국관의 전시물 중 직지심체요절은 단연 인기가 높다. 신문사와 잡지사 기자들까지 찾아와 실물 사진을 찍고 기사를 작성하겠다고 한다. 대한제국관 밖까지 길게 줄이 생기는 주요 원인이기도 하다.

프랑스어가 가능한 허의문은 하나밖에 없는 전시장의 출입구에서 들어오는 관람객과 나가는 관람객이 뒤섞이지 않도록 안내하는 역할을 하고 있다. 직지심체요절 주변에 생기는 관람객 정체 현상도 해결해 주고 있다.

관람객이 늘어난 또 다른 원인은 참빗 체험 행사 때문이다. 대한제국관을 관람하고 나온 관람객들은 원하면 참빗 체험을 할 수 있다. 도롯가에 10개의 의자가 놓여있고 사람들이 한 명씩 앉아 같이 온 일행과 함께 번갈아 머리를 빗겨 주는 체험을 하는 것이다. 예상보다 많은 머릿니 출몰에 여기저기서 즐거운 비명이 터져 나온다. 김바회와 노막상은 관람객들을 줄 세우고 남는 의자에 앉히는 일과 함께 사용한 참빗을 수거해서 솔로 털어내는 역할을 맡았다. 후드득후드득 참빗에서 떨어지는 머릿니들이 숙소에서 가지고 나온 요강 바닥에 새까맣게 쌓여 가고 있다.

"짐꾸러미에 참빗이 한 뭉텅이나 들어있어서 이걸 뭐에 쓰나 했는데 이렇게도 쓰네요."

"그러게, 세상일 참 모를 일이여. 요강에 머릿니를 모을 줄은 어떻게 알았겠냐?"

손과 발을 쉴 새 없이 놀려야 할 만큼 바쁘지만, 김바회, 노막상은 지금 상황이 흥겹다.

관람객들 사이에는 이젤과 화구를 든 19살의 피카소도 있었다. 그는 바르셀로나에서 기차를 타고 오르세 역에 내려서 만국박람회를 방문했다. 그랑팔레에서 열리는 '프랑스 미술의 100년'전을 보기 위해서였다. 그 전시회에는 드가, 모네, 세잔, 고갱처럼 기라성 같은 작가의 그림이 전시되고 있다. 전시회 방문에 앞서 젊은 피카소도 호기심으로 대한제국관에 들렀다가 자기 머리에서 나온 머릿니를 보고 소스라치게 놀란다.

쉬프렌 대로에 활기가 넘친다. 가족 단위의 관람객은 평평한 돌 위에서 조선의 전통 팽이를 돌리며 즐거워하고 작은 항아리에 청홍색 화살을 집어넣는 투호 놀이도 인기가 많다.

최신식 산업문물의 기술을 눈으로 보고 감탄하는 것도 좋지만, 소소하더라도 직접 만지고 참여하는 것이 관람객들에게 큰 즐거움을 준다.

이런 체험 제안은 르네가 했다. 프랑스 가족이 참빗을 사용해 보고는 무척 즐거워했다는 얘기를 듣고는 바로 제안하고 추진한 것이다. 팽이와 투호 놀이도 마찬가지고 바람이 많이 분다면 방패연도 날리자고 했다. 바람이 많이 불지 않아서 다행이다.

민영일은 오후 늦게나 대한제국관을 찾았다. 어제 상황도 그랬고 뭐 나와 봐야 별로 할 일도 없겠다 싶어서였다. 그런데 오늘은 무슨 일인가? 대한제국관 주위가 북적인다. 죽 늘어선 의자에 사람들을 앉혀서는 참빗질하게 해 주고 있다.

팽이와 투호는 또 뭣인가? 민영일이 멍하니 서서 상황을 파악해 보려 하는데 노막상이 쪼르르 달려와 묻지도 않은 얘기를 길게 늘어놓는다.

어제 대공이 자리를 비운 사이에 법국의 대사가 조선 물건을 가지고 와서 전시장을 채웠다고 한다. 대사 집에서 일하는 법국 아가씨는 꼬부랑글씨로 설명글 쓰는 걸 도와주고 있는데, 어디서 배웠는지 조선 궁중무용을 췄다는 둥, 허의문 대금 소리랑 어우러져서 조선에서도 볼 수 없는 공연을 봤다는 둥, 그리고 의문이 놈이 법국 말을 엄청스레 잘한다는 둥 쉴 새 없이 떠든다. 그리고 불꽃놀이! 전쟁이 났는지 알았는데 밤하늘이 온통 오색으로 빛났다고 한다. 대공께서도 보셨냐며 같이 보셨으면 좋았겠다 너스레 떠는 노막상.

민영일은 노막상을 지나 대한제국관 안을 살핀다.

정말 안에는 프랑스 여성이 김덕중과 작업을 하고 있었다. 그리고 허의문은 프랑스와 여러 나라에서 온 관람객들을 안내하고 있다. 허의문은 민영일의 도착을 알지 못한다.

허의문을 가만히 지켜보는 민영일. 허의문의 입에서 유창한 프랑스어와 가끔 영어가 튀어나오고 있다.

'그렇겠지. 네놈이 필시 큰 꿍꿍이를 숨기고 이곳에 온 놈이렷다.'

프랑스어와 영어, 일본어까지 능통한 젊은 놈. 당연히 목수 일로 참여한 것이 아니다. 저놈의 아버지가 미국인 호머 헐버트 아닌가? 민영일에게는 확실히 좋은 보상을 안겨 줄 정보이다. 쯔보이 쇼고로 교수가 어서 저놈의 정보를 얻고 싶어 안달하기만을 바랄 뿐이다.

올라와서 보니까 대한제국관 주변 모습이 더 가관이다. 민영일은 이렇게 어수선하고 왁자지껄한 상황이 마뜩찮다.

"이게 무슨 장날 광대들 놀음판도 아니고...."

민영일은 조용히 혀를 차며 자리를 뜬다.


저녁이 되자 관람객들이 썰물처럼 빠져나가고 숨 돌릴 여유
가 찾아왔다.

허의문은 몇 명 없는 관람객 중 한 남자를 주시하고 있다. 20
대 후반 정도로 보이는 프랑스 남자는 1898년 프랑스에서 출시
된 시그리스트(Sigriste) 카메라를 들고 직지심체요절을 찍는 데
여념이 없다. 허의문이 보기에 그 남자는 기자가 확실해 보였다.
1900년 파리 만국박람회에서 대한제국관이 성공적으로 둘째 날
을 치른 지금 허의문에게 절실한 것은 프랑스 기자의 도움이다.
이제 그를 살피는 것은 충분하고 우선 기자냐고 질문을 던져 보
려 한다.

허의문이 그에게 다가가는데 갑자기 르네가 사이에 끼어
든다. 르네는 그 남자 옆에 바짝 붙어 친근하게 어깨 위에 손을
올리고 말한다.

"의문! 소개해줄 사람이 있어. 이 사람은 주간지 르 몽드 일뤼
스트레의 피에 기자야. 대한제국관 기사를 써 달라고 내가 부탁
해서 모셔왔어. 피에! 이쪽은 조선에서 온 허의문이라고 해. 조
선에서 콜랭 공사님에게 프랑스어를 배운 유능한 인재."

르네의 소개로 둘은 악수하며 어색하게 인사한다.

이후 일은 르네의 지휘로 후딱후딱 진행됐다.

피에가 대한제국관 내부와 전시물을 카메라에 담으며 전시물
에 관한 기사 내용을 메모했다. 쉬프렌 거리에서 보는 대한제국

관 외관도 사진으로 남겼고, 민영일을 제외한 조선인들을 모아 대한제국관 앞에서 사진을 찍었다.

해가 완전히 떨어지기 전에 일을 끝냈나 싶었는데 르네가 허의문을 끌고 대한제국관 앞으로 온다. 방금 4명 조선인이 서서 사진을 찍었던 장소다. 허의문은 르네에게 팔을 잡혀 억지로 끌려오고 있다. 팔을 잡혔다고는 하지만 르네가 다정하게 허의문의 팔짱을 끼고 있는 분위기다. 상황이 어색한 허의문은 얼굴뿐 아니라 귀와 목까지 벌게져서 어쩔 줄 모른다. 김덕중이 껄껄 웃는다.

"참 재미있는 처자야."

"하~. 저는 마냥 부럽습니다."

자리를 잡은 르네가 피에에게 부탁한다.

"피에. 우리도 한 장 찍어 줘. 추억으로 남기게."

피에는 자기 앞에 펼쳐진 그림이 살짝 마음에 들지 않는다.

다행히 허의문이 르네의 팔짱을 뿌리치고 조금 옆으로 떨어져 선다.

치잇! 르네는 상체를 허의문 쪽으로 살짝 기울였다.

그 순간 카메라 셔터가 눌렸다.

큰 키에 서양식 양복을 입은 허의문이란 18살 조선인 청년과 금발에 푸른색 눈동자를 가진 아담한 키에 아름다운 22살 프랑스 여인 르네 보부아르.

둘의 아름다운 모습은 아쉽지만 흑백 사진으로 남는다.


마르스 광장은 전시가 끝난 시간에도 아름다운 색의 전구들이 광장을 밝히고 있다. 멀리 대한제국관이 보인다. 밤이 늦었지만, 꽤 많은 사람이 산책 겸 박람회 부지를 걷는다. 그중 대부분은 젊은 연인이다. 그 사람들이 보기에 계단에 앉아 있는 허의문과 르네도 연인처럼 보일 것이다.

다른 점이 있다면 헤어지는 연인처럼 보인다는 것.

르네는 꽤 오랫동안 울고 있다.

허의문은 지나가는 모든 사람이 이쪽을 보는 듯해서 힘들다. 르네의 울음을 어떻게 멈출 수 있을까? 무슨 말을 먼저 꺼내야 할까? 고민하고 있는데 르네가 허의문의 팔을 잡아 자기 어깨에 올리며 조선말로 한마디 한다.

"여자가 울면 안아 주는 거야. 사랑 안 해 봤어?"

"아…. 그런 거 안 해 봤습니다."

"됐어. 내려. 이제 다 울었어. 내가 바보다. 통나무가 더 좋아."

르네의 조선말은 어색한데, 귀엽다. 허의문은 르네 어깨에 잠깐 팔을 올렸다가 쥐가 날 뻔했다. 팔을 재빨리 내리고 뻣뻣해진 팔을 몰래 풀어 준다.

르네는 며칠 전, 콜랭 공사에게 리진의 사망 소식을 들은 얘기를 하며 다시 감정이 격해졌다. 콜랭은 르네에게 리진의 소식을 서신으로 전한 조선에서 온 허의문에 관해서도 얘기하게 되었다.

호머 헐버트라는 미국인이 양자로 들인 조선인 아이. 3년간 콜랭에게 열심히 프랑스어를 배운 청년. 르네는 콜랭이 헐버트와 허의문이 이곳 파리에서 뭔가 큰일을 꾸미고 있는 것 같다고 한 말은 굳이 전하질 않았다.

"동생은 내가 궁금하지 않아?"

르네가 또 조선말로 허의문에게 묻는다. 허의문의 얼굴에 자기 얼굴을 바짝 들이밀고 눈을 똑바로 보는데 허의문은 자기도 모르게 눈을 피하게 된다.

동생. 르네는 리진에게 '동생'이란 말을 들었을 때 그 단어가 너무 정겨웠다. 리진이 동생이라고 불러 주는 게 좋았는데 지금 이렇게 자기가 동생이라고 부를 수 있는 조선 사람이 생겨서 정말 좋다.

"궁금합니다. 알려주세요. 어떻게 조선말을 하고 조선의 궁중 무용 정재를 추게 됐는지."

"좋아. 알려주지. 인심 쓴다."


르네가 어릴 적부터 콜랭 공사의 집에서 하녀로 일했기 때문에, 조선에서 온 리진을 만나게 된 건 당연한 일이다. 아는 사람 없이 외로운 리진에게 르네는 좋은 친구가 되어 줬고 서로의 말과 글을 알려주는 사이가 되었다. 그러다가 유난히 친해진 계기가 있다고 한다.

르네는 조선 문학인 춘향전이 '향기로운 봄'이라는 제목으로 프랑스어로 번역되어 출간되었다는 소식을 듣고 책을 구해 읽게 되었다. 그러고는 무척 실망했다고 한다. 춘향이라는 여성의 입장이 너무 마음에 안 들었다. 자기 신분 상승을 위해 남성의 능력에만 기대고 있다는 것이다. 효녀 심청이라는 소설을 읽었을 때도 마찬가지였다. 아버지의 눈을 뜨게 하기 위해 바다에 몸을 던지는 딸이 효녀라는 데는 동의할 수 없다는 게 르네의 생각이다. 게다가 자기는 그런 종교 행위를 혐오한다고도 했다.

르네는 두 권의 책을 들고 리진을 만나 조선에서의 여성상은 정말 이런 것이냐고 따져 물었다고 한다. 이 부분에서 허의문은 웃음이 터졌다. 르네를 오래 알지는 못했지만, 충분히 르네답다고 생각됐다.

리진도 르네의 의견에 동의했다고 한다. 둘은 이 주제로 정말 많은 얘기를 했다. 리진은 모파상의 '여자의 일생'을 재미있게 읽었지만, 주인공 잔느가 불행한 주변 환경을 그냥 받아들이고 아들만을 위해 사는 점이 마음에 안 든다고 했다.

의기투합된 두 여인은 밤새 책 읽고 토론하길 즐겼다.

그러다 어느 날 르네가 리진에게 "형님은 언제 행복해?"라고 물었다고 한다. 르네는 리진을 평소에는 Madame, 마님이라고 불렀지만, 조선말을 할 때는 형님이라고 불렀다. 르네는 형님, 동생 하며 부르는 조선말의 어감이 좋다.

리진은 조선의 궁중무용을 출 때 가장 행복하다고 답했다. 하지만 궁중무용에도 마음에 들지 않는 부분이 있다. 너무 느리고 격식이 많았다. 리진은 그런 형식을 허물고 싶다고 했다. 르네는 리진의 뜻을 응원했다. 이곳에서 리진이 무슨 춤을 추든 누가 상관할 것인가? 리진은 르네의 영향으로 궁중 정재무의 형식을 깨기 시작했다. 르네는 옆에서 응원하며 지켜보다 결국 배움의 길로 들어섰다.

조선으로 다시 돌아온 리진이 초라해진 조선의 궁궐 한쪽 구석에서 한을 토해 내듯이 추었던 춤이 이때 만들어진 것이다. 그리고 르네도 그 춤을 파리 만국박람회 대한제국관 앞에서 췄다.

"끝!"

밝게 이야기를 마쳤지만, 리진 생각에 르네의 눈가는 또 촉촉해졌다.

허의문은 르네가 참 고맙다. 리진에게 베풀었던 호의도 고맙고 대한제국관을 위해 애써준 일도 고맙다. 그 고마움을 짧은 말로나마 전달하니 르네의 표정이 오묘하다. 뭔가를 머릿속으로 계산하는 분위기다. 괜히 불안한 허의문.

아니나 다를까 르네가 허의문의 어깨에 팔을 턱 두르고 말한다.

"그럼. 형님에게 진 빚을 갚아야지. 동생?"


허의문은 르네의 부탁으로 다시 '인간 동물원'을 찾았다.

저번 소동으로 인간 동물원에 더 들어가기 힘들어진 르네는 허의문에게 부담스러운 부탁을 했다. 아니 부담을 넘어 위험한 일일 수도 있다.

하지만 그녀의 부탁을 거절하지 않았다. 허의문에게도 르네에게 부탁할 일이 있기 때문이다. 그리고 르네가 하려는 일은 허의문도 누군가 해야 하는 일이라고 생각했다.

한번 와 봤다고 인간 동물원에 들어오는 일은 그다지 긴장되지 않았다. 그리고 동물처럼 울타리 안에 갇혀 있는 부족들을 보는 불편함과 충격이 전보다 덜했다. 허의문은 그런 마음 변화가 무섭다. 다른 이들도 마찬가지일 것이다. 처음엔 불편했지만, 자주 접하면 당연하게 받아들인다. 르네를 도와야겠다는 마음이 더 커진다.

코이산족의 호텐토트 구역에는 지금도 유럽인들이 많이 모여 구경하고 있다.

르네가 뽑아 버렸던 허술한 울타리는 수리되어 있지만, 여전히 약해 보인다.

호텐토트 구역 안에 르네가 알려 준 욜란데라는 6살 코이산족 여자아이가 보인다. 사람들은 코이산족의 특이한 외모 때문에 호텐토트 구역을 찾기도 하지만 색소결핍증을 앓는 욜란데를 구경하기 위해 특히 많이 찾고 있다. 오늘은 날이 흐려서 욜란데가 양산이나 챙 넓은 밀짚모자를 쓰고 있지는 않다. 대신 어깨에 부댓자루 같은 것을 메고 있다.

욜란데는 사람들에게 자기 머리와 몸 만지는 것을 허락하고 쿠키 같은 작은 먹을 것을 얻어 부댓자루에 담는다. 욜란데의 행동은 아주 오랫동안 수없이 반복된 행동인 듯 자연스럽다.

허의문은 사람들이 모두 빠져나가고 울타리 근처가 한가해지길 오랫동안 기다려야 했다. 코이산족을 구경하는 사람들이 뜸해지자, 욜란데는 묵직해진 부댓자루를 메고 모닥불 주위에 모여 있는 어른들에게로 간다. 그들에게 아프리카 전통 복장만 입히고 추위를 막을 다른 옷을 주지 않은 것은 너무 잔인한 짓이다.

욜란데가 자루를 열어 먹을 것을 꺼내 놓자, 어른들이 그것을 나눠 먹는다.

잠시 구경꾼이 없는 사이에 허의문이 울타리 쪽으로 다가간다.

울타리를 잡고 서 있는 허의문을 발견한 욜란데는 먹을 것을 얻을 수 있는 기회라 생각하고 다가온다. 익숙하게 손바닥을 벌리는 아이. 동시에 고개를 숙이며 머리를 앞으로 내민다.

먹을 걸 주면 머리를 한번 쓰다듬는 걸 허락하겠단 뜻이다.

욜란데의 슬픈 몸짓과 표정이 허의문에게 다시 용기를 준다.

"르네가 보내서 왔다."

허의문이 욜란데에게 프랑스어로 말한다. 그 말을 들은 욜란데가 깜짝 놀라 의문의 얼굴을 본다. 이 아이는 프랑스어를 할 수 있다고 했다.

욜란데는 인간 동물원 안에서 태어난 아이다. 아이는 구경꾼들에게 먹을 것을 얻어먹으면서 프랑스 말을 배웠다. 욜란데가 프랑스어를 한다는 걸 아는 사람은 많지 않다. 어느 순간부터 욜란데가 자기 능력을 숨겼기 때문이다. 아마 부족 어른들의 조언이 있었을 것이다.

욜란데는 호텐토트 전시장 앞에서 시위하는 르네를 보고 그녀가 주장하는 말을 들으며 믿음이 생겼다. 욜란데가 먼저 말을 걸어왔다고 한다. 르네조차도 욜란데가 프랑스어를 하는 사실에 충격을 받았으니 다른 사람들은 어떻겠는가?

인간 동물원에 전시된 부족들은 인간과 동물 사이에 있는 진화 덜 된 생명체라고들 한다. 그럴 때만 진화론을 유용하게 쓴다. 그런 생명체가 고급 언어인 프랑스어를 한다는 것은 상상도 할 수 없는 일이다.

욜란데는 피부색과 외모가 다르면 열등하다는 서양 제국주의의 편견을 없앨 수 있는 중요한 증거다.

하지만 욜란데는 무서운 아저씨가 자기를 잡으러 왔다고 생각하는 것인지 겁먹은 얼굴로 엄마와 아빠에게 달려간다.

아이가 코이산족의 언어로 엄마, 아빠와 부족원에게 상황을 설명하자 소란스러운 언쟁이 오간다. 욜란데 엄마와 다른 부족원 사이에 의견 차이가 있다. 하지만 엄마의 의지는 확고하다. 엄마는 다른 코이산족의 만류를 뿌리치고 싫다는 욜란데의 손을 잡아끈다.

몇 달 전부터 르네는 욜란데의 통역으로 코이산 부족에게 자기와 동료들의 계획을 몇 번 알렸다고 한다. 다른 부족원들의 반대도 있지만 욜란데 엄마는 르네의 계획에 찬성했다. 하지만 정작 욜란데 본인은 싫었다. 엄마, 아빠, 부족원들과 떨어지기 싫고 다시는 못 만날 수도 있다는 불안감 때문이다.

욜란데가 거부할 수도 있다는 예상은 했지만, 심하게 반항하며 울고 있다.

사람들의 시선이 집중된다. 좋지 않다. 경비원들의 눈에 띈다면 계획은 취소해야 한다.

"르네? 르네?"

욜란데를 끌고 온 엄마가 허의문에게 르네의 이름을 재차 묻는다. 의문이 긍정의 뜻으로 고개를 끄덕이자, 엄마는 싫다며 우는 욜란데를 안아 올린다. 그때 울타리 반대편에서 누군가 소리친다.

"어이! 거기 뭐야? 울타리에서 떨어져!"

경비원이다. 그리고 욜란데가 허의문의 가슴에 넘겨졌다. 우는 욜란데를 엉겁결에 받아 안는 허의문. 욜란데의 엄마는 눈물을 흘리며 허의문에게 뭔가를 간곡히 부탁한다. 의문은 그녀의 언어를 알지 못한다. 욜란데는 엄마에게 가려고 발버둥 치고 있다.

어찌해야 할지 막막하고 머릿속이 멍한데 "삐익! 삐익!" 경비원의 호루라기 소리가 허의문의 정신을 깨운다.

허의문이 욜란데를 안고 뛰기 시작한다.

"삐익! 삐익! 삐익!"

경비원의 호루라기 소리에 마차에 앉아있던 르네가 인간 동물원 정문을 본다.

허의문이 욜란데를 안고 정문을 빠져나와 달려오는 모습이 보인다. 그의 뒤로 두 명의 경비원이 따라오고 있다.

"빨리 달려. 의문. 빨리."

말 한 마리가 끄는 마차 위에 대기하고 있던 르네는 서둘러 마차에서 내려 욜란데를 맞을 준비를 한다.

욜란데는 르네를 보곤 스스로 안겨서 더 서럽게 운다. 허의문은 그 모습을 보고 괜히 미안하지만, 지체할 시간이 없다.

르네와 욜란데를 마차 안에 태우고 의문은 기수 자리로 올라가 고삐를 잡고 마차를 출발시킨다.

뒤따라오던 경비원들은 마차와 간격이 벌어지자 황급히 정문 근처에 직원들이 출근하며 세워둔 자전거를 하나씩 집어탄다.

"괜찮아 욜란데. 엄마하고 아빠, 그리고 너희 부족원들 모두 인간 동물원에서 나올 수 있게 도와줄게."

르네가 욜란데를 안심시킨다. 하지만 상황이 끝난 것은 아니다. 마차 속도가 느리다. 말 한 마리가 끌기에는 사람 3명과 마차의 무게가 너무 무겁다.

뒤를 돌아보는 허의문. 전력으로 페달을 밟는 두 대의 자전거에 서서히 따라잡히고 있다. 앞에 오는 경비원은 전에 허의문에게 당했던 루이라는 경비원이 틀림없다. 루이는 르네와 허의문을 꼭 잡겠다는 일념으로 빽빽한 자전거 페달을 열심히 밟아 마차와 간격을 좁히고 있다.

길게 뻗은 길을 달리는 마차와 그걸 추격하는 두 대의 자전거.

결국, 루이의 자전거가 마차를 따라잡았다. 경비원 루이는 마차 안에 타고 있는 욜란데와 르네를 확인한다.

"또 당신일지 알았어. 이런 짓은 심각한 범죄야. 빨리 마차 세워."

허의문이 속도를 높여 루이의 자전거를 따돌려 보려 하지만 힘들다.

"당신들이 누군지 모를 것 같아? 저 남자 놈 조선 사람이지? 그때 '조선'이라고 말하는 것 들었어. 여기서 도망쳐도 소용없어 파리에서 조선 사람 찾는 건 쉽다고."

젠장! 허의문은 일이 꼬였다고 생각됐다. 그렇다고 여기서 마차를 세울 수는 없다.

"그 계집애는 우리 인간 동물원의 중요한 수입원이야. 재산을 지키기 위해서 어쩔 수 없어. 날 원망하지 마. 당신이 초래한 거야."

경비원 루이는 허리 뒤쪽에서 권총을 꺼내서 마차 안 르네를 겨눈다.

권총을 보곤 놀라며 욜란데를 끌어안는 르네.

"안 돼!"

"그러니까 마차 세우라고. 정말 쏠 거야. 하나! 둘!"

허의문은 앞뒤 생각할 겨를 없이 고삐를 놓고 마차 위, 짐 싣는 공간으로 올라가 경비원 루이에게 몸을 날린다. 루이의 얼굴을 걷어차는 허의문.

루이는 자전거와 함께 흙바닥을 뒹군다.

허의문은 마차 위 짐 싣는 곳 난간을 잡고 가까스로 매달린다. 하지만 그것도 잠시, 약한 난간이 뿌직! 하며 부러지고 허의문의 몸이 마차 바퀴에 깔릴 위기에 처한다. 다행히 르네가 허의문의 어깨를 잡았다. 발 디딜 좁은 곳을 찾아 몸을 겨우 지탱하는 허의문. 그런데 퍽! 진압봉이 허의문의 팔을 내려친다.

기수 없는 말은 달리는 속도가 줄었고 뒤따라오던 다른 한 명의 경비원이 마차를 따라잡았다. 경비원은 허의문을 마차에서 떨어뜨릴 양으로 허의문의 팔을 향해 계속 진압봉을 내려친다.

르네가 그만두라고 소리쳐 보지만, 경비원의 진압봉 세례는 멈추지 않는다. 이렇게 계속 팔로 막다 보면 팔이 부러질 것 같다.

허의문을 잡은 르네도 팔 힘이 빠져가고 있다.

"이 지독한 놈. 떨어져! 떨어지라고."

허의문에게 마지막 치명타를 날리려는 듯 경비원이 팔을 크게 휘두르는데 허의문이 부러진 마차 난간을 비틀어서 완전히 떼어 낸다. 그리고 경비원의 자전거 앞바퀴 사이에 집어넣는다.

카각! 하며 자전거 앞 바퀏살이 마차 난간 쇠봉에 걸려 멈추고 자전거는 앞으로 고꾸라진다. 경비원도 자전거와 함께 공중

**1900년 파리, 조선 청년 허의문**

으로 날아올랐다가 땅에 처박는다.

이제 마차를 쫓는 경비원은 없다.

르네의 도움을 받아 기수 자리로 이동하는 허의문.

말을 쉬게 하기 위해 안전한 곳에서 마차를 멈추자, 르네가 욜란데를 안고 기수 옆자리로 올라온다.

두꺼운 모포로 몸을 두른 욜란데는 르네의 옆구리에 꼭 붙어 있다.

걱정하는 표정으로 허의문을 보는 르네. 해야 할 말이 많은데 어떻게 꺼내야 할지 모르겠다. 부탁한 일이 이렇게 위험한 일이 될지 몰랐다.

허의문은 르네의 걱정을 아는지 르네에게 활짝 웃어 준다.

르네도 미소로 답한다.



## 2023년

"르네는 전사(戰士)였어요."

박지현은 오상훈 과장이 관심을 보이자 이제까지 조사하고 알아 낸 내용을 모두 설명할 좋은 기회라고 생각했다. 그동안 누군가에게 이런 얘기를 한 적은 없었다. 그날은 정시에 퇴근해서 오상훈 과장과 카페에 들러 많은 얘기를 나눴다.

"인간 동물원에서 흑인 여자아이를 빼낸 일 때문에 체포되어서 한 달 동안 철창신세를 졌지만, 이후에도 인권운동가의 길을 포기하지 않았죠. 동료들과 계속 투쟁했고 흑인 여자아이를 신문사와 인터뷰하게 했어요. 그 당시 유럽에선 인간 동물원이나 니그로 빌리지가 성행했기 때문에 그곳에서 태어난 흑인 여자아이가 구경 온 사람들에게 프랑스어를 배워서 유창하게 말한다는 것은 그 당시 프랑스 사람들에게는 무척 충격이었을 거예요. 그 계기로 여론이 인간 동물원에 나쁘게 작용했고 결국 만국박람회 도중에 인간 동물원은 폐쇄되었어요."

"매번 그렇지. 1970년에 고래의 노랫소리가 음반으로 발매된 후에 전 세계가 고래 포획 금지를 선언한 것처럼."

오상훈 과장은 고래를 연구하는 로저 페인이라는 박사가 혹등고래의 노랫소리를 1970년 'Songs of the Humpback whale : 혹등고래의 노래'라는 제목의 음반으로 발매해서 미국 내 12만 5,000장을 판매한 일에 대해 언급한다. 그 계기로 본격적인 고래 보호 운동과 전 세계적으로 고래 포획을 금지하는 해양포유류보호법 제정이 가속화되었다.

"네. 르네는 인간 동물원에서 자유를 찾은 아프리카인들의 프랑스 정착을 돕고 평생 인권운동가로 살아왔어요. 저는 르네의 손녀를 통해서 르네의 일기장과 기록을 전달받았고요."

"그런데 어떻게 르네라는 여성을 알게 된 거야?"

오상훈 과장의 질문에 답하기 위해선 많은 얘기를 해야 했다.

고등학생인 박지현이 국립중앙박물관에서 경천사십층석탑을 보고 감동하여 미국인 헐버트에 관심을 가지게 된 일부터 1900년 파리 만국박람회에 관해 조사한 일까지.

그런데 1900년 만국박람회 기록은 자료가 너무 적었다. 헐버트의 관여나 박람회 참여 의도 같은 건 찾기 힘들었다. 그냥 1907년 헤이그 특사 파견에서의 헐버트 역할을 조사해야 하나 생각했다. 하지만 1895년부터 1907년까지 헐버트의 공백이 너무 커서 1900년을 조금만 더 조사해 보자고 마음먹었다. 박지현은 1900년 박람회 참가가 정말 특이한 일이라고 생각했고 계속 마음에 걸렸다.

그 당시 프랑스 신문사 몇 곳에서 대한제국관에 관해 우호적 기사를 써서 그 부분만 더 조사해 보기로 했다. 그 외에는 다른 비빌 언덕이 없었다.

지금까지 남아 있는 프랑스의 신문사와 잡지사에 연락해서 1900년 파리 만국박람회 때 대한제국관과 관련한 기사나 기록 등이 더 있는지 알아봤다.

"그런데 거기서 엄청 이상한 기록들이 발견되었어요."

"무슨 기록?"

"몇 군데 신문사에 간단한 기록이 남아 있었어요."

'대한제국 기사 삭제 요청'

"누군가 마음에 안 드는 대한제국 기사를 프랑스 신문사에 신지 말아 달라고 요청했던 기록이요."

"너는 그걸 요청한 누군가가 일본인이라고 생각하는 거야?"

"네. 그게 당연한 게, 한 신문사가 자세하게 기록했거든요."

박지현이 서류철을 카페 테이블 위에 올리고 한 페이지를 펴서 오래된 프랑스 문서를 찍은 사진을 보여 준다. 문서를 번역한 내용을 읽는 오상훈 과장.

'박람회에 참가한 일본 측의 요청으로 기사를 보류하겠다는 결정을 했다. 그 기사가 1895년 10월에 일어난 양국 간의 민감한 사건에 관한 내용과 사진이기 때문에 인류의 평화와 번영을 목표로 하는 만국박람회 시기에 프랑스와 일본의 우호를 해치는 기사를 싣는 것은 적절치 않다.'

"젠장!"
"1895년 10월. 조선과 일본 사이의 민감한 사건이요. 사진과 기사를 신문사들에 제공한 이가 르네 보부아르라는 프랑스 여성이었어요. 그래서 그 여성의 자손을 수소문해서 찾게 되었고요."
"그래도 그 사진이 민비 살해 사진이라고 100% 확신할 수 있는 건 아니잖아."
"그럼, 뭐겠어요?"
그래. 그게 아니면 뭐겠는가? 1895년 10월 조선과 일본의 민감한 사건. 그리고 그 사건에 대한 사진. 오상훈은 박지현의 가설을 믿는다는 데 45%쯤 배팅한 상황에서 계속 질문을 던진다.
"사진은 누가 찍은 거야? 그 허의문이라는 남자?"
"그건 모르죠. 하지만 허의문이 사진을 가지고 간 건 확실해요."
"허의문은 어떻게 알게 된 거야?"
박지현은 오상훈 과장에게 두 장의 사진을 보여 준다.

1900년 만국박람회 대한제국관 앞에서 찍은 르네와 허의문의 사진, 그리고 1888년 헐버트의 결혼식 사진.

"이 여성이 르네 보부아르예요. 그 옆에서 같이 사진 찍은 남자하고 이 사진에 있는 꼬마를 보세요. 헐버트가 입양한 조선인 아이예요."

르네와 함께 사진에 찍힌 훤칠한 키의 동양인 남자. 그리고 박지현이 두 번째로 가리킨 미국인 헐버트의 결혼식 사진. 그 사진에는 어린 조선인 꼬마가 있다. 사진 하단에는 '1888. 9. 나의 아들 허의문과'라는 손 글씨가 적혀 있다.

사진 속 꼬마와 남자를 번갈아 보는 오상훈. 아무리 봐도 같은 사람이다.

'하~! 박지현한테 80% 넘어갔다.'


늦은 밤. 박지현이 악기를 옮기고 있다. 커다란 상자에 담겨 있어서 그냥 봐선 악기인지 알 수 없다. 오늘이 전시회의 마지막 날이기 때문에 내일이면 악기들은 수장고로 옮겨져서 포장될 것이다. 그리고 며칠 후 비행기에 실려 파리로 날아간다. 악기를 X-Ray 투과 촬영하려면 오늘 밤이 유일한 기회다.

전시회가 끝나자마자 시설 정리를 서둘러 진행했다. 전시장 내부 CCTV를 손봐야 했기 때문이다. 작업지시자의 실수, 오상훈 과장이 CCTV 철거 작업지시를 너무 서둘러 내린 오명을 뒤집어쓰기로 했다.

전시장 내부 CCTV가 철거되었기 때문에, 상자에 담긴 악기를 옮기는 것은 큰 문제가 되지 않는다. 하지만 그 외에도 많은 난관이 있다. 방사선 조사실 사용 승인서와 X-Ray 필름 사용처 명시, 촬영 후 필름을 스캔해서 디지털 자료로 변환하는 등의 작업 요건을 충족해야 한다.

그래서 실제 X-Ray 촬영 조사할 소장품이 필요하고 여분의 X-Ray 필름도 필요했다. 이런 모든 준비는 오상훈 과장이 도와줬기에 가능했다. 하지만 꼼꼼히 조사한다면 문서의 허점이 드러날 것이다. 우선 왜 이렇게 늦은 시간에 작업했는가에 대한 변명도 딱히 준비 못했다. 오상훈 과장은 그런 위험을 감수하고 박지현을 도와줬다.

박지현은 심야의 박물관에서 천천히 악기들을 옮겼다. X-Ray 검사가 필요한 악기는 용고, 해금, 거문고, 가야금, 양금, 북 모두 6개의 커다란 악기들이다. 그리고 대체 검사 소장품으로 서류에 적은 6점의 청자류를 옮겼다.

좁은 방사선 조사실 안이 꽉 찼다.

"다 옮겼냐?"

"아이. 깜짝이야."

갑자기 나타난 오상훈 과장 때문에 박지현은 심장이 떨어져 나가는 줄 알았다.

오상훈 과장은 작업에 참여하지 않기로 했지만, 집에서도 마음이 놓이지 않아서 고민하다가 박물관으로 다시 왔다고 한다. 심야라고는 해도 출입 기록이 남고 곳곳에 CCTV가 있기 때문에 나중에 문제가 생긴다면 둘 다 문책을 피하기 힘들 것이다.

하지만 이제 오상훈에게도 그런 건 문제가 되지 않는다. 정말 오늘 밤 박지현이 예상한 대로 이 악기 중에서 1895년 10월 8일

사건을 찍은 사진이 발견된다면 그들의 일탈은 정상참작 가능한 것이리라.

박지현 입장에서도 오상훈 과장의 참여는 고맙고 다행이다. X-Ray 투과 장비의 전압이나 전류, 조사 시간 설정 같은 작동법을 설명듣기는 했지만 직접 장비를 조작하고 촬영한다는 게 솔직히 많이 부담되었기 때문이다.

우선 6점의 청자류 소장품을 먼저 촬영했다. 그리고 여분의 필름을 사용해 악기들을 찍었다. 거문고와 가야금은 길고 커서 두 번에 나눠 촬영했다. 촬영 장비 내부의 크기와 악기 크기를 고려해서 필름을 두 장 더 확보한 오상훈 과장 덕분에 모든 촬영이 순조롭게 끝났다.

암실에서 필름이 현상되는 동안 악기는 제자리에 돌려놓았다. 혹시 다시 촬영해야 하는 상황이 발생할 수 있었지만, 악기가 제자리에 없는 시간은 조금이라도 짧아야 했다. 게다가 실수가 있더라도 다시 찍을 필름이 없다.

박지현은 심장이 터질 것 같은 기대감을 안고 오상훈 과장과 함께 필름이 출력되어 있을 암실로 들어섰다. 오상훈 과장이 LED 필름 램프에 X-Ray 필름을 고정하고 함께 확인했다. 촬영은 완벽하게 잘 진행됐고, 악기 내부가 훤히 보였다.

오상훈 과장은 확신했다. 박지현이 이제까지 조사한 자료를 봐서도 그랬고 국립중앙박물관에 취직해서 123년 전 프랑스에 놓고 온 국악기들을 다시 불러들이기 위해 5년간 노력한 박지현을 봐서도 그랬다. 그 부분에서 99%라고 생각했다.

그런데 지금 눈앞에 1%가 펼쳐져 있다.

없다. 아무것도 없다. 뭔가 꿈을 꾸고 있는 기분이다. 화가 나
야 하는가? 슬퍼야 하는가?

"이럴 리가 없어요. 분명히 있어야 하는데.... 르네는 허의문이
분명 악기 중에 숨겼다고 기록했어요."

"혹시 나중에 누군가 발견하고 치워 버린 건 아닐까?"

"아닐 거예요. 허의문이 잘 숨겼다고 했어요. 르네에게도 대한
제국관 악기가 다시 조선으로 돌아가는 걸 꼭 확인해 달라고 부
탁했다고요."

"그런데 이 악기는 대한제국파견단 위원장인 민영일이 프랑
스 음악박물관에 기증해 버렸잖아. 그럼, 계획에 차질이 생긴 거
고 네가 모르는 다른 일이 일어난 거지."

박지현은 지금 너무 혼란스러워서 판단력이 흐려졌다. 프랑
스 음악박물관 관계자가 악기를 검사하다가 사진을 발견하고
일본 측에 넘겼을 거라는 예상도 충분히 가능하다.

"아니에요. 그랬다면 르네가 뭔가 기록으로 남겼겠죠."

"허의문은? 허의문은 어떻게 됐는데? 허의문에 대한 기록은
있어?"

"없어요. 그 이후 허의문에 대한 기록은 못 찾았어요."

"허의문이 르네에게 악기를 부탁했다고 했어. 그럼 허의문
은....?"

오상훈 과장은 말끝을 흐렸다. 그 말을 내뱉기 싫었기 때문
이다.

"네. 저도 그렇게 생각해요."

머리가 띵했다. 르네가 모든 기록을 다 남기지는 않았을지도

**1900년 파리, 조선 청년 허의문**

모른다는 생각을 왜 하지 못했을까? 왜 그 중요한 것이 123년 동안 처음 자리에 얌전히 있으리라 생각했을까? 르네는 끔찍한 일은 기록하기 싫었을지도 모른다. 허의문의 죽음 같은....

1900년 파리에서 무슨 일이 있었는지 그들로선 알 길이 없다.


# 1900년

늦은 오후. 민영일이 머무는 호텔로 프랑스 경찰 두 명이 찾아 왔다.

조선인이 인간 동물원에서 전시부족민 아이를 납치했다는 신고를 받아서 왔으니 동행해 달라는 것이었다.

이게 무슨 소린가? 인간 동물원은 뭐고 아이를 납치했다니? 민영일은 오후 늦게 슬슬 호텔을 나와 대한제국관에 들러서 얼굴 잠깐 내밀고, 저녁에는 쯔보이 쇼고로 교수와 만나 허의문에 관한 정보 값을 흥정해 보려고 했다.

그런데 프랑스 경찰이 찾아온 것이다. 경찰들은 다짜고짜 민영일의 두 손목에 수갑을 채웠다. 자세한 설명도 없었고 민영일이 변명을 해 봐도 소용없다. 수갑 채워진 조선인이 프랑스 경찰에게 끌려가는 모습은 사람들의 구경거리이다.

호텔 밖에 두 마리 말이 끄는 죄수 호송 마차가 세워져 있는데 말 뒤에 붙어 있는 마차는 시커먼 관처럼 생겼다. 민영일은 그런 곳에 들어가는 걸 용납할 수 없어서 버텨 보지만, 마차를 모는 기수까지 3명의 경찰이 힘을 합쳐 그를 마차 칸에 짐짝처럼 던져 넣고 어딘가로 향한다.

죄수 호송 마차가 멈춰 선 곳은 대한제국관 앞이다.

마차 뒷문이 열리고 민영일이 프랑스 경찰들에 의해 끌어 내려졌을 때 감옥이나 경찰서가 아닌 걸 확인하고 다행이라고 생각했지만, 김덕중, 김바회, 노막상과 눈이 마주치고는 그 생각이 싹 달아났다.

대한제국관에도 다른 경찰과 두 명의 프랑스인 경비원이 있는데 누군가에게 얻어터진 얼굴이다. 그들은 조선인들을 잡아 먹을 듯한 표정으로 살피고 있다. 두 명의 프랑스인 경비원들은 마차에서 내린 민영일을 보더니 경찰들에게 그놈이 아니라고 확인해 준다. 그제야 경찰은 민영일 손목의 수갑을 풀어 준다. 민영일은 아랫것들이 보는 앞에서 당한 치욕에 프랑스 경찰들에게 불만을 표해보지만, 그들은 사과 한마디 없이 민영일에게 나머지 조선인 한 명이 어디 있냐고 캐묻는다.

경찰들과 경비원이 던지는 질문을 종합해서 사건 내용이 이해 된 민영일은 그런 일을 저지른 이가 허의문이라 확신했다. 그리고 그놈과 함께 있던 르네라는 프랑스 여자는 콜랭 공사의 집에서 일하는 여성이 분명하다. 허의문이 파리에서 같이 다닐 만한 여성이 누가 있겠는가?

민영일은 망설임 없이 허의문과 르네에 대해 경찰들에게 설명한다. 확실하지 않은 것도 과장하고 부풀려서 얘기했다. 그래야 이 귀찮은 상황을 빨리 벗어날 수 있기 때문이다.

민영일의 설명을 들은 경찰들은 허의문이 돌아올 것을 대비해서 두 명의 경찰을 대한제국관에 배치하고 콜랭 공사의 집으로 향한다.

그들이 자리를 뜨자 민영일은 김덕중과 일꾼들을 노려본다.

3명의 조선인은 잘못한 것도 없는데 민영일의 호통을 들어야 했다.


파리 외곽 작은 다세대 주택 지하에 있는 아지트로 욜란데를 데리고 왔다.

그곳에는 미리 약속한 지오반나가 와 있었다. 지오반나는 40대 초반의 알제리인 흑인 여성으로, 프랑스인 주인에게 20년 이상 끔찍한 학대를 받으며 고된 노동에 시달리는 삶을 살고 있었다. 르네와 인권운동가인 동료들이 그녀의 탈출을 도왔고 지금은 좋은 가정에서 정당한 대우를 받으며 일하고 있다. 욜란데를 보살필 도움이 필요했기 때문에 혹시나 하며 했던 부탁인데 지금 보니 지오반나에게 부탁한 것이 정말 잘한 일이라고 생각된다.

엄마와 비슷한 연배의 흑인 여성이 있다는 것만으로도 욜란데에게는 마음에 안정을 주는 것 같다. 불안함도 많이 사라졌고 지오반나가 챙겨온 먹을 것을 먹으며 기운을 차리고 있다. 지오반나가 아지트 내에 있는 프랑스 여성 동료 3명, 남성 동료 2명과 스스럼없이 대화하는 모습을 보는 것도 욜란데에게 도움이 됐다.

르네가 허의문의 팔을 치료해 주는 동안 욜란데는 하루가 고

됐는지 졸음이 쏟아지는 모양이다. 지오반나가 욜란데를 재우기 위해 작은 방으로 이동한다.

그러자 말을 아끼고 있던 동료들이 르네를 질책하기 시작한다.

이번 일은 너무 심했고 심각한 범죄를 저지른 것이다. 인간 동물원 측도 가만히 있진 않을 거고, 앞으로 자기들이 하려는 일에 오히려 걸림돌이 될 거라며 르네를 다그친다.

그때, 아지트 문이 거칠게 열리며 누군가 들어온다.

"르네! 르네 여기 있어?" 기자인 피에가 르네를 부르며 아지트로 들어온다.

르네가 저지른 소식을 듣고 화가 치밀어 서둘러 아지트로 왔는데 르네가 조선인과 함께 있는 모습을 보니 더욱 열이 난다. 설마 했었는데 그 조선인과 함께 일을 저지른 것이다. 어떤 것에 더 화를 내야 하는지 판단이 서질 않는다. 저 조선인과 붙어있는 것? 욜란데를 의논도 없이 인간 동물원에서 납치해 온 것?

"욜란데를 빼 왔어?"

피에는 르네를 보더니 다짜고짜 질문을 던진다.

"응. 지오반나가 재운다고 작은방에 데리고 들어갔어."

"너 미쳤어? 이런 큰일을 네 마음대로 저질러 버리면 어떻게 해?"

"그럼 우리는 언제 행동하는데? 언제까지 모여서 계획만 짜고 있을 거냐고? 이제 욜란데가 있으니까, 기자들을 모아서 회견하면 인간 동물원 폐지여론을 키울 수 있잖아."

"이런 불법적인 일을 옹호할 신문사는 없어. 아무리 뜻이 좋다고 해도 불법적인 납치는 납치야. 오전에 너하고 저 조선인이 벌인 일이 벌써 신문사나 잡지사에 다 퍼졌어. 내 귀에도 들어왔고. 지금 경찰이 너를 쫓고 있다고."

"범죄는 내가 저지른 거야. 경찰에 잡혀가는 것도 나고. 그러니까 너희들은 욜란데를 데리고 기자 회견을 해."

"욜란데 데려다 주고 자수해. 그럼, 인간 동물원 측도 크게 문제 삼지 않을 거야. 내가 도와 줄게."

"웃기지 마. 싫어."

"일에는 순서가 있어. 신문사나 잡지사 기자들에게 알리고 준비할 시간이 있어야지 지금은 때가 아니야."

"그 얘기 좀 그만해. 네가 말하는 좋은 때를 기다린다고 이번 겨울에도 인간 동물원에서 두 명이나 죽었어. 기억 안 나?"

르네가 꺼낸 말에는 누구도 반박하기 힘들다. 50대 남성과 20대 여성이 올해 초, 혹독한 겨울 날씨에 건강 악화로 죽음을 맞이했다. 20대 아프리카 여성은 르네가 유난히 좋아했던 여성이었다. 모든 울타리 내 인원을 항시 확인하던 르네가 그들의 부재를 알아차렸고 둘의 사망을 인간 동물원 측이 숨기고 있다가 나중에야 마지못해 인정했다.

그렇다고 르네의 행동이 정당화되는 것은 아니다. 피에는 뭐라도 강력하게 반박해야 했다.

"그래서 네가 벌인 일은 도움이 돼? 너는 경찰에 쫓기는 신세가 됐고, 네 덕분에 저 미개한 동양인도 일에 휘말려서 경찰들이 찾아다니고 있어. 저 동양인은 체포되면 인간 동물원 동양관 건립에 이바지하겠지."

아차! 피에는 말을 하다가 멈칫했다. 이름이 뭐랬더라.... 저 조선인이 프랑스어를 할 줄 안다는 걸 깜빡했다.

"피에!"

르네가 놀란 눈으로 피에를 노려본다. 피에도 실수를 인정하고 허의문에게 사과한다.

"미안 친구. 내가 실수했어. 너무 흥분해서."

"괜찮습니다."

그동안 한마디도 하지 않고 가만히 있던 허의문이 처음으로 입을 뗐다. 르네가 이곳에 와서 혹시 동료들이 실수할까 봐 허의문이 프랑스어를 할 줄 아는 동양인이라고 주지시켜 줬지만, 그의 입에서 나온 짧은 프랑스어에도 동료들은 적지 않게 놀란다.

허의문의 괜찮다는 말에도 르네는 전혀 그렇지 않다. 욜란데를 데리고 나온, 후폭풍에 대해서 심각하게 고민하지 않았던 불찰이고 독단적 행동이 빚은 결과일 것이다.

특히 허의문에게 너무 미안하다. 괜히 자신이 끌어들인 일로 총을 맞을 뻔했고 팔은 크게 다쳤다. 붕대를 감아줄 때 검게 부어오른 팔과 어딘가 긁혀 깊게 파인 상처를 보곤 허의문의 얼굴을 볼 면목이 없다. 게다가 그 경비원이 허의문을 조선 사람이라고 알고 있었다. 이미 대한제국관에 경찰들과 함께 들이닥쳤을 것이고 콜랭 공사님 집으로도 경찰이 찾아갔을 것이다. 자기 한 명 때문에 여러 사람이 피해를 보고 있다.

피에의 말이 르네에게 더 아프게 들린다. 울고 싶은데 뺨 때리는 격이다.

욜란데는 다행히 지오반나에게 부탁해 놓았다. 르네는 이곳에 더 있기가 괴롭다.

뒤에서 피에가 부르지만, 허의문의 손을 잡고 무작정 아지트를 빠져나온다.


만국박람회 밤을 밝히는 화려한 조명이 오히려 슬프게 보인다.

르네와 허의문은 말없이 박람회 부지를 오랫동안 걷고 있다. 허의문이 불평하며 욕이라도 해줬으면 오히려 마음이 편하겠다. 하지만 이 조선 청년은 별 불평 없이 그녀의 곁을 지키고 있다. 배도 고프고, 다리도 아프다.

"의문. 미안."

짧은 르네의 말에 허의문이 그녀를 본다. 르네의 조선말은 허의문의 프랑스어 실력보다 짧다. 미안하단 말까지는 조선말을 했는데 다음 말까지는 조선말로 힘들 것 같다. 르네는 하는 수 없이 허의문에게 해야 하는 말을 프랑스어로 꺼내 놓는다.

"인류의 평등한 인권을 위해 인간 동물원 폐지 운동을 하는 사람들한테서 그런 말을 듣게 해서 미안해. 그리고 의문에게 부탁한 일이 이렇게 위험한 일이 될지 몰랐어. 경비원들이 총까지 가지고 있을 줄은.... 많이 다치게 해서 정말 미안해. 나한테 욕해도 좋아. 그리고 프랑스 경찰이 널 쫓고 있다면 우리가 너를 최대한 지켜 줄게. 걱정하지 마. 뭐든 부탁해."

그리고 잠시 르네는 허의문의 표정을 살핀다.

"내가 말을 너무 빨리했는데, 이해하지?"

"네. 이해해요. 그리고 지금 우리는 갈 곳이 없어서 이렇게 밤새 걷고 있는 것도 이해하고요."

"아! 지금 고민 중이야. 어디로 가는 게 좋을지. 의문은 조선인 일행한테 돌아가면 안 될 것 같고, 나도 공사님 집으로 돌아가면 안 될 것 같아. 지금은 지오반나의 주인집으로 가는 게 가장 현명한 방법이야. 지오반나가 일하는 주인집 사장이 좋은 분이셔. 욜란데도 잠시 보호해 주신다고 했으니까 염치는 없지만, 거기 가면 쫓아내시지는 않을 거야. 여기서 멀긴 한데...."

"피에 씨 집은 어때요?"

허의문의 입에서 갑자기 피에의 이름이 나와서 르네는 깜짝 놀란다.

"뭐? 피에? 왜?"

"피에 씨가 주간지 르몽드 일뤼스트레에서 사진도 찍고 기사도 쓰는 기자라고 했죠?"

"응!"

"그럼, 사진을 인화하는 개인 암실도 가지고 있겠네요?"

"그래. 자기 집에 가지고 있어. 그런데 암실은 왜?"

"피에 씨 작업실이 어딘지 아세요?"

"알아. 알지만 오늘은 거기 가기 싫어. 또 피에한테 한 소리 들을 거라고. 오늘 가지 말아야 할 곳이 세 군데야. 대한제국관, 콜랭 공사님 집, 그리고 피에 작업실."

"뭐든 부탁하라고 했잖아요."

그렇게 말하긴 했지만, 오늘 피에 작업실을 가는 건 껄끄럽다.

"이제는 르네씨가 절 도와주세요. 리진 님도 제가 하려는 일이 성공하길 바라실 겁니다."

오카모토는 부하들을 발로 차고 때리며 질책한다.

허의문을 멍청하게 놓쳤다는 이유다. 허의문은 오전에 대한제국관을 가지 않고 인간 동물원에서 그 프랑스 여성을 만나 흑인 아이를 납치했다. 그 후 마차로 이동했기 때문에 쫓지 못한 것이다. 오카모토는 언제나 2~3명이 같이 이동하라고 했는데 안일하게 혼자 허의문을 쫓은 부분과 마차나 자전거를 준비 안한 부분을 계속 꾸짖었다.

"그만해라. 오카모토! 그렇다고 지금 그놈이 있는 곳을 알 수 있는 것도 아니잖아."

"네. 죄송합니다."

쯔보이 쇼고로 교수가 짜증내며 소리치자, 오카모토에 의한 소란이 멈춘다.

쇼고로는 조용히 생각을 정리해 보려 한다. 그놈이 어디로 이동하는지, 누구와 만나서 무슨 일을 하는지 계속 감시하는 것도 중요하지만, 지금까지 알아낸 상황으로 그놈의 의중을 파악하는 것도 중요하다.

그 허의문이란 놈은 도대체 뭐 하는 놈인데 일본어와 프랑스어까지 능통한 것인가? 대한제국관에서 감시하던 놈들이 파악한 바론 미국말도 할 수 있는 것 같다고 한다. 어린 놈이 엄청난 것 아닌가? 분명 고종의 비자금을 외국 은행에 맡기기 위해 온 것으로 생각할 수밖에 없다. 어린 놈이지만 능력이 된다면 그런 막중한 일을 맡길 수도 있다고 생각된다. 부피가 큰 비자금도 어딘가 잘 숨겼을 것이다.

하지만 오늘 낮에 그놈이 벌인 일은 어떻게 생각해야 하는가?

처음 그놈을 쫓아가 대면했던 곳이 인간 동물원이었다. 그놈이 우연히 방문했다고 생각했는데 오늘 일을 보니 아니었던 것 같다.

인간 동물원에서 흑인 여자아이를 납치했다. 그것이 고종의 비자금과 무슨 관계가 있는 것인가?

쇼고로가 답도 없이 머릿속으로 계속 비슷한 질문과 추측만 내리고 있을 때 호텔 방문 밖이 소란스럽다.

"또 뭐야?"

"민영일이 찾아왔다고 합니다. 교수님을 만나 뵙겠다고 소란이라는데 어떻게 할까요?"

참 절묘한 방문이다. 이놈은 돈 냄새를 기가 막히게 맡는 놈이다. 큰돈을 지급하더라도 민영일의 정보에 기대야 하는가?

"들여보내라고 해."

방문이 열리자 민영일이 들어온다. 밖에서 부하들과 드잡이하다가 흐트러진 옷을 추스르며 족제비같이 뾰족한 하관에 음흉한 미소를 짓고 들어오는 것이 쇼고로 교수의 머릿속을 들여다보고 있는 것 같아 더 기분 나쁘다.

"교수님. 지금 이렇게 호텔 방에 계시면 어찌합니까? 프랑스 경찰들이 허의문을 잡으려고 혈안이 돼 있는데."

"프랑스 경찰이 왜?"

"왜긴 왭니까? 인간 동물원에서 애를 납치하는 큰 범죄를 저질렀으니까 그런 거지요. 아직 보고 못 받으셨습니까?"

프랑스 경찰들이 허의문을 쫓고 있다는 얘긴 아직 못 들었다.

"저희 대한제국관에 사람을 배치해 놓으시면 뭐 합니까? 이런 중요한 보고를 못 받으시는데."

쇼고로가 오카모토를 노려본다. 자기의 불찰을 깨닫고 긴장하는 오카모토.

"만약 허의문이 프랑스 경찰에게 체포라도 되는 날에는 어쩌시려고 이렇게 태평입니까? 그렇게 되면 허의문이 가지고 있던 걸 프랑스 경찰에 압수당할 텐데, 그래도 괜찮습니까?"

니글거리는 놈. 쇼고로의 심기를 잘도 건드린다.

"네 놈이 가지고 있는 정보가 중요하단 걸 어떻게 믿니?"

"그건 교수님이 판단하실 일이죠. 원래 정보란 게 그렇잖습니까. 저한테는 별로 중요하진 않은데 교수님에게는 엄청 중요한 거겠죠."

쇼고로는 정말 마음에 들진 않지만, 책상 서랍을 연다. 그리고 그곳에 준비해 두었던 돈 봉투를 꺼내 책상 끄트머리에 던진다. 턱! 하며 떨어지는 돈 봉투 소리가 벽돌 한 장만큼 묵직하다.

돈 봉투를 집어 든 민영일이 재빠르게 금액을 살핀다.


일반 다세대 주택 2층에 있는 피에의 집으로 쳐들어오다시피 한 르네는 다짜고짜 배가 고프니 먹을 걸 내오라고 했다. 피에는 먹을 걸 챙겨주면서도 르네에게 잔소리를 늘어놓았고 르네는 그 말을 꼬박꼬박 맞받아친다.

무책임하게 욜란데를 놔두고 어딜 간 거냐? 욜란데는 지오반나에게 부탁해 놓았다. 조선인에게 아이를 데리고 나오게 시키더니 이제 욜란데를 돌볼 책임까지 다른 사람에게 떠맡기는 거냐? 경찰에게 쫓기고 있으니 어쩔 수 없지 않냐? 그런 것도 생각

안 하고 일을 벌인 거냐? 충분히 알아들었으니까 그 말 좀 그만 해라. 이런 맛없는 빵 쪼가리라도 먹을 땐 좀 편히 먹게 해주면 안 되냐?

가만히 지켜보고 있는 허의문은 그 둘의 모습이 보기 좋다. 젊은 남녀가 각자의 의견을 거침없이 말하며 상대를 몰아붙이는 상황을 조선에서는 본 적 없어 당황스럽긴 하지만 둘은 싸우는 것 같지 않다.

허의문은 피에의 집 안을 살펴본다. 답답하고 좁은 거실에 많은 신문과 책까지 쌓여 있다. 벽에는 만국박람회 공사 현장을 찍은 사진들과 에펠탑 공사 진행 사진이 붙어 있다.

그리고 작은 문 하나가 보인다. 그 문 앞에 통들이 놓여 있는데 새 현상액이나 다 쓴 현상액을 모아 둔 통인 듯하다.

"저기가 암실인가요?"

허의문이 갑자기 던진 질문에 둘의 투덕거림이 멈춘다.

"어 그래. 맞아. 그런데 암실은 왜?"

"아! 얘기하려고 했는데 깜빡했네. 피에, 허의문에게 암실 좀 빌려줘."

"뭐? 암실을? 싫어."

"중요한 일이야. 엄청난 사진을 보게 될 거라고. 피에도 관심 있을걸. 그리고 허의문에게 심한 말 한 것도 있잖아. 사과한다고 생각해."

"아닙니다. 사과하실 필요는 없습니다. 하지만 암실을 좀 쓸 수 있게 허락해 주시면 감사하겠습니다."

거절하기가 쉽지 않다. 피에는 내키진 않지만 허락하기로 한다.

"좋아. 지금 쓸 거야? 내가 알려 줄 테니까 따라와."

"아니요. 저 혼자 썼으면 합니다."

점점 가관이다. 암실 안에 중요한 장비와 위험한 화학물질이 많은데 이 조선인이 어떻게 혼자 사용한다는 말인가?

"무슨 말이야? 당신 암실에서 작업해 봤어?"

"할 수 있대 피에. 믿어봐."

"경험 있습니다. 조심할 테니까. 걱정하지 마세요."

어떻게 안 된다고 거절할까 고민하는 사이에 허의문은 벌써 암실 쪽으로 향하고 있다. 피에는 뭔가 꺼림칙하다. 왜 이렇게 불안하지? 암실 안 뭔가가 신경 쓰이는 데 뭔지 생각나질 않는다.

"의문! 현상하는 거야? 인화하는 거야? 인화지 몇 장 없는데 괜찮아?"

피에의 질문에 대답도 없이 암실 문이 닫힌다.

"르네. 저 녀석 뭐 하는 놈이야?"

"기다려 봐. 조선인한테 엄청 중요한 사진을 인화하려는 거야. 그게 허의문이 이 파리에 온 목적이기도 하고. 멍청한 표정으로 서 있지만 말고 다른 잼 좀 갖다 줘. 이 구아바 잼 통에는 잼보다 곰팡이가 더 많아."


암등을 켜고 암실 내부를 살핀다. 좁은 암실이지만 작업에 필요한 장비와 재료는 모두 구비되어 있다. 특히 수평 확대기는 허의문이 다뤘던 것보다 훨씬 좋은 장비이다. 기존에 시행착오를 거치며 알아 두었던 빛 노출 값이나 시간이 저 장비에도 같은 수

치로 적용되었으면 하는 바람이다.

한쪽 벽 건조대에는 파리 만국박람회의 사진과 대한제국관 앞에서 찍은 사진들이 걸려있다.

그리고 잘 말려진 몇 장의 사진이 더 보인다. 피에가 찍은 르네의 사진.

르네는 사진 찍히고 있는 것을 인지하지 못하는 상황인 듯 보인다.

인간 동물원 안에서 나팔관 모양의 큰 메가폰을 들고 사람들을 향해 자기주장을 펼치는 르네, 어느 공원 벤치에서 잠든 르네의 모습, 동료들 사이에서 환하게 웃고 있는 르네의 얼굴을 찍은 사진.

허의문은 그 사진을 찍은 카메라 뒤에 피에가 있었을 생각을 하니 괜히 그가 부럽다. 이곳에 와서 르네와 피에를 만난 것은 정말 큰 행운이라고 생각한다.

암실을 얼추 살핀 허의문은 웃옷 안쪽으로 손을 집어넣어 가죽 지갑을 꺼낸다. 가죽 지갑 안에 접혀 있던 서신을 콜랭에게 전달했기 때문에 지갑은 아무것도 들어있지 않은 것처럼 얇아져 있다. 하지만 그 안에도 뭔가가 숨겨져 있다. 허의문은 지갑의 얇은 틈 사이에서 날카로운 면도날을 꺼낸다. 그리고 그 칼로 가죽 지갑의 뒤쪽을 조심스럽게 도려낸다.

안쪽 공간에서 작은 쪽지 한 장과 4장의 네거티브 필름이 나온다.

오카모토는 또 욱하는 성질로 민영일의 멱살을 잡는다.

"뭐야. 그게 다야? 그 허의문이란 놈이 미국인 양자라는 게 그렇게 많은 돈을 처먹을 중요한 정보냐고?"

"그놈이 콜랭 공사와 조선에서부터 잘 알고 지내는 사이였다는 것도 중요한 정보야. 그 프랑스 년이 콜랭 공사 집 하녀이기 때문에 그놈이나 대한제국관 일을 돕는 거고. 오늘 아침에는 허의문이 그년을 돕겠다고 나가서 흑인 여자아이를 인간 동물원에서 납치했어. 그년이 오래전부터 인권운동가라며 인간 동물원 해방운동을 한다고 설쳤더라고. 프랑스 경찰한테 들은 이런 정보도 중요한 단서가 되는 거야. 둘 사이에 뭐 계약 같은 걸 한 거로 추측할 수 있지, 프랑스 년은 그놈을 돕고 그놈은 프랑스 년을 돕는 거. 이 정도 정보와 훈수면 돈값 한 거 같은데. 쇼고로 교수님 머리로는 뭐 얘기가 짝 맞춰지지 않을까? 안 된다고 해도 내 잘못은 아닌 것 같은데. 이제 이 손은 좀 놓지."

민영일이 오카모토에게 말하는 듯 보이지만 사실은 쇼고로 교수가 들으라고 큰 소리로 떠드는 중이다. 교수라면 그가 준 정보가 중요하다는 걸 눈치챌 것이다.

오카모토는 이 이죽거리는 조선 놈이 정말 마음에 안 든다. 손을 놓으라고 해서 힘껏 바닥에 패대기치니 낙엽같이 가벼운 놈이 어이쿠 하며 쓰러진다.

"오카모토. 그만 좀 해라. 이 멍청한 놈아. 정신이 사나워서 생각을 할 수가 없다."

"아! 죄송합니다. 교수님."

멍청한 것들과 같이 일하는 게 제일 힘들다. 특히 오카모토는 완력으로만 모든 걸 해결하려다 보니 일을 그르치는 경우가 많다. 지금도 정보의 경중을 판단할 머리가 없는 것이 확실하지 않은가? 작은 일까지 지시해야 해서 참 피곤하다. 민영일이 깐족대기는 했지만, 틀린 말은 하나도 없다. 24시간 대한제국관에 인원을 배치하고 허의문이란 놈을 쫓았지만 지금 민영일이 몇 마디 던진 정보보다 얻은 것이 하찮았다.

그리고 지금 민영일은 정말 중요한 정보를 줬다.

허의문이 조선에 있는 호머 헐버트라는 미국인의 양자라는 것.

"확실하니?"

"뭐 말입니까?"

바닥에 패대기쳐졌던 민영일이 일어서며 마음 상했는지 쇼고로의 질문에 퉁명스럽게 답한다.

"허의문이란 놈이 헐버트의 양자라는 정보 말이다."

"확실합니다. 그놈이 갑자기 파견단에 합류한 게 수상해서 조사한 정보입니다. 이렇게 요긴하게 쓰일 거라고 짐작했지요."

그렇다면? 갑자기 쇼고로의 초점 없는 눈동자가 좌우로 요동친다. 머릿속의 뭔가가 이마 앞쪽으로 스멀스멀 기어 나올 것 같은 느낌이다. 그것을 잡으면 되는데.

"그럼, 볼일이 끝났으니 전 가보겠습니다."

"아직 안 끝났어. 어딜 가?"

"보내 줘라."

"하지만 교수님. 그 몇 마디 했다고 이런 큰돈을...."

"보내 주라고 했다. 몇 번을 말해야 하니?"

쇼고로의 호통에 오카모토는 하는 수 없이 민영일을 호텔 방 밖으로 내몬다.

이제 좀 생각을 해 보자. 헐버트의 이름을 듣자마자 입안에서 맴도는 단어가 입 밖으로 튀어나오지 못하고 있는 것처럼 답답하다.

조선에 있는 헐버트는 껄끄러운 미국인이다. 오래전부터 그놈의 일거수일투족을 감시하고 있었는데 조선인 양자라니? 고아원을 운영하고 있으니, 그를 아버지라고 부르는 조선인 아이들이 많아서 놓쳤을 것이다. 허의문이 다 큰 조선 남자 놈이다 보니 집안일을 돕는 '보이' 정도로 파악했을지 모른다. 하지만 진짜 아들처럼 대했다면? 아니 아들이라면? 헐버트가 하는 일을 함께했다면?

지금 풀리지 않는 또 한 가지가 인간 동물원 일이다. 그런데 민영일이 재미있는 얘기를 했다. 허의문이 프랑스 년 일을 돕고 그년이 허의문을 돕는 계약 관계라면? 며칠 전 허의문과 그년이 프랑스 기자와 돈독해 보인다는 보고를 받았다. 다정하게 대화를 나누며 대한제국관 앞에서 사진을 찍었다. 기자? 사진?

쯔보이 쇼고로 교수는 머리가 띵하다.

헐버트란 실마리를 잡아당기니 엉켜있던 모든 실타래가 속 시원히 풀리는 것처럼 이제까지 모아 온 정보가 들어맞았다.

"여우 사냥!"

쇼고로가 갑자기 내뱉은 단어에 오카모토와 부하들이 집중한다.

"그렇구나. 여우 사냥! 1895년 10월. 조선의 민비를 사냥하는 작전명이었다. 그때 군인 한 놈이 주변에서 코닥 껍데기를 발견했다. 사진기 필름 껍데기 말이다. 조선의 궁궐 안에서 카메라를 쓰는 놈이 누가 있겠는가? 헐버트라는 미국 놈이 고종과 민비의 허락으로 조선 궁궐을 사진으로 찍어 남기는 작업을 하고 있다고 들었다. 그놈밖에 없었다. 그냥 오다가다 버려진 껍데기일지도 모르지만, 행여나 그놈이 그때 그 장소에 카메라를 들고 있었던 것이 아닌가 해서 계속 감시하고 있었다. 그 군인 놈이 코닥 껍데기 발견한 걸 바로 보고했더라면 그날 주변을 더 확실히 뒤졌을 텐데, 병신 같은 놈이 늦게 보고했어. 조선에서 사진을 뽑을 수 있는 곳은 몇 군데 안 된다. 그곳 모두를 우리가 몇 년 동안 감시했기 때문에 그때 헐버트가 카메라를 들고 그 장소에 있었을지도 모른다는 의심은 이제 접은 상태다. 파리 박람회에는 헐버트가 고종의 비자금을 옮기기 위해 참여할 것이라 예상하고 그놈을 감시하고 있었는데 헐버트는 조선에 그냥 남아 있고 비자금 같은 것은 코빼기도 보이지 않는다. 대신 양자라는 놈이 이곳에 숨어들었고 프랑스 기자와 접촉했다."

쇼고로는 머릿속으로 정리한 내용을 입 밖으로 줄줄 내뱉으며 자기 스스로 결론을 내고 있다. 모두 쇼고로를 보고 있는데 갑자기 책상에서 벌떡 일어서더니 오카모토와 부하들을 향해 소리친다.

"찾아라. 그 허의문이란 놈한테 여우 사냥 사진이 있는 것이 분명하다. 죽여라. 죽여서라도 그놈이 가지고 있는 것을 꼭 가져와."

# 1895년

10월 초. 아직 궐 안에 단풍이 들긴 이른 계절이지만 가을 준비가 한창인 궁궐은 하루가 다르게 가을 옷으로 갈아입고 있다. 카메라로 사진을 담아도 그런 아름다운 색이 담기지 않는 게 정말 애석하다. 아버지 헐버트는 가끔 13살인 허의문에게 카메라를 맡기기도 한다. 특히 허의문이 동트는 새벽, 초가을 궁궐 모습을 사진으로 남기자고 떼를 쓰는 오늘 같은 날이면 말이다.

당연한 얘기지만, 아버지 헐버트를 따라 여동생 윤슬과 함께 궁궐 모습을 찍을 때보다는 혼자 카메라를 메고 다니며 사진을 찍을 때가 더 즐겁다. 아버지와 함께 있을 때 해 보지 못한 시도를 할 수 있기 때문이다. 가령 궁장(宮墻 : 궁궐의 담벽)에 올라 궁궐 사진을 찍는 일 같은 것 말이다. 보는 장소가 다르면 같은 곳도 다르게 보인다.

오늘은 되도록 높은 곳에 올라 경회루나 향원정 처마에 걸리는 아침 해를 꼭 찍어 보고 싶다. 원래 허락받지 않은 이가 궁장에 올랐다가 수문장에게 들키기라도 하면 참수형이나 유형에 처해질 수도 있다. 하지만 아버지 헐버트 덕분에 수문장들과 경복궁 시위대는 허의문이 궁장 위에서 카메라로 궁궐을 찍는 행동을 용인해 주고 있다. 물론 그렇다고 궁궐 안에서 한없이 자유로운 것은 아니다.

지금 카메라에 들어있는 필름은 꽤 많이 찍었기 때문에 20장쯤 찍으면 롤필름을 갈아야 한다. 그렇다는 건 진고개에 있는 황철 촬영국에 카메라를 들고 가서 필름을 현상하고 인화하는 과정을 거쳐야 한다는 것이다. 허의문은 아버지를 따라 촬영국에 가서 조선인 사장에게 카메라와 사진에 대해 이것저것 질문하고 알아가는 것이 너무 좋다. 다른 이들이 찍은 사진을 구경하는 것도 좋고, 아버지와 하루 마실처럼 다녀오는 길도 좋아서 무척 기대되는 날이다. 오늘은 딱 스무 장을 더 찍을 계획이다.

허의문이 정동 집에서 출발한 시간은 묘(卯)시쯤이었다. 곧 해가 뜰 시간이다.

13살 허의문은 좋은 사진을 찍을 기대로 발걸음이 가볍다.

오늘은 느낌이 좀 이상하다.

원래 이 시간이라도 사람이 없는 건 아니었지만, 멀리 광화문 월대 앞에 유난히 사람들이 많이 모여 있다. 허의문은 무슨 일이 있는가? 생각하면서도 평소 드나드는 경복궁의 서쪽 영추문으로 향한다.

궁장을 따라가다 보면 만만한 높이의 담 옆에 유난히 키가 큰 참나무 한 그루가 눈에 띈다. 허의문은 이 나무를 볼 때마다 마음만 먹으면 월장이 쉬워 보이는데 궐문을 지키는 수문 군사들이 있으면 뭐 하겠는가 생각해 왔다.

영추문 수문장에게 그런 얘기를 했다가 "에끼! 이놈아. 어느 놈이 목을 내놓고 궁장을 월장하겠느냐? 그리고 저 높이가 만만한 높이가 아니다. 섣부르게 생각하고 뛰어내렸다가는 네 사타구니 안쪽 불알이 성치 않을 게다. 장가도 못 가고 몽달귀신 되고 싶냐?"라고 우스운 놈 취급을 받았다. 허의문은 오늘이 자기 주장을 증명할 수 있는 좋은 날이라고 생각했다.

어깨에 멘 큰 코닥 카메라 통과 새까만 가방을 등 뒤쪽으로 보내 단단히 여미고, 조심히 참나무 줄기를 잡고 밟고 오른다. 처음엔 힘들지만, 옆으로 자라는 줄기를 잡을 수 있는 높이까지 오르면 식은 죽 먹기다. 튼튼한 가지를 밟고 담 쪽으로 슬금슬금 이동하는데 멀리 궁궐 안쪽이 어수선하다. 궁궐 바깥쪽 궁장 밑에서는 들리지 않던 사람들 소리도 들리기 시작한다.

무슨 일인가?

허의문은 굵은 가지 위에서 궁장 지붕 쪽으로 뛰어내린다. 버석하는 소리가 크게 났지만, 궐 안쪽에서 들리는 소리 덕에 심하다고 느껴지지 않는다. 뛰어내려야 할 바닥을 보니 그다지 높지 않다. 별 망설임 없이 뛰어내리는 허의문. 흙바닥이 푹신하다.

불알 두 쪽도 멀쩡하고 발목도 괜찮다. 허의문은 영추문 수문장 어른에게 달려가 자기 생각이 맞았음을 알리고 싶다. 담을 높이긴 힘드니 궁장 옆 나무들은 옮겨 심어야 할 것이라는 얘기를 하려는데 영추문에는 아무도 없다. 분명 수문장 어른과 수문 군사들이 있어야 하는데 한 명도 보이질 않는다. 영추문은 굳게 닫혀있고 수문장청 안에도 사람이 없다.

그때 어디선가 총성이 들린다. 탕! 탕! 경복궁 내 깊은 곳에서 나는 소리다.

어딘가? 경회루? 아니 그보다 훨씬 먼 곳에서 들리는 소리다. 어쩌면 가장 안쪽인 건천궁?

그러고 보니 반석 위에 흩뿌려진 핏자국이 눈에 들어온다.

허의문은 바로 예상할 수 있었다.

'일본 놈들이구나. 또 일본 놈들이 경복궁에 쳐들어왔어.'

작년이다. 1894년 7월 23일 새벽에 일본군 1,000여 명이 경복궁을 기습했다. 그때 임금이 인질로 잡히고 일본군은 한 달여 동안 조선이 가지고 있던 모든 무기와 물자, 국보급 보물을 약탈한 적이 있었다. 아버지 헐버트는 그때의 전투가 조선의 운명을 가름했다고 말하곤 한다.

지금도 필시 일본 놈들이 쳐들어온 것이다. 그러면 어떻게 하는가? 경복궁을 수비하는 조선군 시위대가 있다고 한들 무기가 없는데 전투가 될 리가 없지 않은가?

이렇게 내 나라 조선이 망하는가?

허의문은 두렵지만 움직여 보기로 결심한다. 작년 전투는 밤새 총소리가 그치질 않았다. 하지만 지금은 총소리가 거의 없고 궁내 어딘가에 많은 사람이 집결해만 있는 느낌이다.

허의문은 영추문 육축을 석계단으로 올라 궁장의 기왓장 위로 뛰어내렸다. 경복궁을 둘러싸고 있는 궁장을 따라 안쪽으로 향할 계획이다. 이곳에서 다시 살펴보니 강녕전 앞뜰에 엄청난 인원이 모여 있는 것을 알 수 있다. 웅성대는 소리와 횃불의 규모로 보아 수백 명은 되는 듯 보이는데 일본군인지 조선 시위대인지는 알 수 없다. 어느 쪽이 되었든 왜 아무런 행동도 하지 않고 모여만 있는 것인가?

허의문은 몸을 최대한 낮추고 북쪽을 향해 기왓장 위를 뛰기 시작한다.

경회루 근처에 다다르니 끔찍한 일이 일어났음이 확연히 보인다. 조선 시위대로 보이는 여러 구의 시신이 보인다. 전투가 아니라 학살이 있었다.

궁장을 따라 달리는 허의문의 눈에 계속 시신이 보인다. 문경전 앞에서는 그 흔적이 오른쪽으로 꺾여 건천궁 쪽을 향한다.

궁 안의 궁인 건천궁. 허의문은 그곳이 어떤 곳인지 알기에 더욱 불안하다. 작년과 같은 일이 또 벌어지는 것인가? 아니 작년보다 더 끔찍한 일이 일어날지도 모른다. 의문은 궁장을 크게 돌아 경복궁의 북문인 신무문에 도착한다. 이곳에도 수문 군사들은 보이지 않는다.

나쁜 예상은 왜 이리 잘 맞는 것인가? 건천궁 쪽에 사람들이 몰려 있는데 안쪽에서 궁녀들의 비명이 들린다. 허의문은 더욱 긴장하며 건천궁 쪽으로 다가간다.

건천궁 장안당 앞뜰에 100명이 넘는 일본군들이 모여 있지만, 높은 서양식 건물 관문각이 시야를 가려줘서 들키지 않고 장안당 북행각 쪽으로 다가갈 수 있었다.

북행각은 전기실로 쓰이고 있어 기계 소리가 요란하다.

신무문 쪽 궁장은 다른 곳보다 유난히 높다. 낮은 곳을 고른다고 뛰어내렸는데 무릎이 턱을 쳤다. 수문장 어른이 말한 것처럼 발목이 아프고 사타구니 중앙이 저릿저릿하다. 카메라와 등에 진 가방만 없었으면 수월했을 텐데.

건천궁을 들고 나가는 문마다 일본군들과 장교가 지키고 있는 모습이 보인다. 복수당 쪽 경화문을 지키는 일본군들의 눈을 피해 빠르게 담을 넘었다. 일각문인 경화문에 붙어 있는 담은 사람 키만한 높이고 허의문의 몸놀림은 재빨랐다.

의문은 목숨이 위태로울 수 있는 상황에서도 곤녕합으로 가려 한다. 그쪽에서 일본인들의 환호성이 들려오기 때문이다. 복수당 외곽 담장을 올라 복수당 서행각을 타고 곤녕합 기와에 다다랐다. 행각이라는 긴 집채와 일각문 담장이 건물 사이를 이어주고 있어서 지붕을 옮겨 다닐 수 있었다.

곤녕합 안쪽에 많은 사람이 있는 것이 느껴진다. 허의문은 배를 기와에 납작 붙이고 조심조심 곤녕합 앞뜰 쪽으로 나아간다. 그의 배 밑쪽에는 곤녕합 동쪽 구석에 있는 옥호루가 있다. 곤녕합으로 들어오는 함광문은 닫혀 있는 상태다. 허의문에게 어디서 그런 용기가 생겼는지 모르겠다. 손이 덜덜 떨리고 가슴이 두방망이질 치는데도 지금 일어나는 일을 확인하겠다고 처마 밖으로 머리를 내민다. 앞뜰에 일본인이 있어서 눈이라도 마주치는 날에는 살아 돌아가기 힘들 것이다. 마당에 엄청난 양의 피가 뿌려져 있고 어떤 이의 양팔이 칼에 잘린 채 버려져 있다. 허의문은 충격을 받고 고개를 집어넣는다. 무서워서 덜덜 떨리면서도 누르기 힘든 분노가 치밀어 오른다.

그때 수십 명의 일본인이 크게 환호성을 지르며 이동하는 소리가 들린다. 그들은 소란스럽게 곤녕합 서행각, 장안당 복도각을 지나 장안당 뒤뜰로 쏟아져 나온다.

허의문도 곤녕합 서행각 지붕으로 이동해 용마루를 넘어 장안당 뒤뜰을 본다.

스무 명 정도의 일본인 남성들이 장안당 뒤뜰을 가득 채우고 있다. 양장과 일본 옷 입은 이들이 섞여 있고 대부분 권총과 장총, 칼로 무장하고 있다. 그 많은 남성이 끌고 나온 것은 상체엔 짧은 속적삼을 입고, 아래로는 백색 속옷을 입은 가녀린 여성 시신 한 구다. 여성의 흰옷은 이미 피로 흥건하다. 빽빽하게 서 있는 남자들 사이로 시신을 확인한 허의문은 소리를 지를 뻔했다.

어떻게 이런 일이 있을 수 있단 말인가? 두 눈에서 눈물이 줄줄 흐른다. 입 밖으로는 통곡이 터져 나오려는 것을 자기 손을 쑤셔 넣어 가며 틀어막는다.

그래! 카메라. 카메라가 있었다. 장안당 뒤뜰이 사방이 막힌 곳이라 빛이 충분하진 않지만, 사진을 찍는 게 불가능할 정도의 빛은 아니다.

카메라 위 끈을 당겨 준비하고 열쇠를 돌려 필름을 감는다. 카메라 렌즈로 대상을 잡고 흔들리지 않게 숨을 들이쉬었다가 참고 작동 단추를 누른다.

찰칵! 그 소리가 허의문에게는 산에서 바위가 굴러 내려오는 것처럼 크게 들린다. 하지만 마치 전쟁에서 승리라도 한 듯 기쁨을 만끽하고 있는 일본인 일당과 장안당 앞뜰의 일본 군인들에게 그런 소리가 들릴 리 없다.

이럴 때 서둘러 사진을 더 찍어야 한다. 열쇠처럼 생긴 손잡이를 돌려 필름을 감으려 하는데 손잡이가 돌아가지 않는다. 뭔가에 걸린 게 아니다. 이것은 필름 100장이 다 끝난 느낌이다. 카메라 통 위에 달린 필름 표시기는 81을 가리키고 있어서 아직 열아홉 장이 남았다고 하지만 아니다. 이 표시기를 믿은 게 잘못이다. 만약 제대로 99를 표시하고 있었다면 집에서 필름을 교체하고 나왔을 것이다.

젠장!

다행히 여분의 필름을 가지고 왔다. 그것이 새까만 가방 안에 있다. 황철 촬영국에서 구입한 이 가방이 유난히 새까만 것은 빛을 차단할 용도로 만들어졌기 때문이다. 다 쓴 필름과 새 필름에 빛이 들어가지 않도록 카메라를 가방 안에 넣고 필름을 교체해야 한다.

아버지가 하는 것을 몇 번 봤지만, 검은 가방 안에서 이뤄지는 행동이 머릿속에 그려질 리가 없다. 촬영국 사장님에게 자세하게 설명 들은 적도 있었는데 실제로 해본 경험은 없었다. 하지만 지금은 해야 한다.

허의문은 검은 가방을 기왓장 위에 내려놓고 카메라를 안에 넣는다. 양팔을 가방 안에 집어넣은 후에 두 무릎으로 주둥이를 최대한 눌러 막아서 빛이 들어가지 않도록 한다.

카메라 몸통과 그것보다 작은 필름 곽이 손에 잡힌다. 허의문은 눈을 감고 설명으로 들었던 방법과 카메라의 내부 구조를 기억하려고 애쓴다. 손으로 더듬더듬 작업을 진행하다가 보니 전에 들었던 설명이 생생하게 기억나면서 실제 손에 만져지는 감각과 일치되기 시작한다. 카메라를 열고 촬영이 끝난 내부의 롤 필름을 빼 내는데, 장안당 뒤뜰의 일본인 일당들이 순간 조용하다.

고개 들어 뒤뜰을 확인하는 허의문.

젊은 일본인들 사이에 쉰은 되어 보이는 늙은 일본인이 등장한다. 모두 예를 갖추고 긴장하는 모습을 보니 직급이 높은 놈인 게 분명하다.

허의문의 마음이 급하고 손이 바빠진다.

"어떤 놈이 얼굴을 칼로 내리쳤냐?"

높은 놈은 화가 나서 일당을 향해 소리친다.

"그년이 확실한가?"

"확실합니다. 멍청한 내부대신 한 놈이 이 년을 보호한답시고 나서다 팔이 잘리고 개죽음 당했습니다. 확실하지 않겠습니까? 그리고 저희가 가지고 있는 초상과 조금이라도 비슷해 보이는 궁녀들은 모두 죽여 버렸습니다."

교체 작업을 하며 귀로 들려오는 일본인들의 대화가 끔찍하고 분통했다. 어서 사진을 찍어 저놈들의 얼굴과 악행을 남기리라.

"확실히 해야 한다. 이년은 아이를 다섯이나 낳았다. 처녀인 궁녀들과는 국부(局部)가 다를 것이다. 질 내부까지 샅샅이 살펴라."

욕지거리를 내뱉고 싶은 것을 꾹꾹 참아가며 가방 안 카메라 뚜껑을 닫았다.

이제 네놈들 얼굴은 사진으로 남을 것이다.

허의문이 가방에서 카메라를 서둘러 꺼내는데 뭔가가 함께 달려 나온다.

코닥 필름 포장지다. 부피 크고 가벼운 포장지가 지붕 위에 떨어지는가 싶더니 톡톡 튀며 밑으로 구르기 시작한다. 저것이 누군가에게 발각된다면 곤란하다. 허의문은 용마루 근처에 카메라를 내려놓고 코닥 필름 포장지를 잡기 위해 지붕 위를 뛴다. 발밑에서 덜그럭덜그럭 소리가 요란하게 들리고 기왓장이 깨지지만 어쩔 수 없다. 바람까지 포장지의 이동을 돕는다. 허의문은 처마 끝을 벗어나 곤녕합 앞뜰로 떨어지는 필름 포장지를 잡으려고 몸을 날린다.

 분명 콰직! 하는 소리가 등 뒤 지붕 쪽에서 들렸다.
 동료들의 행위를 웃으며 지켜보던 일본인 한 명이 뒤를 돌아본다. 소리가 심상치 않다. 그들이 지금 저지르고 있는 일이 떳떳치 않아서 더 신경 쓰인다.
 그놈은 장안당과 곤녕합을 잇고 있는 복도각을 허리 숙여 지나서 장안당 앞뜰로 나온다. 그러고는 술을 처먹어서 거나하게 취한 얼굴로 초양문에 서서 함광문 앞을 지키고 있는 4명의 일본 군인들에게 소리친다.
 "야! 거기 안쪽에서 이상한 소리가 들리는데 뭐야?"
 "아무 소리도 못 들었습니다."
 "내가 들었어. 들어가서 확인해 봐."

 처마 밖으로 상체가 반쯤 나와 있는 허의문은 양 손바닥으로 겨우 몸이 떨어지려는 것을 지탱하고 있다. 서늘한 날씨에도 이마에서 흐른 땀이 턱 끝에 맺힌다. 그리고 그 땀은 바닥에 있는 코닥 필름 포장지 위에 떨어진다. 결국, 포장지를 잡지 못했다. 그리고 더 끔찍한 것은 지붕에서 떨어지기 직전이란 것이다. 잡을 곳이 마땅치 않은 지붕 위에서 손바닥 힘으로 버티며 중력이 끌어당기는 몸을 지붕 위로 다시 끌어올리는 것은 불가능한 것 같다. 그냥 뛰어내린 후에 다른 곳으로 숨는 것이 나을 것 같기도 하지만 언제 함광문이 열리고 일본군이 들어올지 모르는 일이다. 팔 전체에 마비가 올 것 같아 자세를 바꾼다는 게 몸을 더

**1900년 파리, 조선 청년 허의문**

밑으로 쓸려 내려오게 한다. 허의문은 마지막 희망을 걸어 왼발을 더듬더듬 움직여본다. 왼발 끝에 세로로 길게 정렬되어 있는 수키와가 걸린다. 발을 수키와 반대편으로 넘겨서 발등을 최대한 당기자 힘을 받는다.

4명 중 누구도 함광문을 열고 곤녕합 앞뜰을 보고 싶지 않다. 하지만 술에 잔뜩 취한 놈이 칼을 뽑아 들고 이쪽을 노려보고 있다. 누군가는 해야 하는 일이기에 가장 계급 낮은 놈이 총대를 멘다.

끼이익! 함광문이 열리고 일본 군인 한 명이 무라타 소총을 거총하고 들어온다. 허의문은 겨우 처마 끝에서 몸을 끌어올린 상태로 몸이 굳었다. 들켰다! 이젠 날도 훤히 밝았고 흰옷 입은 허의문이 짙은 기와 위에 있는데 안 보일 리 없다. 다 끝났다고 생각됐다. 저 일본군이 의문을 발견하고 총을 쏠 것이다.

그런데 일본군의 행동이 뭔가 이상하다. 왠지 모르지만, 눈을 감고 조심스럽게 앞으로 나오고 있다. 이유가 뭔지는 중요하지 않다. 허의문은 앞뒤 가리지 않고 이 기적 같은 기회를 틈타 재빨리 곤녕합 지붕의 용마루를 넘어 반대편 지붕으로 몸을 숨긴다. 어두운 색 카메라는 일본군 눈에 띄지 않기만을 바랄 뿐이다.

사토시는 잘린 팔을 다시 보는 게 두렵다. 총에 맞아 죽은 시신을 보는 건 아무렇지 않은데 그 팔은 섬뜩하다. 잘려서 바닥에 떨어진 순간 바다에서 막 잡아 올린 생선처럼 퍼덕퍼덕 거리는 모습을 봤기 때문이다.

겨우 실눈을 뜨고 확인해 본다. 잘린 팔 두 개가 여전히 마당에 있다. 두 팔이 구렁이처럼 기어 와 자신의 발목을 움켜쥘 것 같다.

"뭐가 있나 사토시?"

"어... 없습니다. 아무것도 없습니다."

"아무 이상 없습니다."

고참이 초양문에 서 있는 칼 든 놈에게 사토시의 말을 전달한다. 사토시는 술 취한 놈 헛소리 때문에 다시 흉한 꼴 본 것에 짜증나고 저 팔이 꿈에라도 나올까 겁난다. 그래도 사람 심리가 고약한 게 돌아 나가는 중에 괜히 잘린 팔에 다시 한 번 눈이 갔다. 그랬다가 그 옆에 뭔가 독특한 것이 있는 것을 보았다. 가까이 다가가기는 껄끄러워서 무라타 소총 총열을 잡고 길게 뻗어서 개머리판으로 그 물건을 끌어당겨 본다. 미국 글씨가 빼곡히 적힌 희한한 포장지다.

사토시는 코닥 필름 포장지를 접어서 주머니에 넣는다.

허의문은 함광문이 닫히는 소리가 들리고도 조금 더 기다렸다. 마음은 급하지만 신중해야 했다. 사토시란 일본군이 나갔다는 확신이 든 후에야 움직여 카메라를 챙긴다. 그리고 장안당 뒤뜰에서 벌어지는 일을 카메라에 담는다.

눈 뜨고 보기 힘든 일이다. 허의문은 제정신이 아닌 채로 카메라 셔터를 계속 눌렀다. 흐르는 눈물을 연신 닦아 내며 필름을 돌렸다. 울음을 참느라 카메라는 흔들렸고 일본인 일당들에 의해 현장이 자주 가려졌다. 하지만 수십 장을 찍었으니 이들의 만행을 증명할 확실한 증거가 될 것이다.

**1900년 파리, 조선 청년 허의문**

이제 이곳을 무사히 벗어나야 한다. 지붕 위에 있는 허의문이 누군가의 눈에 띄는 것은 시간문제다. 몸 숨길 곳을 찾아야한다.

그때 일본인 일당들이 우르르 이동한다. 유린하고 훼손한 시신을 끌고 건천궁 정문을 나서 인유문을 통해 녹산으로 향한다. 앞뜰에 대기하고 있던 일본군인 100여 명도 함께 철수하고있다. 허의문은 이때를 틈타 움직인다. 허의문의 몸 전체가 훤히드러나는 순간이다. 이 많은 일본군 중에 누구라도 고개를 들어처마를 본다면 발각될 것이다. 하지만 아무도 고개를 돌리진 않는다. 모두 건천궁을 나서는 것에만 정신이 팔려 있다.

곤녕합 서행각과 장안당 동행각이 만나는 부분은 처마가 복잡하게 맞물려 있어서 그 사이에 비좁은 틈이 많을 것이다. 서행각 처마를 내려서자, 허의문의 예상대로 안쪽에 좁은 틈이 보인다. 허의문은 그 안으로 몸을 구겨 넣는다. 틈이 좁아서 옷이찢기고 몸이 패어 피가 흐르지만, 이 안에 몸을 숨겨야 했다.

틈으로 들어갈 때 손에 쥐고 있는 카메라 끈을 당겨 카메라 통으로 머리 위쪽을 막으니 감쪽같이 가려진다. 이곳에서 안전해질 때까지 숨죽이고 기다리려 한다. 안전해질 때라는 뜻을 곱씹어 보니 서글픔이 밀려온다. 조선의 궁이 일본인들에게 짓밟혔다. 이제 조선 땅에서 안전한 곳은 없는 것이다.

녹산 쪽 일본인 일당이 다시 환호성을 지른다. 듣기 싫어 귀를막아보려 해도 팔을 빼기가 힘들어 그냥 참는다.

그런데 잠시 후에 어떤 냄새가 허의문의 코를 자극한다.

석유로 뭔가를 태우는 냄새. 의문은 이 냄새를 맡아본 적 있는 것 같다. 머릿속 깊숙한 곳에 묻어 두었던 기억이 그가 이 냄새의 정체를 알고 있음을 상기시켜 준다. 허의문은 이 냄새의 정체를 왜 확신할 수 있는지는 모를 것이다. 하지만 확신할 수 있다. 이것은 시신을 태우는 냄새. 허의문이 4살 무렵이던 때 아버지 헐버트의 양자가 되며 기억에서 지워 버렸던 냄새다.

머릿속에서 설마! 설마! 하지만 이내 안 돼! 안 돼! 하며 울부짖는다.

허의문은 분통해서 치를 떠는 것에 진이 빠졌다. 이제 눈물도 흐르지 않는다.

녹산에서 일본인 일당 중 일부가 내려와 마지막으로 건천궁 내부를 샅샅이 뒤지고 지붕 위를 살피는 데도 긴장이 풀려 버렸다. 까무러쳤던 것 같다. 오히려 그것이 나았다.


허의문이 사시나무 떨듯 몸을 떨며 깨어났을 때는 날이 캄캄해져 있었다. 10월의 밤공기는 차갑고 처마 사이 좁은 틈으로 들어오는 바람 소리는 죽은 이들의 원혼 소리처럼 들린다.

틈을 빠져나오는 것도 무척 고통스러웠다. 어두워서 보이지 않지만, 몸 곳곳에서 뜨끈하고 끈적끈적한 핏줄기가 흐르는 것이 느껴진다. 의문은 카메라에서 필름을 뺐다. 이곳에서 집으로 향하는 도중 누군가에게 잡히더라도 자기와 사진을 연관 지을 수 있는 것을 배제하기 위함이다. 검은 가방 속 필름은 부피가 작으니 도망치며 흘릴 수도 있다. 카메라는 처마 밑에 끼워 놓고 주변 소리에 귀를 기울이며 지붕을 내려왔다. 가을벌레 소리와 올빼미 소리만 들린다. 그리고 죽은 이들의 소리가 허의문의 귓가를 맴돈다.

허의문은 이제 귀신들만 사는 경복궁에서 서둘러 빠져나온다.

정동의 집 근처에 다다르자, 집 앞에 나와 있는 여동생 윤슬이 보인다.

9살밖에 안 된 유난히 작고 허약한 여자아이가 오라버니가 걱정되는지 깊은 밤에 잠도 못 자고 동구 밖까지 나와 있었다.

"오라버니?"

윤슬이는 힘겹게 걸어오는 허의문을 발견하곤 집 쪽으로 달려가 소리친다.

"아... 아버지. 어머니. 오... 오라버니가 왔어요."

그리고 다시 허의문에게 달려와 작은 몸으로 의문을 부축한다.

윤슬은 어릴 때처럼 여전히 말이 어눌하다. 알아듣기는 잘하지만, 입 밖으로 내뱉는 것은 잘하지 못한다. 저만큼 얘기한 것도 위급한 상황이라 정말 많은 말을 한 것이다. 말을 안 하니 윤슬은 그냥 눈물만 흘리면서 끙끙대며 오라버니를 부축하려고 애쓴다.

윤슬과 함께 마당으로 들어서니 헐버트 부부가 밖으로 나와 있다.

허의문은 아버지 헐버트의 품에 안겨 서럽게 운다.

# 1900년

"그래 기억나."

르네가 설명하자 피에도 5년 전 사건을 기억해 낸다. 그런 엄청난 일도 누군가는 다른 이에게 자세한 설명을 들어야 겨우 생각나나 보다.

그때 르네는 소식을 듣고 너무 놀랐고 화가 났다. 콜랭 공사는 말할 것도 없고 리진 마님은 충격에 쓰러져 오랜 기간 식음을 전폐하기도 했었다. 하지만 대부분 사람은 그 소식을 동화 속에나 있는 나라의 잔혹한 이야기처럼 느꼈던 것 같다. 관심 없었고 금방 잊었다.

"우리는 아주 작게 다뤘고 '르 주르날'에서는 크게 다뤘던 기억이 나. 여기 어디 주간지가 있을 텐데."

피에는 벽 한쪽을 가득 채우고 있는 책 더미를 한참 뒤져 주간지를 찾는다.

5년 전 주간지 첫 페이지에 그림과 함께 기사가 실려 있다. 일러스트레이터의 상상력으로 그려진 그림은 사건의 심각성을 오히려 반감시킨다. 그림 중앙, 바닥에 넘어져 있는 아름다운 여성에게 건장한 두 남성이 칼을 들고 덤비고 있다. 인물들은 모두 서양인의 시각으로 그려져 있다. 그냥 평범한 동화 속 삽화다. 가슴골이 드러난 여성의 모습은 선정적으로 보이기까지 하다.

"그때 몇몇 나라가 일본을 비난하긴 했지만, 여론은 금방 시들해졌던 것 같은데 사진이 있다고 뭐 달라질까?"

"의문은 자기가 찍은 사진을 보면 달라질 거로 생각해. 그 믿음으로 이곳에 와서 기자를 만나길 바란 거고. 사실 나도 5년이나 지난 지금 크게 달라질 거로 생각하진 않아."

"그런데 그런 일을 벌인 일본인들은 어떤 처벌을 받았어?"

르네도 그런 것까지는 알지 못한다.

"나도 몰라. 허의문이 나오면 물어 봐."

허의문이 암실에 들어가 작업을 한 지 꽤 오랜 시간이 흘렀다. 피에는 의문이 암실에서 나오면 그 부분을 물어보고 싶다. 일본은 그들을 어떻게 벌했는가? 아니 포상했는가?

앗! 피에는 갑자기 암실 안의 찝찝한 뭔가가 생각났다. 그거였다. 그것을 허의문이 봤으면 어쩌지? 그보다 르네가 못 보게 치워야 한다. 지금이라도 암실에 들어가 봐야 하나? 고민 중인데 암실 문이 열린다.

르네와 피에가 돌아보니 반쯤 열린 암실 문 앞에 붉은색 암등 빛을 받으며 허의문이 서 있다.

"끝났습니다."

피에가 먼저 암실에 들어가려고 했는데 르네가 너무 빨리 움직였다. 큰일이다. 뒤늦게 암실로 따라 들어온 피에가 건조대를 살핀다. 그런데 르네의 사진이 걸려 있었던 건조대가 비어 있다. 피에의 당황한 눈빛과 마주친 허의문이 뒤쪽 구석에 있는 선반을 조용히 가리킨다. 르네의 사진이 그쪽에 치워져 있다.

"사진은 이쪽에 있습니다."

허의문이 자기가 인화한 사진 쪽으로 르네와 피에를 안내한다. 반대쪽 건조대에 4장의 사진이 걸려있다. 수세 과정을 마치고 말리는 작업 중에 있다.

"처음 다뤄보는 확대기라 낭비한 인화지가 몇 장 있습니다. 죄송합니다."

피에는 허의문의 사과가 귀에 들어오지 않는다.

암실로 들어오기 전까지는 허의문이 인화하려는 사진에 큰 기대를 하지 않았다. 5년 전 조선에서 무슨 일이 일어났건 관심 없다는 게 더 솔직한 마음이다. 건조대 쪽 사진을 더 자세히 보기 위해 암등을 끄고 전등을 켰다. 허의문이 사진 확대기를 사용해 8인치 크기의 인화지에 확대한 원형 사진이 눈앞에 확실히 보인다.

벌써 르네의 눈에선 눈물이 흐르고 있다.

피에에게도 이 4장의 사진은 너무 충격적이다. 멍한 표정으로 사진을 보는 피에에게 허의문이 질문을 던진다.

"이 사진과 기사를 실어줄 신문사가 있을까요?"

피에가 허의문의 얼굴을 보며 대답한다.

"인화지가 얼마나 더 필요해? 내가 최대한 구해다 줄게."

# 2023년

견고하게 포장된 국악기들이 저진동 차량에 실리고 있다.

그 모습을 지켜보는 박지현의 심정이 착잡하다.

만약 허의문이 찍은 사진을 발견했다면 어땠을까? 128년이나 지난 범죄에 관해 일본에 책임을 물을 수 있을까?

그 당시 일본은 국제 여론이 안 좋아지자 미우라 고로 등 민비 살해 가담자 48명을 히로시마 감옥에 수감하고 다음 해 재판에 회부했다. 하지만 증거불충분이라며 전원 무죄 석방했다. 일본은 민비 살해 사건을 조선인들 간의 정권 다툼으로 조작하려 했고 일본인들의 입궁은 조선 왕족들을 보호하기 위함이라 했다.

외부대신 김윤식은 궁에 침입한 건 일본인 복장을 한 조선 훈련대라며 실제 일본인들은 몇 사람만이 단순 행패를 부리기 위해 섞여 들어갔다는 말로 일본을 옹호하기도 했다. 민비를 칼로 찌른 이 중 한 명인 토오 가쓰아키가 그 칼의 칼집에 '일순전광자노호(一瞬電光刺老狐), 늙은 여우를 단칼에 찔렀다'라는 글귀를 새겨 일본의 후쿠오카 신사에 기증한 증거가 있는데도 민비를 살해한 이들 중 누구도 처벌받은 적이 없다. 오히려 재판에서 무죄를 받고 석방된 이들은 애국자로 칭송받았고 승승장구하며 살아갔다.

박지현이 찾은 기록에서 르네는 그 사진을 직접 눈으로 본다면 세계의 어느 인류라도 그러한 만행에 분노할 것이라고 했다.

하지만 박지현은 그 진실을 찾지 못했다. 그리고 그 유일한 기회를 지금 떠나보내고 있다. 박지현은 안주머니에 있던 사직서를 꺼내 쥐고 사무실로 들어간다. 오상훈 과장에게 제출하고 짐을 싸려고 한다.

# 1900년

　허의문과 르네가 기사 원고와 함께 사진을 동봉해서 신문사와 잡지사에 제보한 지 1주일이 지났다. 그간 허의문과 르네는 피에의 집에서 지내며 연락이 오기만을 기다리고 있다.

　연락처에 피에의 집을 적을 순 없었다. 프랑스 경찰은 여전히 르네와 허의문, 욜란데를 찾고 일본인들도 허의문을 쫓고 있기 때문이다.

　신문사와 잡지사들이 모여 있는 거리에는 '아르데나'라는 작은 살롱이 있다. 많은 사람이 드나드는 만남 장소이기에 게시판에 쪽지를 붙여 비밀스럽게 연락하기 좋은 장소다. 피에는 퇴근하며 아르데나 살롱에 들러 자기들에게 온 쪽지가 있는지 확인하는 일을 맡아줬다.

　그동안 르네는 지오반나와 함께 욜란데를 돌봤고 가끔 박람회를 둘러보며 의도치 않게 여유로운 시간을 가졌다.

　하지만 허의문은 그렇지 못했다. 의문은 첫날부터 피에의 집에 쌓여있는 신문과 잡지를 읽기 시작했다. 그 안에서 세계에 알려지는 조선의 상황을 찾아보려 했다. 몇 년 치 기사를 살펴봐도 조선에 관한 기사는 얼마 되지 않는다. 하지만 그 정도의 기사로도 조선이 세계에서 얼마나 초라한 대접을 받고 있는지 알 수 있었을 것이다. 반면 세계는 강대국을 중심으로 빠르게 변하고 있다. 특히 조선의 민비 살해를 다룬 기사를 모두 찾아 본 후 허의문은 자신감을 잃었다. 지금 자신이 제보한 사진이 있다 한들 5년 전과 달라질 것이 없을 거라는 생각이 점점 커졌다. 르네가 사진은 훨씬 큰 힘이 있다고, 자기도 사진을 보곤 생각이 달라졌다고 허의문의 기운을 북돋아 주려고 했지만 크게 도움이 되진 않았다.

결국 신문에 사진과 기사가 실리고 그걸 계기로 세계적 여론이 들끓어 오르는 것만이 허의문에게 힘을 줄 수 있을 것이다.

그렇다고 그때가 오기만을 하염없이 기다리게 할 르네가 아니었다.


허의문과 르네는 파리를 흐르는 센 강을 따라 운행하는 유람선을 타고 도시를 구경하고 있다. 센 강의 좌우로는 노트르담 성당이나 생트 샤펠 성당 같은 중세 시대의 건축물과 만국박람회를 위해 건설된 현대적 건물들이 위용을 뽐내고 있다.

생 루이 섬 베르틸리옹에서 르네가 사 준 아이스크림을 먹어 본 허의문은 놀라움을 감추기 힘들었다. 생전 처음 접하는 느낌이다. 눈이 휘둥그레진 허의문의 표정을 보고 르네는 크게 웃는다. 르네 덕분에 허의문은 잠시나마 부담스러운 현실을 잊을 수 있다.

허의문은 오늘 하루를 르네의 뜻에 맡기겠다고 약속했다. 열정이 넘치는 르네의 계획대로 하루 일정을 소화하는 건 여간 힘든 일이 아니다.

그나마 공사 중이었던 움직이는 보도가 실제로 작동하고 있어서 덜 힘들게 넓은 박람회장 이곳저곳을 돌아다닐 수 있다.

광학 궁전(palace of Optics)에 전시되어 있는 60m 크기의 망원경을 잠깐 들여다보기 위해서는 엄청난 인파 사이에서 2시간을 기다려야 했다. 드디어 접안렌즈를 들여다봤는데 허연 장면만 보인다. 허의문이 뭐지 이건? 이라는 시큰둥한 표정으로 르네를 보자 르네는 '그러면 어때.'라는 식으로 허의문의 팔짱을 끼고 다음 전시장으로 끌고 간다.

엄청 넓은 실내 벽에 360도로 영상이 영사되고 있다. 라울 그리므앙 상송(Raoul Grimoin Sanson)이 제작한 영상 기계, 시네오라마(Cineorama)이다. 중앙에 설치된 10대의 영사기가 외부 벽으로 아프리카 영상을 내보내고 있다. 허의문과 르네는 큰 기구에 매달린 관객석에서 영상을 보고 있다. 아프리카 초원 위를 실제로 날고 있는 느낌이 들 정도로 영상의 몰입감은 대단하다. 사방이 끝없이 펼쳐진 드넓은 초원이고 발밑으로는 이름도 알 수 없는 들짐승들이 거대한 무리를 지어 몰려다니고 있다. 세상에 이렇게 아름다운 광경이 있을까? 허의문은 파리처럼 인간의 문명을 과시하는 장소도 좋지만, 이런 자연의 위대함을 느낄 수 있는 곳도 좋다. 아프리카 초원을 꼭 한번 두 눈으로 보고 싶다. 바르셀로나나 니스라는 곳을 찍은 영상도 있다는 데 볼 수는 없었다. 10대의 영사기와 사람들 체온이 뿜어내는 열기가 넓은 전시장 안을 가득 채워서 곤혹스럽다. 호흡곤란을 호소하고 쓰러지는 사람이 속출하여 전시가 당분간 중단됐다.

말레오라마(Mareorama)는 거대한 배를 타고 즐기는 전시물이다. 8m나 되는 높은 두루마리에 세계 각국의 아름다운 항구가 그려져 있고 그 두루마리가 풀리면서 실제 배를 타고 여행하는 느낌을 주는 장치다. 어디선가 물을 뿌려서 더 사실적인 느낌을 준다. 허의문은 전기라는 것으로, 이런 거대한 힘을 낸다는 것이 믿기지 않는다. 노막상 형님 말대로 어딘가 많은 노비가 숨어서 열심히 힘을 쓰고 있는 것은 아닌가? 의심해 본다. 궁장보다 높은 두루마리를 돌리는 힘도 그렇지만 관람객들이 타고 있는 배는 더 무겁다. 그런데 그 배가 바다 위에 있는 것처럼 출렁출렁 움직인다. 인간이 개발한 기술의 힘은 정말 대단하다. 이런저런 생각에 멍한 표정으로 서 있는 허의문 얼굴에 갑자기 물이 뿌려진다. 르네가 양 손바닥에 물을 받아와 허의문의 얼굴에 뿌린 것이다. 낮잠 자다가 물벼락 맞은 동네 개처럼 놀란 허의문을 보고 깔깔 웃는 르네. 허의문은 손바닥에 물을 담고 르네를 쫓아가며 자기도 모르게 크게 웃고 있다. 둘은 다정한 연인이라 해도 이상해 보이지 않는다.

허의문과 르네는 에펠탑 꼭대기에 올라 있다.

오늘 마지막 방문지는 허의문이 선택했고 그곳이 여기 에펠탑 전망대다.

허의문은 굳이 에펠탑을 걸어 올라오자고 했다. 밤이어도 승강기를 기다리는 사람이 많았고 르네가 너무 많은 돈을 쓰는 것이 미안했다.

에펠탑에는 1,665개의 계단이 있다. 르네는 계단을 오르는 도중 힘들어 포기할 것도 같았지만 막상 걸어 올라오니 기분이 좋았다. 왠지 보이는 풍경도 다르게 느껴졌다. 의문은 말없이 파리 시내 야경을 눈에 담는다.

만국박람회 부지는 밤에 더 화려하다. 특히 그랑팔레(Grand Palais)와 전기궁전(The Palace of Electricity), 광학궁전(The Palaces of Optics)의 환상적인 조명 효과는 이 세상 것 같지 않은 아름다운 풍경이다.

마르스 광장도 보인다. 저 어두운 구석 언저리에 대한제국관이 있다.

"아름답네요. 너무 아름다워서 얄밉기까지 합니다."

허의문이 불쑥 말을 내뱉는다.

"오늘 정말 즐거웠습니다. 르네님 덕분에 평생 잊지 못할 경험을 했어요."

말은 그렇게 하지만 파리 시내를 내려다보는 허의문의 표정이 밝지만은 않다.

르네는 오늘 허의문이 즐거운 척하느라 힘들었다는 것을 안다. 즐길 수만은 없었을 것이다. 그리고 오늘 경험이 마지막인 것처럼 얘기하는 게 마음에 걸린다.

"자주 그날 일을 꿈으로 꿉니다. 꿈속에서는 냄새가 가장 생생하게 느껴집니다."

허의문은 그날 밤 집으로 돌아와 3일을 앓아누웠다는 말로 얘기를 시작했다.

13살의 허의문은 열이 펄펄 끓었고 헛것을 보며 경기를 일으켰다고 한다.

여동생 윤슬과 가족들이 허의문을 간호했다. 그리고 아버지 헐버트는 허의문이 가지고 온 필름이 예사 것이 아니라는 느낌을 받았다. 가끔 의문이 중얼거리는 말속에 담긴 '사진', '중전'이라는 단어만 들어도 예상할 수 있었다.

의문이 회복하고 정신을 차린 후, 필름에 찍힌 것에 대해 들을

**1900년 파리, 조선 청년 허의문**

수 있었고 헐버트의 예상은 맞았다. 어서 필름을 현상하고 사진으로 인화해서 확인하고 싶은 마음은 굴뚝같았지만, 섣불리 움직일 수 없었다. 그날부터 갑자기 헐버트를 감시하는 눈이 늘었기 때문이다. 그가 어디를 가든 감시의 눈길이 따라붙었다. 숨지도 않았고 대놓고 뒤를 밟았다고 한다.

황철 촬영국에 가서 분위기를 살폈는데 일본인들이 촬영국마다 지키고 있었다. 맡긴 필름과 찾아가는 사진을 일일이 다 확인하고 있었다. 일본인들이 어떻게 이런 대처를 할 수 있는지 의문이었다. 결국, 사진은 확인할 수 없었다.

그 이후로 아버지 헐버트는 외국인 동료들과 고종의 신변을 위해 항시 곁을 지켰다.

일본은 고종비 민 씨의 죽음을 은폐하고 민비의 명예를 깎아내리는 작업을 했다. 다음 해 1월, 일본인 민비 살해 가담자들은 히로시마 재판소에서 전원 무죄 석방됐다. 2월에는 고종이 러시아 공사관으로 도망치고 나라는 일본의 손에 넘어갈 위기에 놓였다. 이런 상황을 지켜보는 의문은 피가 거꾸로 솟았다고 한다.

허의문의 계획은 3년 전부터 준비됐다.

파리 만국박람회가 1900년에 열린다는 소식을 듣고 허의문은 아버지 헐버트에게 꼭 그곳에 가야겠다고 했다. 그곳에서 세계 각국의 사람들에게 일본의 만행을 알리겠다는 포부를 밝혔다.

하지만 헐버트는 그런 계획을 반대했다.

이제 막 건국된 대한제국의 재정과 상태가 위태롭고 2년 전 민비 살해 사건에 다른 나라들의 관심이 크지 않다는 것이 입증된 상태였기 때문이다.

그때 허의문이 헐버트에게 사진 4장을 보여 줬다.

오래전부터 허의문이 집으로 촬영국 사장을 초대해서 광에 암실을 만들고 은밀히 사진 인화 기술을 배웠다.

30장 넘게 찍은 필름 중에서 현장을 잘 보여 주는 사진은 4장이었다.

헐버트뿐 아니라 그 사진을 본 고종 황제의 눈에서도 눈물이 멈추지 않았다.

그렇게 허의문의 1900년 파리 만국박람회 참가가 결정되었다.

의문은 3년 동안 콜랭 공사에게 프랑스어를 배웠다. 콜랭은 허의문이 파리 만국박람회에 참여하기 위해 프랑스어를 배운다고만 알고 있다.

허의문은 언어 학습과 함께 신체를 강하게 단련하는 훈련에도 매진했다.

"제가 여기에 있게 된 사연입니다. 긴 얘기 들어 줘서 고마워요."

"그런 얘기를 왜 지금 나한테 하는 거야? 일 잘 마치고 돌아가서 다른 조선인들한테나 해."

허의문은 퉁명스럽게 대답하는 르네를 보며 엷은 미소를 짓는다.

"이제 내려갈까요?"

"또 계단으로? 무릎 아픈데...."

르네는 투덜거리면서도 먼저 계단을 내려가는 허의문을 따라가 옆에 선다.

"왜 이렇게 늦게 와?"

피에는 말은 그렇게 하지만 문을 열고 들어오는 르네와 허의문을 반갑게 맞는다.

"연락이 왔어. 아르데나 살롱 게시판에 메모가 붙어 있었어. 르 주르날의 앙드레 제레미 기자가 내일 아침에 만나재. 우리가 적어 보낸 노천카페로 나오겠대."

"정말? 잘 됐네."

"르 주르날은 5년 전에도 기사를 크게 냈었잖아. 당연히 이번에도 관심이 있겠지. 사진하고 기사를 싣고 싶어 안달이 났을 거야."

"잘 됐어 의문. 그렇지?"

"허의문하고 르네를 인터뷰하고 싶대."

피에가 살롱 게시판에서 떼어 온 메모를 허의문에게 보란 식으로 내밀지만, 허의문은 선뜻 메모를 잡지 않는다. 그의 반응은 르네, 피에와는 달리 좀 뜨뜻미지근하다.

"왜 그래 의문? 기쁘지 않아?"

"기쁩니다. 하지만 아직 확실한 건 아니니까요."

듣고 보니 미리 들뜬 르네와 피에가 머쓱하다. 허의문은 잠시 고민하더니 말을 꺼낸다.

"잠시 대한제국관에 다녀오겠습니다."

"이 밤중에?"

르네가 위험할 것 같아서 말려도 허의문은 꼭 오늘 들러야 한다며 갔다 오길 고집했다. 허의문의 뒷모습을 보는 르네의 마음이 편치 않다.

피에의 빌라에서 대한제국관까지는 빠른 걸음으로 30분이면 족히 닿을 거리다. 쉬프렌 거리에 도착한 허의문은 조용히 대한제국관에 들어왔다.

밖에서 들어오는 흐릿한 빛 덕분에 안쪽 전시물을 확인할 수 있다.

고려 시대 불경과 팔만대장경, 삼국사기 같은 서적부터 도자기류, 생활용품, 표범 가죽, 군복과 무기류까지, 조선에서부터 가져와서 전시한 중요한 물건들이 보인다.

허의문은 애착 가는 물건들을 하나하나 눈에 담는다.

그러고는 앞섶에서 가죽 지갑을 꺼낸다. 그는 내일 프랑스 기자를 만날 때 필름을 가지고 있는 것이 불안하다. 그래서 필름을 여기 어딘가에 숨기려고 한다.

조심해서 나쁠 건 없으니까.

전시물 중에 숨길 곳을 고민하는데 허의문 뒤쪽에서 허연 물체가 스르륵 일어선다. 기척을 느끼고 긴장하는 허의문. 재빠르게 뒤돌아서 보니 양반들의 생활을 재현한 평상에 누워있던 전시물 마네킹이 귀신처럼 허의문 등 뒤에 서 있다. 그리고 마네킹 귀신이 호통 친다.

"네 이놈. 뭐 하는 놈이냐?"

"으악!"

"뭐야. 의문이냐?"

귀신인 줄 알았던 물체는 도편수 김덕중이다.

"덕중 어르신. 귀신인 줄 알고 깜짝 놀랐습니다. 이 밤중에 여기서 뭐 하시는 겁니까?"

"일본 놈들이 또 쳐들어와서 전시물을 망가트리기라도 할까봐 지키고 있는 거지. 바회 놈이랑 막상이 놈이랑 돌아가며 순찰을 서고 있다."

"일본 놈들이 오면 도망치셔야지 위험하게 여기 계시면 어쩌십니까?"

"다른 건 몰라도 우리 대한제국관 전시를 방해하는 건 내가 용서 못한다. 걱정 마라. 나한텐 이게 있잖냐."

김덕중은 머리맡에 놓여있는 두 개의 도구를 손에 쥐고 흔들어 보인다. 작업 중에 수족처럼 들고 다니던 끌과 망치다.

"죄송합니다. 제가 해야 하는 일인데 어르신이 고생이시네요. 낮에 전시장도 걱정입니다. 괜찮습니까?"

"괜찮다. 걱정 마라. 법국 처자가 글을 잘 써 줘서 사람들이 질문이 없다. 그리고 처음처럼 사람이 들끓지도 않고.... 것보다, 너는 밖에서 뭔 짓을 하고 다니기에 법국 순사들이 너를 찾으러 다니는 것이냐? 듣자 하니 뭔가를 훔쳤다는 것 같던데. 그게 일본 놈들 것이냐?"

"아닙니다."

"그럼 일본 놈들은 왜 너를 못 찾아 안달인 게야? 민 공도 네 녀석이 어디에 있는지 우리에게 계속 묻는데 우리가 알 길이 있나?"

허의문은 그간 일을 김덕중에게 설명한다. 프랑스 경찰이 허의문을 찾는 이유로 욜란데라는 아이와 인간 동물원에 관해 설명하자 김덕중은 그런 말도 안 되는 곳이 있냐며 놀라고 분개

한다.

일본인들은 허의문이 가지고 있는 것을 뺏기 위해 쫓고 있다고 했다. 그 물건이 허의문이 이곳 파리에 온 목적이라고 설명하자 김덕중의 표정이 변하는 것을 느낄 수 있다. 콜랭 공사에게 전달할 서신 외에는 숨기는 것이 없다고 한 허의문이었는데 꽤 씸했을 것이다. 허의문은 필름 4장이 든 손가락 길이만 한 흰 종이봉투를 내밀며 말한다.

"이게 일본 놈들이 찾는 물건입니다. 사진을 찍어 낼 수 있는 필름이라고 합니다. 사진도 보실 수 있는데 보시렵니까?"

허의문의 허리 뒤 바지춤에 10장의 사진이 들어있는 종이봉투가 있다. 김덕중이 보고 싶다고 하면 보여 줄 참이다.

"됐다. 이놈아. 나는 그런 거에 관심 없다. 그냥 네놈이 숨기고 있는 꿍꿍이 때문에, 우리 대한제국관이 피해를 보는 일이 더 없으면 되는 것이다. 알겠느냐?"

"예. 어르신."

"그러면 이 시간에 여길 왜 온 게냐? 불안하니까 이제 어서 가라."

"이 필름을 여기 물건 중에 숨기려고 합니다. 이 일만 허락해 주십시오."

김덕중은 어린 허의문이 맡은 일이 가볍지 않다는 걸 안다. 그래서 매몰차게 내치지 못한다.


대한제국관과 좀 떨어진 3층 빌라 창가에 앉아 졸던 일본인 한 명이 퍼뜩 몸을 떨며 놀라 깨어난다. 잠을 쫓아보기 위해 기지개를 켜는 데 대한제국관 안쪽에 등불이 켜져 있는 것이 보인다. 침대에서 자는 동료를 급히 깨운다.

"어이! 일어나. 저기 누가 들어와 있어. 허의문이 온 거 아닐까?"


석유등 아래에서 작업을 마친 허의문. 숨길 곳을 고민하다가 이곳이 갑자기 생각났는데 숨기고 보니 정말 마음에 들었다.

"어떻습니까?"

"감쪽같다."

김덕중도 인정한다. 아무도 이런 곳에 뭔가가 숨겨져 있다고 생각하지 않을 거다. 허의문의 재치에 감탄하면서도 걱정이 앞선다.

"왜 이렇게까지 하는 게냐? 네가 직접 들고 조선 땅을 밟으면 되는 것 아니냐?"

"중요한 물건이니 확실히 하려는 겁니다. 제가 법국 순사나 일본 놈들한테 잡히면 빼앗길 수도 있지 않겠습니까?"

이놈은 조선에 돌아가지 못할 걸 직감하는 것이다. 김덕중은 어린 허의문에게 미안하다. 한숨을 푹 내쉬는 김덕중.

"하~! 나에게는 폐하께서 하명하신 대한제국관의 성공적인 전시가 내 목숨보다 중요하다. 그리고 돌아가서 건사해야 할 내 식솔들 얼굴도 눈에 선하고."

"네. 알고 있습니다."

"어린 너에게 부끄럽지만, 너의 일을 자세히 알고 싶어 하지 않는 내 변명이다."

"아닙니다. 어르신. 이것은 제 일입니다."

"허의문!"

'철컥!'하는 권총 장전 소리와 함께 허의문을 부르는 일본식 발음이 들린다. 대한제국관 입구를 돌아보니 양장을 입은 젊은 일본인 두 명이 허의문과 김덕중을 향해 권총을 겨누며 서 있다.

총구를 유지한 채 천천히 접근하는 일본인들. 허의문과 김덕중에게는 양손을 들도록 지시하고 한 명이 다른 동료에게 일본어로 지시한다.

"젊은 놈을 뒤져 봐. 사진이 있을 거야."

지시받은 일본인이 허의문의 머리에 총구를 겨누고 한 손으로 몸을 뒤지기 시작한다. 사진 10장이 들어있는 봉투는 허리 뒤 바지춤에 있었지만, 금방 발각된다.

봉투를 발견하고는 좋아서 동료에게 흔들어 보이는 일본인.

"찾았다. 이거 맞지?"

"맞겠지. 가지고 와."

사진이 든 봉투를 들고 물러서려는데 허의문이 봉투 끝을 잡는다.

"네놈들이 손댈 물건이 아니다."

"이 조센진 놈이 정신 나갔나. 이 총 안 보여? 아직 너를 죽여도 된다는 명령이 안 떨어져서 살려 두는 거야. 고마운 줄 알고 이 손 놔."

그리고는 봉투를 홱 빼는데 허의문이 잡고 있어서 봉투가 찢어지고 사진 3장이 바닥에 떨어진다.

"이놈이 미쳤나?"

일본인이 허의문의 머리에 총구를 들이대며 성질을 내다가 바닥에 떨어진 사진에 눈이 간다. 대한제국관 입구 쪽에 있는 일본인 동료도 바닥에 떨어진 사진을 확인한다.

조선 놈이 가지고 있는 사진을 회수하라는 명령만 받았지 무슨 사진인지는 전해 듣지 못했다. 설령 전해 들었다고 해도 그들의 반응은 지금과 별반 다르지 않았을 것이다.

두 일본인은 잠시 멍하니 서서 사진을 응시하고 있다. 그들이 보기에도 그 사진은 너무 충격이다. 먼저 정신을 차린 이는 뒤에 서 있는 동료다.

"뭐…. 뭐해. 빨리 사진 챙겨. 여기서 나가자."

일본인은 들고 있는 봉투를 꼭 쥐고 바닥에 떨어진 사진을 줍는다.

한 장, 두 장, 어? 없다. 분명 세 장이 펄럭거리며 떨어졌는데 한 장이 없다. 나머지 한 장을 찾아 두리번거리다가 김덕중이 들고 있는 것이 보인다.

"어이. 늙은이. 사진을 이리 줘."

일본인이 총을 겨누는데도 김덕중은 반응이 없다.

사진을 보던 김덕중의 고개가 허의문에게 돌아간다. 허의문을 보는 김덕중의 눈에 눈물이 보인다.

"이게…. 네가 여기 온 이유냐?"

"늙은이! 안 들려? 사진을 달라고."

"이것이 어린 네가 감당하고 있는 것이냐?"

김덕중의 물음에 허의문은 가만히 고개를 끄덕인다.

"죽고 싶나. 늙은이?"

일본인이 달려들어 김덕중 손에서 사진을 뺏으려 하자 갑자기 김덕중이 어둠 속에서 뭔가를 집어 일본인의 머리통을 후려친다. 너무나 갑자기 벌어진 일이다. 김덕중의 손에는 좀 전에 허의문에게 보여주었던 망치가 쥐어져 있다. 그 망치로 실성한 듯 괴성을 지르며 일본인의 머리를 계속 내려치고 있다.

탕! 탕! 탕! 총성이 들린다.

허의문은 재빨리 몸을 숙여 석유등 불을 끈다. 거리의 가로등 빛이 전시장 안쪽을 은은하게 비추고 있긴 해도 석유등이 꺼진 순간, 눈이 어둠에 익숙해지기 전까지는 암흑이다. 허의문은 입구 쪽에 서 있는 일본인 위치를 기억하고 달려간다. 일본인이 허의문의 움직임을 눈치 채고 총구를 들어 보지만, 정확히 겨누지는 못한다. 발소리가 들린 곳을 향해 총을 발사했다. 타앙! 하지만 허의문을 맞추지 못했다. 번쩍하는 총구 불빛 덕에 허의문이 바로 자기 얼굴 앞까지 와 있는 것만 확인할 수 있었다.

허의문의 주먹이 일본인의 얼굴을 가격한다.

일본인 한 명은 바닥에 널브러져서 의식을 잃었고, 한 명은 김덕중의 망치 공격에 생사가 불분명하다.

허의문은 자기가 제압한 일본인의 권총을 한 자루 챙긴다.

그리고 김덕중에게 다가가 살피는데, 상태가 몹시 안 좋다. 상처를 보니 두 발 이상 총에 맞은 것 같다.

그런데도 김덕중은 한 손에는 망치를, 한 손에는 사진을 들고 놓지 않는다. 초점 없는 눈으로 어두워서 잘 보이지 않는 사진을 계속 응시하고 있다.

"왜 그러셨습니까. 어르신. 왜 그러셨습니까?"

"이…. 이것이 네가…. 여기 온 이유란 말이냐?"

"예!"

"피가 거꾸로 솟는 것 같구나. 부끄럽다. 한없이 부끄럽다."

"그만 말씀하십시오."

"총소리 때문에 사람들이 올 거다. 빨리 피해라."

"의원을 불러오겠습니다. 가족에게 돌아가셔야죠."

"소용없다. 가족들도 이해할 거다. 가라. 가서 왜놈들이 조선에서 한 일을 똑똑히 알려라."

김덕중은 마지막 힘을 짜내서 피범벅이 된 사진을 허의문의 가슴팍에 쑤셔 넣는다. 그러고는 "나는 이제 좀 쉬련다." 하며 서서히 눈을 감는다.

허의문은 떨궈지는 김덕중의 고개를 부축하며 귀에 바짝 다가가 무슨 말인가를 속삭인다. 그러자 김덕중의 입가에 엷은 미소가 번진다. 그리고 고개를 푹 숙인 채 움직이지 않는다.

허의문은 김덕중을 바닥에 눕히고 사진 봉투를 챙겨 대한제국관을 나와 뛰기 시작한다. 주변 빌라 몇 군데에 불이 켜지고 사람들 웅성대는 소리가 대한제국관 쪽으로 가까워진다.


르네는 나무로 된 좁은 빌라 계단에 모포를 뒤집어쓴 채 쭈그리고 앉아있다. 빌라 문 열리는 소리가 들리자, 선잠 들었던 르네가 고개를 든다.

문 앞에 서 있는 허의문을 발견하고 반가운 마음에 계단에서 일어서는데 허의문 몸 여기저기에 핏자국이 보인다. 허의문은 놀란 르네가 묻기 전에 먼저 설명한다.

"제 피가 아닙니다. 김덕중 어르신이 저 때문에...."

금방이라도 울음이 터질 것 같은 표정으로 터덜터덜 르네에게로 걸어오던 허의문은 말을 다 마치지 못하고 계단에 주저앉는다. 어깨와 등이 들썩이고 있다.

18살 허의문의 뒷모습이 너무 힘겨워 보인다. 르네는 계단을 내려가 허의문 옆에 앉아 말없이 그를 안아 준다.

그러자 겨우 참고 있던 눈물이 터진다. 허의문은 르네에게 안겨 서럽게 운다.


호텔 문이 쾅! 하고 열린다. 놀라서 침대에서 일어난 민영일. 정신을 차리기도 전에 머리에 총이 겨눠져 있다.

"왜.... 왜 이러십니까?"

민영일은 자기 머리에 총을 들이대고 있는 이가 쯔보이 쇼고로 교수란 걸 확인했다. 오카모토와 함께 부하 5명을 데리고 민영일의 호텔 방에 쳐들어왔다. 화가 머리끝까지 치밀어 오른 교수는 시뻘겋게 충혈된 눈에 벌겋게 상기된 얼굴로 민영일을 노려보고 있다. 당장이라도 방아쇠를 당길 분위기다.

"교수님. 프랑스 경찰이 이곳으로도 오고 있을 겁니다. 지금 죽이시면 안 됩니다."

오카모토가 말리고 나서야 쇼고로는 분을 삭이고 방아쇠울에서 손가락을 뺀다. 하지만 그냥 총을 치우긴 아쉬웠는지 권총 손잡이로 민영일의 옆 이마를 내려찍는다. 악! 소리와 함께 쓰러지는 민영일. 맞은 부위가 찢어지고 피가 흐른다.

"네놈이 잠을 처자고 있을 때 무슨 일이 터졌는지 아니? 너희 그 하꼬방 같은 대한제국관에 허의문이 나타나서 우리 애 한 명을 죽이고 한 명 얼굴을 묵사발 만들어 놓고 도망쳤다. 이 상황을 어떻게 할 거야?"

보아하니 허의문을 잡으려다 된통 당한 것 같은데 팔은 안으로 굽는다고 민영일도 그 소식이 싫지만은 않다. 하지만 대한제국관에서 일본인이 죽었다는 건 큰 문제다. 일본은 이걸 핑계로 대한제국관 전시장을 폐쇄하고 조선에 직접 항의할 것이다. 그러면 대한제국파견단 위원장인 자기가 책임져야 할 수도 있다.

"그런 어린놈한테 당한 것을 왜 여기 와서 이러십니까?"

"잘 들어라. 너는 지금 빨리 너희 돼지우리 같은 전시장으로 가서 프랑스 경찰들한테 새벽에 죽은 두 놈은 도박 빚으로 싸우다가 서로 죽였다고 진술해야 한다."

"잠깐만요. 왜 갑자기 죽은 이가 두 명입니까? 조금 전엔 한 명이라고 하셨잖습니까?"

"우리 대일본제국의 유능한 청년과 쓸모없는 조선 늙은이 하나가 죽었다. 너는 설명을 잘해서...."

"아니! 아니! 혹시 김덕중을 말씀하시는 겁니까? 도편수 김덕중이요?"

"늙은 조센진 이름 같은 건 모른다. 프랑스 경찰들에게...."

"김덕중은 조선 최고의 도편수입니다. 고종황제 폐하께서도 특히 아끼시고 신임하시는 자라 이곳에 파견했는데. 죽다니요? 저희 대한제국관에 침입하신 건 그쪽입니다. 이 뒷감당을 어찌하려고 하십니까?"

목소리 높이는 민영일이 짜증 난 쇼고로는 찢어져서 피나는 민영일의 옆 이마에 다시 총구를 들이대고 비틀어 쑤신다. 상처가 더 벌어지고 피가 심하게 흐른다.

"아가리 닥쳐라. 내 말 자르지 말고 잘 들어. 뒷감당? 그런 건 돈 처먹은 네놈이 하는 거다. 나는 허의문이 왜 이곳에 왔는지 알아버렸다. 그놈이 하려는 일을 막기 위해서는 무슨 일이든 할 거야. 지금 조선으로 전보를 쳐서 네 가족을 전부 없애버리라고 명령할 수도 있다. 그러니 이제까지 받아먹은 돈값을 해라. 죽은 두 놈은 노름빚으로 싸우다가 서로 죽고 죽인 거다. 프랑스 경찰에게 잘 설명해서 우리 대일본제국의 전시장에 불똥이 튀지 않게 해. 만약 우리 쪽에 곤란한 일이라도 생긴다면 네놈이 조선 땅에 도착했을 때는 죽은 가족 얼굴을 볼 거야. 그리고 너도 곧 그 뒤를 따를 거고. 알겠냐?"

민영일은 쯔보이 쇼고로 교수의 이런 과격한 모습은 처음 본다. 허의문이 벌이고 있는 일이 이들에겐 무척 곤란한 일이라는 것이다. 민영일은 겁먹은 표정으로 연신 고개를 끄덕인다.


대한제국관 주변에는 방어울타리가 쳐져 있고 일반 관람객 입장이 금지되어 있다. 머리통에 붕대를 감은 민영일이 프랑스 경찰들에게 열심히 뭔가 설명하고 있다.

강자에게는 한없이 낮아지는 민영일의 표정이 야비하다.

허의문은 멀리서 대한제국관을 지켜본다.

그는 어젯밤 자기 행동을 후회하고 있다. 괜히 벌어지지도 않은 일을 걱정하며 필름을 숨기겠다고 대한제국관을 찾은 일이 김덕중을 죽게 했다는 생각을 지울 수 없다. 조선의 가족들 생각에 어떻게 눈을 감으셨을까? 어르신의 시신은 조선 땅에 묻힐 수 있을까? 생각이 많아 발이 떨어지지 않는다.

"이제 가야 해. 의문."

르네가 떠날 줄 모르는 허의문의 팔을 잡아끈다.


허의문과 르네는 노천카페에 앉아 기자를 기다리고 있다.

혹시 모를 일을 대비해 일부러 사람들 이동이 많은 장소와 시간대를 골랐다.

그런데도 허의문은 무척 초조한 표정이다.

르네가 허의문의 긴장을 풀어 주기 위해 농담이라도 해 보려 하지만, 마땅히 떠오르는 말이 없다. 지금 허의문에게는 어떤 말도 도움이 될 것 같지 않다.

그때 그들에게 한 프랑스인 남자가 다가와 말은 건다.

"안녕하세요. 혹시 오늘 만나기로 한 분들인가요? 저는 주간지 '르 주르날'의 앙드레 제레미 기자입니다."

30대 중반에 평범해 보이는 앙드레는 자기가 만나야 할 이름 모를 조선인과 프랑스 여성 일행을 당연하게도 바로 알아봤다.

앙드레는 간단하게 인사를 하고 자리에 앉자마자 르네가 르 주르날 편집부 앞으로 보낸 사진과 기사에 관해 언급한다.

사진이 너무 충격적이고 기사 내용도 끔찍해서 지금 편집부 내부에서도 기사를 실을지 말지에 대한 의견이 분분하다는 앙드레. 하지만 자기는 이 기사를 꼭 실어야 한다는 쪽 의견이라며 진실은 숨김없이 독자들에게 전달되어야 한다는 게 본인 신념이라고 한다.

"그런데 저희 말고 어떤 신문사와 잡지사에 사진을 보내셨나요?"

"그건 왜 물어보시죠?"

"기사를 내보낸다면 그들보다 먼저 내보내는 것이 의미 있어서요. 보낸 곳을 모두 기억하시죠?"

앙드레는 허의문이 프랑스어를 못한다고 생각해서 르네와만 대화를 나누고 있다. 허의문은 둘의 대화를 잠자코 듣고만 있는데 왠지 예감이 좋지 않다.

주간지 르 몽드 일뤼스트레의 사무실로 출근한 피에는 먼저 편집장의 사무실 문을 노크하고, 들어오라는 말이 다 끝나기도 전에 급하게 문을 연다.

"편집장님! 오늘 조선 기사 싣는 거로 결정 나는 거죠?"

좁고 담배 연기로 가득 찬 사무실 안에서 땅딸하고 뚱뚱한 편집장이 담배와 함께 쓴 커피를 마시며 신문을 읽고 있는데 피에를 보지도 않고 대답한다.

"아직. 더 생각해 보기로 했어."

"왜요? 편집장님도 엄청난 기사라고 빨리 싣는 게 좋겠다고 하셨잖아요?"

"그게.... 민감한 문제란 말이야."

"뭐가 민감한데요? 추측성 기사도 아니고 사진이 있잖아요. 르 주르날은 벌써 싣기로 했대요. 우리가 거기 뒷북 칠 수는 없잖아요."

"르 주르날이 그 기사를 싣는다고? 흥! 웃기지 마."

"예?"

"어디서 소식을 들었는지 지금 일본인들이 신문이나 주간지 사무실을 얼마나 쑤시고 다니는지 알아?"

"왜요?"

"왜긴. 그 기사 못 나가게 하려는 거지. 당근 채찍이 장난이 아니야. 기사를 자기들한테 넘겨주면 돈을 지급하고, 기사를 내보내면 국가적 차원에서 고소하겠다며 언론 사무실마다 연락하고 있어. 그래서 엉뚱하게 제보 받지 못한 신문사들이 그 사진 보겠다고 여기저기 연락하고 있지."

"그래서요? 편집장님은 어떻게 하실 건데요?"

"시에서도 신경이 날카로워. 만국박람회 중에 불미스러운 잡음 만들지 말라고. 5월 14일부터는 파리 세계 선수권 대회도 있잖아. 어쨌든 조선이랑 일본 사이 일이야. 그것도 5년이나 지난 일이고. 지금은 축제 시기잖아. 축제에 관한 기사만 써."

"그럼 제보 받은 사진은요?"

"일본인한테 넘긴다고 사장이 가지고 갔어."

"에이! 빌어먹을."

'빌어먹을?' 그 말에 편집장이 신문을 치우고 피에를 노려본다. 피에는 편집장의 불편한 심기는 안중에도 없다는 듯 벌써 사무실 밖으로 나가고 있다.

그러더니 자기 책상 쪽이 아닌 회사 정문 쪽으로 뛰어간다.

"저게. 야! 어디가? 너 박람회 기사 오늘까지 마무리해야 해."


"와우! 저희 잡지사 외에도 11군데나 보내셨군요. 많이도 제보하셨네요. 이 외에는 없는 거죠?"

앙드레 기자는 르네가 불러준 신문사와 잡지사 이름을 모두 받아 적더니 수첩을 덮었다.

"아! 그리고 그 사진은 저기, 저 조선인이 찍은 건가요? 제보한 사진 외에 조선에서 가지고 온 사진은 얼마나 남아 있나요?"

이제 르네도 이 앙드레 기자의 질문과 행동이 이상하다는 걸 느낀다.

"그건 조선인에게 직접 물어보세요."

르네가 퉁명스럽게 대답하자 앙드레는 설마 하는 표정으로 허의문을 본다. 허의문이 프랑스어로 앙드레 기자에게 질문한다.

"르 주르날이 내일모레 발행되는 걸로 압니다. 그때 기사를 볼 수 있을까요?"

앙드레는 살짝 당황하지만 이내 평정을 찾고 대답한다.

"음.... 죄송한데 못 보실 겁니다."

"네? 왜요? 되도록 빠른 시일 내에 기사를 실어준다고 하셨잖아요."

르네는 예상외의 답변을 들었다는 듯 앙드레에게 다시 질문했지만, 허의문은 예상했던 답변이었다. 안 좋은 예상이 또 맞아버렸다. 그리고 앙드레 기자가 대답하기 전 허의문의 눈에 우려했던 모습이 포착됐다.

골목에서 모습을 드러낸 일본인 남자들 10여 명이 빠른 걸음으로 다가오는 모습이 보인다. 뒤쪽에 오카모토의 모습도 보인다.

허의문은 아직 일본인들을 발견 못 한 르네의 팔을 잡고 일으
켜 세운다.

"르네. 일어서요. 도망쳐야 해요. 일본인들이에요."

"아. 미안합니다. 이런 기사는 제 마음대로 내보낼 수 있는 게
아니라서요."

"나쁜 자식!"

욕을 한 바가지 더 퍼부어 주고 싶었지만, 시간이 없는 게 아
쉽다. 그런데 앙드레 기자가 서둘러 자리를 뜨려는 르네의 팔을
잡아 세운다.

"대답은 해 주고 가야죠. 사진은 더 있나요?"

그 모습을 본 허의문이 대신 대답해 준다.

"아직 100장 남아 있다. 너희 잡지사 말고 다른 신문사에 모조
리 뿌릴 계획이야."

그리고 앙드레의 얼굴을 발로 밀어 버리는 허의문. 기자와 함
께 의자와 테이블이 넘어지며 길을 막는다.

"둘 다 잡아!"

오카모토의 명령에 뛰는 일본인들. 허의문은 르네가 피할 시
간을 벌기 위해 의자와 테이블을 집어 던지며 일본인들의 접근
을 막는다.

앞에 선 일본인 한 명이 눈치를 보다가 달려들자 허의문이 재
빨리 가슴팍을 걷어찬다. 허의문의 몸놀림이 예사롭지 않다. 발
차기와 주먹으로 일본인들 여럿을 차례차례 상대한다. 답답한
오카모토는 뒤쪽에 서 있는 부하들 몇 명에게 여자를 쫓으라고
한다.

4명이 노천카페를 빙 돌아 르네를 쫓으려 하자, 허의문은 의자 두 개를 들고 그쪽으로 달려가 휘두르며 길을 막아선다. 하지만 그 바람에 좁은 카페 안에서 일본인들을 한 명씩 상대할 수 있었던 이점이 사라졌다. 사방에서 서서히 허의문을 좁혀 오는 일본인들. 게다가 오카모토가 앞으로 나서고 있다.

오카모토는 덩치도 크고 무술 실력이 뛰어나다. 이렇게 계속 버틸 수 없다고 판단한 허의문은 양손에 들고 있는 의자를 일본인들 쪽으로 던지고 르네를 따라잡기 위해 뛰어간다.

"도망친다. 쫓아라."

"빨리 와. 의문!"

"가요. 르네. 계속 달려요."

르네는 넓은 사거리 도로 앞에 멈춰 서서 허의문을 기다리고 있다. 사거리는 아침 출근길, 많은 마차가 바쁘게 오가느라 복잡하다. 허의문은 일본인들을 따돌리기 위해 르네와 함께 도로로 뛰어든다. 아슬아슬하게 마차를 피해 도로를 건너는 허의문과 르네. 마부가 급히 말을 멈추고 말들이 놀란다.

무사히 도로를 건너는가 싶었지만, 결국 마차를 피할 수 없는 위험한 상황에 놓인다. 허의문은 르네를 도로 밖으로 밀어내고 말과 충돌한다.

도로에 뒹구는 허의문. 거대한 말 몸과 마구(馬具)에 부딪힌 어깨를 부여잡으며 일어서려 애쓰고 있다.

사고 때문에 마차들이 잠시 멈췄고, 반대편에 있던 일본인들은 이 틈을 타 도로를 건너오고 있다.

당황한 르네의 눈에 이쪽 거리 카페에서 모닝커피와 샌드위치를 먹으며 신문을 보는 두 명의 경찰이 보인다. 그들은 분명 허의문의 사고를 봤지만, 별다른 조치 없이 다시 자리에 앉아 여유로운 아침을 즐기고 있다.

르네는 크게 소리쳐 경찰들을 부른다.

"저기요. 경찰관님."

허의문을 부축해서 프랑스 경찰에게 다가가는 르네. 일본인들은 도로를 건너서 바짝 뒤쫓아 와 있다. 하지만 르네가 경찰에게 다가가는 걸 보고 쉽게 접근하지 못한다.

"예. 무슨 일인가요. 아가씨?"

"저희 자수할게요. 저하고 이 조선인이 며칠 전 인간 동물원에서 욜란데라는 아이를 납치했어요. 지금 자수할 테니까 경찰서로 연행해 주세요."

"그런 사건 얘기 들었어?"

"아니. 우리 담당이 아닌데."

경찰들은 시큰둥하게 반응하며 계속 여유로운 아침 시간을 즐긴다.

일본인들은 상황이 자기들에게 이롭게 진행된다고 판단하고 서서히 접근하고 있다. 하는 수 없이 허의문이 직접 나선다. 두 프랑스 경찰 앞에 서더니 그중 커피잔을 입으로 가져간 경찰의 뺨을 후려친다. 뜨거운 커피가 프랑스 경찰관의 얼굴에 뿌려진다.

"앗! 뜨거워."

"뭐 하는 거야? 이 동양 놈아?"

"경찰관 폭행을 목격했네. 이제 경찰이 할 일을 해야겠지?"

"이런 미친놈이. 유치장에서 썩는 게 소원이라면 그렇게 해 주지."

뺨을 맞고 뜨거운 커피 세례에 고통스러워하는 동료 대신 다른 경찰관이 진압봉을 들고 일어서며 수갑을 꺼낸다. 경찰은 허의문의 한쪽 손목에 수갑을 채우더니 바로 옆 가로등 기둥 앞에 세우고 반대쪽 손목에 수갑을 채운다. 허의문은 가로등을 안고 양 손목에 수갑이 채워져 도망칠 수 없는 상황이 돼 버렸다.

그리곤 동료를 살피는 경찰. 카페 종업원이 가져다준 물수건으로 얼굴에 묻은 커피를 닦은 동료는 가로등에 꼼짝없이 묶인 허의문의 무릎을 진압봉으로 치며 분풀이한다.

"뭐 하는 거예요? 우리를 빨리 경찰서로 잡아가시라고요."

"걱정하지 마세요. 우선 먹다 만 아침 식사를 마저 하고 경찰서로 끌고 가 확실히 손봐 줄 예정이니까요. 아가씨도 저런 놈과는 같이 다니지 마세요."

어처구니없는 상황이다. 일본인들은 슬금슬금 간격을 좁혀오더니 맨 앞쪽 두 명이 갑자기 뛰어온다. 허의문이 르네에게 도망치라고 해 보지만, 먼저 뛰기 시작한 일본인들에게 금방 잡히고 만다. 심하게 반항하는 르네를 제압하기 위해 일본인 한 명은 두 팔을 잡고 오카모토의 바로 밑 부하인 카토는 르네의 긴 금발 머리채를 잡는다.

여유롭게 즐기는 아침 식사가 무엇보다 중요한 프랑스 경찰들이지만, 프랑스 여성을 동양인 남성 두 명이 거칠게 대하는 것을 그냥 둘 수는 없다. 게다가 이쪽에 집중된 시선이 많다.

"어이 뭐 하는 거야? 그 아가씨 놔 줘. 오늘은 왜 이렇게 동양인 놈들이 설치는 거지?"

프랑스 경찰이 명령하지만, 두 동양인 남성은 여성을 놔줄 생각이 없어 보인다.

조용히 아침 식사를 계속하긴 그른 것 같다. 경찰관들은 진압봉을 들고 일어서며 경고할 양으로 호루라기를 입에 무는데 뒤에서 오카모토가 주먹과 발로 두 명의 프랑스 경찰관을 공격한다. 오카모토의 갑작스러운 공격에 길바닥에 쓰러진 채 기절한 두 경찰관.

"경찰인데 괜찮을까요? 대장?"

"어쩔 수 없어. 교수한테 처리하라고 하면 돼. 사진이 먼저야. 저놈 몸을 뒤져 봐."

오카모토도 이쪽에 쏠려있는 사람들 시선이 신경 쓰이고 더는 일을 크게 만들고 싶지 않다. 하지만 지금은 허의문을 잡아서 나머지 사진을 회수하고 없애버리는 일이 무엇보다 중요하다. 프랑스 여자도 확보하고 사진에 대해 더 추궁해야 한다. 여자는 잡았으니 이제 저놈만 잡으면 된다. 저놈이 묶여 있는 꼴을 보니 놓치기도 힘들겠다.

일본인들이 가로등에 수갑으로 묶인 허의문에게 서서히 다가가고 한 명은 쓰러진 프랑스 경찰 허리춤에서 수갑 열쇠를 챙긴다.

허의문은 침착하게 가로등 위를 올려다보며 뭔가를 확인한다. 그러더니 묶인 두 손과 두 발을 이용해 가로등 기둥을 붙잡고 위로 오르기 시작한다.

느긋하던 일본인들은 다람쥐처럼 재빠르게 가로등을 오르는 허의문을 보곤 깜짝 놀란다. 오카모토가 부하들에게 소리치자 정신을 차리고 허의문의 다리를 붙잡기 위해 높이 뛰며 팔을 휘 저어보지만, 허의문은 벌써 가로등 기둥을 절반 이상 올라가서 손이 닿질 않는다.

동료의 등을 밟고 올라 허의문을 잡으려던 일본인 부하는 허 의문의 발길질에 맞고 바닥에 떨어진다. 허의문은 빠른 속도로 가로등 기둥을 거의 다 올랐다. 수갑에 묶인 팔을 가로등 위쪽으 로 뺐다.

르네의 머리카락을 움켜쥐고 있는 카토는 보고 있는 것이 답 답했던지 권총을 꺼내 허의문을 겨눈다. 그걸 본 르네가 몸으로 카토를 밀쳐서 프랑스인 손님들이 앉아있는 카페 테이블에 일 본인 두 명과 함께 넘어진다.

와장창 소리와 함께 타앙! 하고 오발된 총소리가 들린다.

오카모토가 뒤를 돌아보니 부하의 어깨에서 피가 흐르고 있 는 것이 보인다. 카토가 쏜 총알에 맞은 것이다. 총소리 때문에 거리는 아수라장이다. 으아아악! 캬악! 총 맞은 부하가 고통스 러워 소리치고 여성들의 비명이 귀를 찌른다.

'젠장. 엉망이군.'

그때 넘어져 있는 카토가 르네에게 총을 겨눈다.

"네년 때문에...."

"카토! 안 돼!"

판단력을 잃은 카토가 르네에게 총을 쏘려고 하는 순간, 누군 가 골목에서 튀어나와 강한 발길질로 카토의 턱을 올려 찬다. 퍼 억! 하며 카토가 바닥에 널브러진다. 발길질한 이는 피에다.

"다행이네. 늦지 않았어."

"피에!?"

피에가 르네를 일으켜 세우면서 기절한 카토를 보고 한마디 한다.

"어떠냐? 레드 스타 풋볼 클럽 회원의 슈팅 맛이."

오카모토는 오히려 프랑스 놈이 멍청한 카토를 막아 준 게 다행이라고 생각된다. 이 많은 사람 앞에서 일본인이 프랑스 여성을 총으로 쏘는 일이 발생하는 건 상상하기도 싫다. 그렇다고 도망치게 둘 수는 없다.

"저 두 프랑스인을 잡아. 여자는 꼭 내 앞에 데려와."

오카모토의 명령에 부하 3명이 르네와 피에 쪽으로 향한다.

그걸 본 허의문이 르네에게 소리친다.

"르네 씨! 도망쳐요."

르네는 허의문을 두고 도망치기 미안했지만, 자기가 잡히는 것은 상황을 더 안 좋게 만들 뿐이라는 걸 안다. 정신 잃은 일본인에게 계속 축구 실력을 자랑하는 피에를 잡아끌고 골목 안쪽으로 뛰어간다.

"오카모토! 그들은 상관없다. 쫓지 마라."

"쥐새끼 같은 놈이 누구한테 명령 질이냐?"

오카모토가 권총을 꺼낸다. 저 허의문을 잡으면 뭐든 게 다 종료다. 그러니 조선 놈에게 총질하는 정도의 말썽은 이제까지 벌인 난감한 일에 가볍게 추가하기로 한다. 동양인들끼리의 다툼에서 권총으로 다리 정도 맞추는 건 프랑스에서는 큰 기삿거리가 아닐 것이다.

허의문은 오카모토의 총구가 자기를 향하는 것을 보곤 가로등 기둥을 힘껏 차면서 몸을 날린다. 길가에 붙어있는 빌라 2층 발코니까지 닿기엔 어림없어 보였지만 겨우 난간 끝을 붙잡았다.

허의문이 발코니 끝에 매달렸다가 힘겹게 몸을 끌어 올려서 2층 집안 쪽으로 들어가는 동안 오카모토가 발사한 두 발의 총알이 허의문 옆을 스치고 지나간다.

"젠장! 뭘 멍청히 보고 있어? 쫓아가."

허의문을 맞추지 못한 오카모토는 괜히 부하들에게 화풀이다. 부하들은 빌라 건물로 뛰어 들어간다.

수갑을 차고 집안으로 들어온 허의문을 보고 놀라는 프랑스 가족. 허의문은 프랑스어로 미안하다고 사과하며 문을 열고 2층 복도로 나온다. 계단 밑 1층 현관 쪽에서 일본인들이 쫓아오는 소리가 들린다.

허의문은 계단을 뛰어올라 3층에 도착했다. 복도 끝에 좁은 계단과 작은 문이 보인다. 지붕으로 통하는 문이다. 허의문에겐 다른 선택지가 없다.

뒤따라온 일본인들도 계단을 올라와서 작은 문을 열고 지붕으로 나온다. 맨 처음 나온 놈이 급경사의 지붕을 발견하고 조심스럽게 한 발을 내딛는데 옆에서 인기척이 느껴진다.

지붕 위, 문 옆에서 기다리고 있던 허의문이 일본인을 발로 걸어찬다. 지붕 밖으로 날아가는 일본인. 1층 노천카페 발코니 차양 위에 떨어졌다가 차양이 찢어지는 바람에 카페에서 음료와 식사를 즐기는 프랑스 손님들 위로 떨어진다.

허의문은 여러 명과 싸우는 것은 승산 없다는 걸 알기에 계속 지붕을 뛰어 달아나면서 한 명씩 제압할 기회를 노린다.

이제 허의문을 쫓는 일본인들은 오카모토를 포함해 4명이다.

길을 따라 고만고만한 높이의 빌라들이 줄지어 있어서 지붕과 지붕 사이를 건너뛰며 달리고 있다. 유난히 빠른 일본인 부하 한 명이 허의문 뒤를 바짝 쫓는다.

다음 건물 지붕과는 간격이 무척 넓다. 허의문이 힘차게 뛰어서 다음 건물 지붕 위에 도착하자 뒤쫓는 일본인도 최대한 멀리 뛰어서 건물을 건너오고 있다.

하지만 이쪽 지붕에 먼저 착지한 허의문은 계속 앞으로 달리지 않고 멈춰 서서 바로 몸을 반대로 돌렸다. 넘어오는 일본인을 마중하기 위해서다. 공중에 떠 있는 일본인이 허의문의 의도를 눈치챘을 때는 이미 늦었다. 공중에서 방향을 바꿀 수는 없는 노릇이다.

수갑 찬 두 주먹을 불끈 쥐고 지붕 위에 버티고 서 있는 허의문. 일본인 부하가 딱 착지할 지점이다. 일본인이 선택할 방법은 양팔로 얼굴을 가리는 정도의 방어뿐이다. 허의문은 오른쪽 팔꿈치를 날아오는 일본인의 빈 복부에 꽂아 넣는다. 일본인 부하는 갈빗대가 부러져서 숨을 쉴 수 없다.

이제 허의문을 쫓는 인원은 3명.

다음 건물은 너무 멀리 떨어져 있다. 하지만 지붕 사이에 널빤지로 다리가 놓여 있다. 조심조심 이동하는 허의문. 고정되어 있지 않은 엉성한 다리라 휘청휘청한다. 일본인들이 뒤에서 바짝 쫓아오고 있다. 허의문이 다리를 거의 건넜을 때 오카모토가 다시 총을 쏜다. 총알이 어디로 날아갔는지 모르지만 허의문을 긴장시키기에 충분하다. 허의문은 지붕 위로 재빨리 뛰어내려서 굴뚝에 몸을 숨기며 뛰어간다.

널빤지 앞에서 머뭇거리는 일본인 부하 두 명. 하지만 뒤에서 총을 들고 있는 오카모토의 서슬이 시퍼런지라 하는 수 없이 앞에 놈이 먼저 널빤지 위를 걷기 시작한다. 바닥을 보면 높이가 까마득하다. 널빤지 다리와 자기 다리가 함께 벌벌 떨린다.

"빨리빨리 움직여라. 그리고 너! 너도 빨리 올라가."

오카모토는 앞에 부하가 널빤지를 중간 이상 건너가자, 다음 부하에게 건너가라 명령한다. 널빤지에 두 명이 오르니 엉성한 다리는 더욱 흔들리고 위태롭다.

그때 도망친 줄 알았던 허의문이 굴뚝 뒤에서 갑자기 나타난다.

허의문은 널빤지 다리로 달려와 이쪽 지붕에 걸려 있는 널빤지의 끝부분을 발바닥으로 세게 밀어 찬다. 두 뼘 이상 밀려나면서 휘청이는 널빤지. "안 돼!" 널빤지 중간에 서 있는 부하가 소리쳐 보지만, 허의문의 발길질은 멈추지 않는다. 퍽퍽! 허의문의 강한 발힘에 널빤지 끝이 걸쳐있던 지붕을 벗어난다.

두 번째로 건너려던 부하는 가까스로 반대편 지붕 위로 뛰어내렸지만, 중간까지 건너간 부하는 널빤지와 함께 바닥으로 추락한다. 골목에 쌓인 쓰레기 더미에 떨어져서 목숨은 부지한 듯하다.

오카모토가 다시 총을 발사한다. 허의문이 재빨리 굴뚝에 몸을 숨겨서 애먼 굴뚝에 총알이 박힌다.

"지긋지긋한 놈. 야! 빨리 일어나서 저기 있는 사다리 가져와."

달리고 있는 허의문의 오른쪽 눈이 안 보인다. 뜨끈한 피가 얼굴을 타고 흘러내린다. 굴뚝에 맞은 총알이 튀면서 총알인지 돌가루인지가 허의문의 오른쪽 눈가에 박혔다. 거리감이 없으니 뛰기가 힘들다. 게다가 여기가 거리 끝 마지막 빌라의 옥상이다. 뒤를 돌아보니 일본인 부하 한 명과 총 든 오카모토가 이쪽 옥상으로 건너오고 있는 모습이 보인다.

주변을 빠르게 살피는 허의문. 다행히 옥상 끝에 옥외에 설치되어 있는 수직 계단 손잡이가 보인다.

왠지 조선 놈의 움직임이 둔해졌다. 수갑에 묶인 손으로 수직 계단을 내려가려니 애를 먹는 것 같다. 서두르면 따라잡을 수 있는 거리다.

오카모토의 마지막 부하가 허의문이 사라진 수직 계단을 내려가기 위해 상체를 앞으로 빼고 살펴보는데, 조선인의 얼굴이 바로 눈앞에 있다.

수직 계단에 양쪽 다리를 꼬아서 몸을 단단히 고정한 허의문이 두 손으로 일본인의 멱살을 움켜쥐고 힘껏 잡아당긴다. 일본인 부하는 예상치 못한 상황에 어이없이 옥상 밖으로 끌려 나가고 한층 밑, 철제 계단 위에 철커덩 소리를 내며 떨어진다.

이제 오카모토 한 명만 남았다. 하지만 오카모토는 총을 가지고 있다.

부하의 상황을 목격하고 오카모토는 수직 계단이 아닌 옥상

구석 끝에서 모습을 드러냈다.

"거기 있었구나. 이제 끝났다. 이 쥐새끼야."

3척 정도 떨어진 거리에서 총구가 허의문을 겨누고 있다. 오카모토가 들고 있는 총이 마우저 C96이라는 것이 자세히 보이는 거리다. 못 맞추길 바라는 건 기적을 바라는 것과 같은 상황이다. 오카모토가 방아쇠를 당긴다. 철컥!

"젠장!"

총알이 떨어졌다. 오카모토는 마우저 C96의 약실이 뒤로 튀어나온 것이 총알이 떨어진 거라는 걸 몰랐나 보다. 서둘러 여분의 총알을 찾는 오카모토. 허의문은 이 기회를 틈타 밑층 외부 계단으로 뛰어내린다. 정신을 차리고 일어서려는 일본인 부하 위로 떨어져서 확실히 기절시킨다. 오카모토가 총을 다루는 것에 서툴긴 해도 마우저 C96 권총에 8발의 추가 총알을 지급하는 시간은 도망치기에 넉넉하진 않다.

그리고 잠겨 있는 외부 문을 열어 보려다가 시간을 허비했다.

오카모토가 총 쏠 준비를 마쳤다. 허의문이 있는 옥외 계단은 3층이지만, 어쩔 수 없이 바닥으로 뛰어내린다. 그와 동시에 오카모토의 권총이 총알을 발사한다.

허의문의 몸은 마차 지붕 위에 떨어진다. 텅! 튀어 오른 허의문의 몸은 다시 도로 위로 떨어진다. 마차 지붕 덕에 충격이 많이 완화됐지만, 너무 고통스럽다.

오카모토는 도로에서 일어나 절뚝이며 도망치는 허의문의 뒤를 계속 쫓는다.

사람이 많이 다니는 길로 들어섰다.

고통스러운 표정으로 행인들 사이를 비집고 달려보지만, 오카모토와의 거리는 계속 좁아지고 있다.

허의문 눈앞에 아르누보 양식의 아름다운 지하철 입구가 보인다. 지하철은 아직 개통되지 않았고 공사 중이라 통제선이 쳐 있다. 허의문은 지하철 공사장 안으로 들어간다. 내려가는 계단이 끝없이 이어져 있다. 어두운 계단을 내려오니 빛이 보이고 공사 중인 프랑스 작업자들과 이민자 작업자들이 보인다. 그들의 눈을 피해 계속 밑으로 향하는 허의문.

안쪽은 복잡하고 어둡다. 더 이상 갈 곳 없는 플랫폼에 다다랐다.

뒤쪽에서 프랑스인 작업자들과 실랑이를 벌이는 오카모토의 소리가 들린다. 권총을 휘두르며 우격다짐으로 작업자들을 밀치고 내려오는 모양이다.

허의문은 플랫폼에서 어두운 기차선로로 뛰어내린다.

앞뒤 모두 빛 한 점 없는 깜깜한 터널이다.

허의문은 아무 방향이나 선택해서 절뚝이며 뛰기 시작한다. 보이지 않는 침목에 계속 발이 걸려 뛰기 힘들다.

완전한 어둠 속으로 들어왔다. 마치 그가 계속 꾸는 악몽 속 공간 같다. 어디선가 살타는 냄새가 난다. 이제 발밑부터 불이 붙어 몸 전체를 태워 버릴 것 같다. 고통스럽고 힘들다. 지금 악몽을 꾸고 있는 것인가? 현실 감각이 희미해진다.

그때 뒤쪽에서 오카모토가 욕설을 내뱉으며 아무 데나 쏘아대는 총소리가 들린다.

그 소리가 오히려 고맙다. 지금 악몽을 꾸고 있는 것이 아니라는 증거니까.

허의문은 힘을 내서 달린다. 이 어둠도 끝은 있을 것이다.


빌라 현관문 열리는 소리에 허의문이 긴장한다. 2층 피에의 집 문밖에서 르네를 기다리던 허의문은 조심스럽게 밑층 현관문을 살핀다.

들어선 이가 일본인이 아니라 다행이었지만, 기대하던 르네도 아니었다.

피에가 혼자 계단을 올라오고 있는데 일본인들에게 많이 맞았는지 얼굴이 말이 아니다. 옷도 이곳저곳 찢어지고 더러워져 있다.

피에도 허의문을 발견하곤 계단을 올라와 문밖에 앉아있는 허의문 옆에 와서 털썩 주저앉는다.

"미안해. 르네가 잡혀갔어. 네가 가져온 총이 있었으면 달랐을 텐데."

피에가 혼자 나타났을 때 예상한 일이지만, 허의문은 그 말을 듣고 가만있을 수 없었다. 벌떡 일어서는데 피에가 허의문의 수갑을 잡아 멈춘다.

"어딜 가려고?"

"르네 씨를 구해야죠. 그놈들이 묵는 호텔을 압니다."

"가서 어쩌려고. 죽고 싶어?"

"저 때문에 르네 씨가…. 그놈들이 여자를 다루는 방법은 뻔합니다. 빨리 르네 씨를 구해야 해요."

"르네가 예상했던 말과 똑같네. 르네가 끌려가면서 말했어. 의문이 인간 동물원에서 자기를 도왔던 것처럼 자기도 허의문을 돕는 거라고. 네가 무모하게 행동하지 못하도록 막아 달라고 했어."

허의문은 수갑을 잡은 피에의 손을 뿌리치지 못한다. 허의문이 아무 계획 없이 무작정 일본인들의 본거지를 찾아가는 게 쯔보이 쇼고로가 바라는 것이다.

피에는 허의문이 차고 있는 수갑을 살피며 일어선다.

"들어가자. 예전에 아는 형사에게 수갑 푸는 법을 배웠었는데 지금도 잘 될지는 모르겠다. 우선 수갑을 풀고 계획을 세워 보자."


피에는 탁자에 앉아 꼰 철사로 허의문의 수갑을 풀기 위해 애를 쓰고 있다.

"일본 놈들한테 사진이 더 있다고 얘기했어?"

"네. 100장 있다고 얘기했어요."

"잘했네."

쓸쓸하게 웃으며 계속 얘기를 이어 나가는 피에.

"나머지 사진 100장을 가지고 오래. 그럼 르네를 풀어 주겠다고. 그전까지는 르네 털끝 하나도 건드리지 않겠다고 약속했어. 일본 놈들이 여기 쳐들어올 걱정은 안 해도 될 거야. 르네가 여기를 순순히 알려줄 성격도 아니니까."

허의문은 피에의 순수한 생각대로 일본인들이 신사적이길 바랄 뿐이다.

그때 찰칵! 하며 수갑이 풀린다. 피에는 감을 잡았는지 다른 한쪽 수갑은 바로 풀어 준다.

허의문이 고맙다면서 아픈 손목 근육을 풀어 보는데 갑자기 옆구리가 뜨끔해서 신음 소리를 낸다. 피에가 허의문의 왼쪽 옆구리를 살핀다. 앞쪽에서는 몰랐는데 등 뒤로 많은 피가 흘러 옷을 시뻘겋게 물들였다. 오카모토가 쏜 총알이 왼쪽 옆구리를 관통한 것이다.

"뭐야. 허의문? 총에 맞았어?"

허의문은 대답 대신 옷 속에 있던 종이봉투를 꺼내서 피에에게 건넨다. 피에가 전해 주었던 주간지 르 몽드 일뤼스트레의 봉투이기 때문에 이 안에 든 것이 피에와 함께 인화한 사진이라는 걸 안다. 봉투는 피에 흠뻑 젖어있다. 그 안에 든 10장의 사진도 거의 피에 젖어있다. 중간에 낀 2장 정도만 그나마 멀쩡해 보인다.

"사진도 거의 다 피에 젖어서 쓸모없겠다. 우선 의사를 찾아가자. 이렇게 있으면 안 돼."

"피에 씨!"

서두르는 피에를 이번엔 허의문이 막는다.

"부탁이 있어요."

# 2023년

박지현이 전화를 받지 않자, 오상훈 과장은 이젠 계속 문자와 카톡을 보낸다.

　문자로 쌍욕을 하고 있지만, 오상훈 과장은 박지현을 무척 아끼는 마음 따뜻한 상관이다. 박지현이 이렇게 먼저 사직서를 쓸 필요는 없다는 게 오상훈 과장이 보내는 문자의 주된 내용이다. 프랑스 측에게 사실대로 보고하고 그쪽에서 문제 삼았을 때 대응하자는 것이다. 그런데도 박지현은 새벽 일찍 출근해서 상관 책상 위에 사직서만 덜렁 던져 놓고 자기 자리를 정리하고 나온 것이다.

　그날 밤. X-Ray 필름에서 아무것도 발견하지 못했을 때 이미 결심했던 일이다.

　가정이 있는 오상훈 과장에게 피해를 주기도 싫고 이후 프랑스 측과 진행할 전시 기획에도 폐를 끼치기 싫었다. 한 작업자의 일탈이고 그 작업자를 신속히 퇴사 처리한 용산박물관의 의지를 보여주면 프랑스 측도 크게 문제 삼지는 않을 거란 생각이다.

　만 5년 넘게 꿈을 좇아 열심히 살았다. 허탈하기도 하지만 인정하고 포기할 줄도 알아야 한다. 인디아나 존스처럼 전설 속 보물을 찾으러 다니다가 전 재산을 탕진하는 사람도 많은데 자기는 월급과 퇴직금은 챙겼으니 헛된 꿈을 좇은 것치곤 괜찮은 장사란 생각이 든다. 오상훈 과장은 이런 식으로 회사를 때려치우면 퇴직금 못 주니까 연락하라지만, 괜히 하는 소리다.

　차를 오피스텔 지하 주차장에 댔다.

　회사에서 챙겨온 짐이라봐야 코스트코 장가방 하나가 고작이다.

　우선 오피스텔을 정리하고 시골에 계시는 부모님 댁에 얹혀서 한 6개월은 푹 쉴 생각이다. 그 이후 계획은 천천히 짜자.

승강기에서 내렸는데 오피스텔 문 앞에 택배가 놓여 있다. 그런데 여느 택배와는 분위기가 다르다. 해외 배송 물품이다.

'아! 저것이 그것인가 보다.'

회사 사무실이라면 업무 때문에 박지현에게 많은 나라에서 물건을 보내오지만, 외국에서 이 오피스텔로 물건을 보낼 이는 한 명뿐이다. 그녀가 르네의 수첩을 꼼꼼히 조사하고 다시 되돌려 줬던 곳, 르네의 손녀 마리스 할머니다.

박지현이 마리스를 만난 것은 2015년, 그때 빌려온 르네의 수첩은 2021년에나 돌려주게 되었다. 마리스는 수첩을 너무 늦게 돌려준 것에 대해 신경 쓰지 말라고 했지만, 박지현은 정말 미안했다. 그래서 그동안에도 계속 이메일로 서로의 안부와 진행 상황을 교환했고 이번 전시회에서 좋은 성과가 있을 것 같다는 메일을 보내기도 했다. 며칠 전에는 결국 아무 성과가 없었다는 실망스러운 소식을 전했지만....

마리스 할머니는 그 소식에도 답장을 보냈다. 박지현이 찾고 있는 것을 못 찾았다는 것에 안타까워하면서 얼마 전 남편이 죽은 일에 대해 언급했다. 박지현은 2015년에 만났던 따뜻한 할아버지를 기억하곤 너무 슬펐다. 마리스도 남편과의 추억 때문에 괴로워서 집을 정리하고 옮기려 한다고 했다. 그러면서 다락방을 정리하다가 르네의 또 다른 수첩을 발견했다는 것이다. 그 수첩은 한글로 작성되어 있었다. 그래서 한국의 박지현에게 보냈다는 게 답장 내용이었다.

소포는 마리스의 답메일을 받은 3일 후에 도착했다.

박지현은 소포를 거실 가운데 놓고 한참을 뜯지 못했다. 이미 며칠 동안 마음을 정리했는데 이 소포 속 르네의 수첩을 볼 필요가 있을지 고민되는 것이다.

르네는 왜 한글로 쓴 수첩을 남겼을까? 수첩을 봤다가 무슨 단서라도 나온다면 또 어떻게 하지?

하지만 쓸데없는 고민이다. 결국 소포를 뜯을 것이고 수첩을 볼 테니까.

소포 속에는 마리스의 손편지가 함께 들어 있었다. 대부분 내용이 메일과 겹쳤지만, 편지에는 대한제국관 앞에서 르네와 허의문이 함께 찍은 사진과 가죽 지갑을 동봉한다는 내용이 있다.

'가죽 지갑?'

그리고 편지 마지막은 이메일과 다르게 인사했다. 마리스는 언제나 '르네의 손녀 마리스가'라고 끝인사를 했었다. 그런데 편지에는 '르네와 피에의 손녀 마리스가'라고 썼다.

'피에? 피에라는 분이 마리스의 할아버지라면 르네는 피에와 결혼한 건가?'

작게 포장한 두 개의 물건. 먼저 좀 더 큰 물건의 포장을 뜯는다. 르네의 수첩이다.

박지현은 르네가 한글로 쓴 수첩이라고 하니 편하게 한번 스윽 넘겨보고 천천히 다시 볼 생각이었다. 그런데 수첩 겉표지만 보는 데도 갑자기 온몸에 소름이 돋아서 함부로 펼쳐 볼 수가 없다. 르네가 수첩 겉표지에 한글로 쓴 한 문장이 보인다.

'허의문을 기억하는 조선 사람에게 남긴다.'

# 1900년

쯔보이 쇼고로 교수에게 오늘은 무척 중요한 날이다.

그렇게 고대하던 파리 시장님이 일본관을 찾아 줬기 때문이다. 기대하지 않았던 거물 기업인들까지 대동하고 말이다. 쇼고로는 그들에게 일본관의 전시물을 소개하는 영광을 누리고 있다. 오늘의 귀한 자리를 사진과 기록으로 남겨 자기 치적으로 홍보할 생각을 하니 째진 입 꼬리를 주체할 수가 없다.

게다가 오늘이면 여우 사냥 사진에 대한 우려도 깔끔히 사라질 예정이다. 프랑스 여자를 잡고 있으니 조선 놈이 사진 100장을 내놓지 않고는 못 배길 것이다.

허의문이 사진을 내놓지 않는다면 그년이나 그놈이나 결국 아주 흉한 꼴을 당할 것이라고 같이 있던 프랑스 놈에게 단단히 일렀다고 하니 잘 알아들었을 것이다.

그런 상황까지는 가지 않길 바란다. 물론 사진을 내놓는다고 해서 조선 놈이 마주할 결과가 달라지지는 않겠지만….

어쨌든 쇼고로는 지금 이 완벽한 순간을 즐기고 있다. 기자들과 유럽 관람객들의 시선이 자기와 파리 시장에게 꽂혀 있는 상황이 너무 행복하다. 평소보다 더 고급스러운 프랑스어가 입에서 술술 흘러나오고 있다.

그런데 뒤쪽에서 조금 이상한 낌새가 느껴진다. 허점 없이 완벽해야 하는 순간에는 주변의 아주 작은 흐트러짐도 눈에 띄는 법이다.

오카모토가 부하 한 명에게 귓속말로 뭔가를 보고받는 모습이 신경 쓰인다. 일그러지는 오카모토의 표정도 눈에 들어온다. 오카모토의 시선이 향한 일본관 입구 쪽으로 쇼고로의 눈도 자연스럽게 이동한다.

한눈에 보아도 이상한 프랑스 놈이 보인다. 얼굴이 부어오르고 검은 멍으로 뒤덮인 놈이 이쪽으로 걸어오고 있다.

오카모토가 황급히 다가와 쇼고로에게 보고 한다.

"어제 프랑스 계집을 잡아 올 때 같이 있었던 놈입니다. 허의 문을 돕고 있는 게 틀림없습니다."

그러면 막아야지 뭐 하는 건가? 아니다. 소란이라도 피우면 곤란하다. 그런데 저놈이 손에 들고 있는 건 뭔가? 혹시?

이러지도 저러지도 못하는 상황에 프랑스 놈이 쇼고로 앞까지 왔다.

"쯔보이 쇼고로 교수? 나는 주간지 르 몽드 일뤼스트레의 사진 기자 피에 르페브르라고 한다. 허의문의 친구다."

쇼고로는 시장과 기업가들에게 잠시 전시물을 감상하고 있으라는 양해를 구하고 피에를 대한다.

"왜 네가 왔는가? 조선 놈을 오라고 했는데."

그때 피에가 손에 들고 있던 것을 쇼고로 앞, 전시물 유리판 위에 턱 하니 올려놓는다. 예상대로 사진이었다. 피가 묻은 2장의 사진.

"이런 미친놈을 봤나?"

쇼고로는 행여나 뒤쪽 인사들이 볼까 싶어 황급히 사진을 구겨 쥔다. 앞에 서 있는 프랑스 놈도 구겨버리고 싶은 심정이다. 보고 있는 주변 눈이 많아 당황하는 모습을 보이면 안 된다. 쇼고로는 어금니를 꽉 물고 피에의 귀에 다가가 작게 속삭인다.

"그 프랑스 년이 죽는 꼴 보고 싶어?"

그러자 피에는 전시장 창문 밖을 손가락으로 가리킨다. 그의 손가락 끝에 에펠탑이 보인다.

"지금 에펠탑 최상층 전망대에 허의문이 있어. 1시간 내로 르네를 데리고 와. 아니면 허의문이 사진 100장을 에펠탑 전망대에서 뿌릴 거야."

지금이 11시. 1시간 후 12시면 에펠탑과 마르스 광장에 사람이 가장 많은 시간이다. 거기서 사진 100장을 뿌린다면.... 쇼고로는 손에 구겨 쥐고 있는 사진을 보고 싶어 미칠 지경이다. 좀 전에 너무 당황해서 사진을 제대로 보지 못했다. 이게 정말 여우 사냥을 찍은 사진이라면 얼마나 정확히, 어떤 상황을 찍은 것인가? 그때 직접 참여한 것이 아니기 때문에 당시 상황을 감히 상상도 할 수 없다. 사진이라 봐야 별것 아닐 수 있지 않을까? 괜히 유난 떠는 것 아닌가?

"1시간 내에 에펠탑을 오르려면 서두르는 게 좋을 거야. 승강기는 타려는 사람이 많아서 2시간은 넘게 기다려야 해. 바로 계단으로 뛰어 올라와. 먼저 가서 기다릴게. 그 사진 2장은 선물이야."

자기 할 말만 마치고 자리를 뜨려는 프랑스 놈을 잡아서 협상이나 협박이라도 해야 했지만, 자리가 자리이니만큼 그럴 수 없었다. 쇼고로의 머릿속이 혼란스러워 판단을 제대로 하지 못하는 게 가장 컸다. 이 상황에 무얼 먼저 해야 하고 어떻게 수습해야 하는가?

그런데도 쇼고로는 사진이 가장 궁금했다. 슬며시 사진을 펴서 피 묻고 구겨진 사진을 잠깐 보았는데….

"어떻게 할까요?"

오카모토의 목소리에 심장이 떨어지는 줄 알았다. 반사적으로 사진을 꼬깃꼬깃 움켜쥔다. 뭘 어떻게 해? 제발 너도 생각 좀 해라. 이 멍청아! 소리가 입 밖으로 나올 뻔했지만, 가까스로 침착함을 유지했다.

"조센진이 신문사하고 잡지사에 뿌린 사진을 회수하는 일은 어떻게 되고 있어?"

"진행되고 있습니다. 신문사마다 부르는 금액이 달라서 조율하고 있습니다."

"조율이고 뭐고 다 필요 없다. 돈이 얼마나 들던 다 수거해. 그리고 지금 당장 숙소에 있는 프랑스 년을 데리고 에펠탑으로 간다. 허의문이 사진 100장을 들고 에펠탑 꼭대기에 있어. 그 사진이 뿌려지면 돈으로도 해결이 안 돼. 반드시 막아야 한다. 다 죽여서라도 막아."


젠장! 날씨는 왜 이렇게 좋은 것인가?

쯔보이 쇼고로 교수는 평생 이렇게 힘든 길을 걸어 본 경험이 없었다.

이런 쌩 고생하겠다고 돈을 내면서까지 에펠탑을 계단으로 오르는 이들이 있는 것을 보고 참 미친 사람들이 많다는 생각이 든다. 또 한 쌍의 젊은 프랑스 연인이 그를 앞질러 간다. 그는 부하 두 명과 함께 에펠탑을 오르고 있다. 오카모토는 프랑스 계집을 데리고 부하들과 함께 먼저 올라가라고 했다. 자기와 함께 가면 시간 안에 도착할 수 없을 것 같았기 때문이다. 이미 시간은 12시 20분을 지나고 있다.

오카모토에게 자기가 도착하기 전까지는 조선 놈과 어떤 일도 진행하지 말라고 했다. 아니 한마디도 하지 못하게 했다. 그러니 일을 그르치지는 않고 기다리고 있을 것이다.

계단을 한 칸 한 칸 오르면서 파리 시장과 기업인들에게 범한 실례가 너무 신경 쓰인다. 그런 기회가 언제 또 올지 모르는데, 사진도 찍지 못하고 자리를 마무리 지은 것이 너무나 뼈아프다. 이 괘씸한 조센진을 어떻게 처리할지도 계속 고민 중이다. 그놈에게 고통 줄 방법을 고민하는 것은 은근히 즐겁다. 그 즐거움이 계단을 오르는 고행 길을 조금이나마 견디게 해 주고 있다.

좁은 전망대에는 사람들이 바글바글하다. 그래도 일본인 일행들은 눈에 띄었다.

쇼고로는 오카모토가 프랑스 여자 르네를 데리고 부하들과 있는 구역으로 다가간다. 프랑스 계집에게는 사람들 많은 곳에서 쓸데없는 짓 하지 말라고 했다. 허튼짓했다간 허의문이 죽는 꼴을 꼭 그녀 앞에 보여 줄 거란 엄포를 해 둔 터였다.

어젯밤 일도 있었으니 여자도 말귀를 잘 알아들었을 것이다.

쇼고로가 힘들게 숨을 고르며 일행들 쪽에 와서 서니까 맞은편에 있는 허의문과 피에라는 프랑스 놈이 보인다. 이쪽은 입구 계단 쪽에서 가장 멀리 떨어진 곳이라 상대적으로 사람이 많지 않다. 허의문은 한쪽 손에 두툼한 사진 뭉치를 들고 있는데 팔을 최대한 난간 밖으로 뻗은 자세로 서 있다. 여차하면 100여 장의 사진을 에펠탑 전망대에서 파리 하늘로 뿌리겠다는 의도가 확연히 보인다.

오카모토가 쇼고로에게 보고한다.

"교수님 오시기 전까지는 여자와 사진을 교환할 수 없다고 얘기했습니다. 이르신 대로 저놈과 여자가 프랑스 말로 대화 나누는 것도 못 하게 했고요."

"잘했다."

쇼고로가 허의문에게 일본어로 소리친다.

"야! 이제 그 사진 우리한테 건네주고 여자 데리고 내려가라."

허의문은 흥분하지 말아야 하는데 평정심을 유지하기가 힘들다. 오카모토와 일본인들이 르네를 데리고 전망대로 올라오는 순간에 어젯밤 르네에게 어떤 일이 있었는지 얘기하지 않아도 알 수 있었다. 저렇게 초췌하고 생기 없는 르네의 얼굴은 이제까지 본 적 없었다. 얼굴에 맞은 손자국이 많이 보인다. 이 모든 일을 때려치우고 오카모토에게 달려들어 분이 풀릴 때까지 두들겨 패고 싶은 마음을 억지로 참고 있다. 르네와 눈을 마주치기가 힘들다. 이게 다 자기 때문에 벌어진 일이니까. 허의문은 오카모토가 막아서 하지 못했던 질문을 르네에게 프랑스어로 던진다.

"르네 씨. 괜찮습니까?"

"난 괜찮아. 의문. 괜찮아."

르네는 애써 허의문과 피에에게 미소를 보인다. 하지만 허의문은 그 미소를 보지 못한다.

그들의 프랑스어 대화를 쇼고로가 오카모토와 부하들에게 통역한다.

"야! 저년이 좋았다고 하는데. 어제 너희들과의 시간이 무척 행복했던 모양이야."

낄낄대며 웃는 일본인들. 르네와 피에가 일본어를 알아듣지 못해서 다행이다.

"닥쳐라! 또 역겨운 소리를 하면 이 사진들을 다 뿌려버릴 테다."

허의문이 분개해서 일본어로 고함치자, 전망대 위 사람들의 시선이 쏠린다. 그리고 허의문이 쥐고 있는 사진 뭉치에서 맨 앞 한 장이 떨어져 나와 파리의 하늘로 날아가고 있다.

"조심해라. 이 조센진 놈아."

"먼저 르네와 피에씨를 보내 줘라. 둘이 안전하게 에펠탑을 떠나면 사진을 넘겨주겠다."

"그 이후에 네가 사진을 뿌려버리면 어쩌니?"

"그러면 너희들이 날 죽일 것 아닌가? 그런 일은 없다. 나도 살아서 조선 땅을 밟아야 하니까."

"너는 사진을 넘겨준 후에 우리가 너를 가만둘 거로 생각하나?"

"나한테 무슨 일이 생기면 이 프랑스인들이 가만히 있지 않을 거야. 경찰에 신고하고 증거를 찾겠지. 너희 일본인들은 여기 와서 충분히 문젯거리를 많이 만들었어. 사람이 죽었고 거리에서 총질도 했어. 거기에 또 문제를 더하면 박람회에서 퇴출당할 수도 있을 텐데."

"뭐. 사진만 회수된다면 상관없어. 그렇다고 쓸데없는 생각하지 마라. 사진을 뿌려 버리거나 하는 날에는 무슨 대가를 치러서라도 네놈 모가지를 따 버릴 것이니까."

저놈이야 조선에 가서 죽어도 충분하다. 우선 사진만 손에 넣자. 쇼고로가 오카모토에게 명령한다.

"여자를 보내 줘."

오카모토는 르네를 보내기 아쉽다. 작별 인사로 르네의 엉덩이를 주무르며 "또. 보자!" 한다. 그리곤 허의문 쪽으로 확 밀쳤는데 르네가 앞으로 걸어가지 않고 멈춰 서서 뒤를 돌아본다. 오카모토는 "가라니까 왜 그냥 있어? 조센진보다는 우리랑 같이 있는 게 좋았나 보지?"하며 다시 르네의 엉덩이를 툭툭 친다.

르네가 바로 오카모토의 턱에 주먹을 날린다. 놀라는 일본인들.

충격 받은 오카모토가 르네의 얼굴을 향해 주먹을 올리자, 쇼고로 교수가 제지한다.

"오카모토! 그냥 보내라."

"너희 일본인들이 한 짓을 내가 알릴 거야. 그 사진을 전 세계가 다 보게 할 거야."

"뭐라고 쫑알대는 거야. 이 쪼끄만 계집애야?"

"그리고 내가 너를 죽일 거야."

"르네 씨! 그만 하세요."

허의문이 말려 보지만, 르네는 오카모토의 눈을 노려보며 피하지 않는다.

"저놈은 제가 해결할게요. 그만 이쪽으로 오세요."

차분하게 설득하는 허의문의 말에 르네는 몸을 돌려 허의문 쪽으로 향한다.

르네가 허의문에게 가까워질수록 허의문의 막중한 부담이 전해 온다. 이 상황을 어떻게 모면하려는 것인가?

피에가 먼저 걸어와 르네를 부축한다. 그리고 르네의 귀에 나지막이 속삭인다.

"이제 우린 여기서 내려갈 거야. 허의문하고 인사하고 와."

르네는 무슨 소리냐는 질문이 담긴 눈빛으로 피에의 눈을 보지만, 피에는 조용히 그녀를 허의문 쪽으로 안내한다. 그리고 르네를 놓아 준다.

허의문은 사진 뭉치를 든 채 에펠탑 최정상 전망대 난간에 바짝 붙어 서 있다.

가까이서 본 허의문의 상태는 훨씬 안 좋아 보인다. 그도 르네의 모습을 보니 괴로운 모양이다. 다시 눈을 떨군다. 설마 이게 마지막은 아니겠지? 갑자기 서로에게 이런 안 좋은 모습으로 기억되기는 싫다는 생각이 머릿속에 떠오른다. 아니야. 이런 생각하지 말자. 허의문과 피에는 계획이 있기 때문에 이 장소를 선택했을 것이다. 이곳은 사람들이 많은 장소니까.

르네가 달려들어 허의문을 와락 껴안는다.

허의문이 옆구리 통증 때문에 잔기침하지만, 이 정도는 참을 수 있다.

저쪽에서 오카모토가 "의문! 우리도 그 느낌 잘 알아."하며 부하들과 웃고 농을 던져도 둘은 신경 쓰지 않는다.

**1900년 파리, 조선 청년 허의문**

"내려가자. 의문. 그런 사진 줘 버리고 같이 내려가자."

"힘들게 해서 미안해요. 내가 해결할게요."

"내려오는 거지? 다시 보는 거지?"

"그럼요. 먼저 내려가 있어요. 나도 내려갈게요."

허의문의 품에서 떨어지고 보니 어느 샌가 르네의 목에 가죽 지갑이 걸려 있다. 허의문이 소중하게 간직하고 있던 가죽 지갑이다.

"일 끝낼 동안만 잠시 맡아줘요."

르네는 그때 허의문의 말을 믿었기 때문에 피에와 함께 전망대를 걸어 내려갔다. 하지만 그것이 허의문과의 마지막이었다.

그래도 르네는 허의문을 한 번 더 보았다. 너무나 환히 웃는 허의문의 얼굴을.

철제 계단을 한참 내려가던 르네가 피에의 손을 확 뿌리친다.

"무슨 소리야? 안 돼!"

"어쩔 수 없어."

"지금이라도 병원에 데려가야지."

안 좋았던 느낌과 냄새. 피 냄새였다. 르네는 여기서 피에에게 고집 피우는 자신이 원망스럽다. 충분히 전망대에서도 예상할 수 있었던 일이다. 허의문이 목숨처럼 중요하게 여기는 가죽 지갑이다. 필름은 다른 곳에 숨겼다고 했지만, 그런 지갑을 자기에게 건넸는데, 허의문의 결의를 느끼지 못했다는 건 변명이다. 끔찍한 기억을 남긴 그 일본인들에게서 빨리 벗어나고 싶은 마음도 컸다.

고집 센 아이 같은 말을 던졌다.

"다시 올라갈래."

"안돼. 우리가 여기서 빨리 내려가는 게 의문을 돕는 거야."

그렇겠지. 왜 모르겠는가? 그런데 평생 후회할 것 같다.

"쓰러져 가는 자기 나라를 위해서 의문이 목숨보다 중요하게 생각하는 일이 있는 거야. 나는 그를 돕겠다고 했어. 르네도 의문을 도와."

"사랑한다는 말을 못 했어!"

꼭 전하고 싶었다. 지금 피에 앞에서 이 말을 한 것도 평생 후회할지 모른다.

피에가 르네를 생각하는 마음을 왜 모르겠는가? 그런데 그의 앞에서 이 말을 지금이라도 해야 했다. 허의문에게 닿길 바라면서.

"사랑한다고.... 내가 사랑한다고 말해 줘야지."

르네의 눈에서 눈물이 한없이 흘러내린다. 피에가 굳이 허의문도 르네를 사랑한다는 말을 해 줄 필요는 없었다. 피에는 아랫입술을 깨물며 그냥 르네의 손을 잡고 계단 아래로 이끈다.

르네의 발이 천천히 아래 계단을 밟는다.


허의문과 쯔보이 쇼고로, 오카모토, 그리고 일본인 부하들 10여 명의 지루한 대치가 계속되고 있다.

허의문의 이마에서 식은땀이 흐르고 안색이 좋지 않지만, 일본인들은 눈치 채지 못한다. 허의문은 에펠탑 밑, 마르스 광장을 이따금 한 번씩 주시하곤 한다.

그때 '타앙! 타앙! 타앙!' 마르스 광장에서 세 발의 총소리가 들린다. 광장 사람들이 비명을 지르며 흩어지고 이곳 전망대 사람들도 총소리에 놀라 허둥대기 시작한다.

"놀라지 마. 르네 씨와 피에 씨가 무사히 밑에 도착했다는 신호니까. 그들을 다시 잡기는 힘들 거야."

계획이 탄로 난 듯해서 쇼고로 교수의 얼굴이 일그러진다.

피에가 총을 높이 든 자세로 르네와 함께 광장 중앙에 서 있다.

허의문의 예상대로 계단 입구에는 4명의 일본인이 대기하고 있었다. 허의문이 챙겨 준 권총이 없었다면 바로 그들에게 잡혔을 것이다. 피에는 하늘을 향해 총 세 발을 쏜 후에 그들에게 접근하는 일본인들에게 총을 겨누고 있다.

총소리에 놀란 사람들은 주변을 벗어나고 있지만, 일본인들은 피에와 르네 주변을 떠나지 않고 있다.

피에가 르네에게 설명한다.

"이제 경찰들이 오면 우린 자수할 거야. 우리가 저지른 일만큼 벌을 받고 일본인들이 저지른 일을 증언하면 돼. 그게 허의문이 부탁한 일이야."

허의문이 사진 뭉치를 자기 발밑에 내려놓는다. 그리고 사진이 바람에 날아가지 않도록 가지고 올라왔던 에펠탑 모형을 위에 괴어 놓는다. 그 모습을 쇼고로 교수와 일본인들이 조급한 표정으로 바라보며 기다리고 있다.

"이제. 이 사진을 가지고 가면 돼. 그 전에...."

계속 난간에 몸을 기대고 서 있던 허의문이 한 발짝 앞으로 나선다.

"너하고 제대로 한번 붙어 보고 싶은데."

허의문의 손가락이 오카모토를 가리키고 있다. 잠시 어이없어하던 오카모토가 웃음을 터트리자, 부하들 사이에서도 웃음이 터져 나온다.

"역시 조센진은 주제 파악을 못 하는구나. 교수님. 저놈 도전을 받아들여도 되겠습니까?"

"해 봐. 재미있겠네. 하지만 심하게 하면 안 돼. 보는 눈이 많아."

체급부터 상대가 되지 않는다. 오른쪽 눈두덩이는 부어올라 시야를 꽤 방해하겠다. 어디가 불편한지 서 있는 자세도 구부정하다. 저런 놈이 자기와 싸워 보겠다고 만용을 부리니 오카모토는 정말 어처구니가 없다.

"죽이지 않기가 쉽지 않겠는데 말입니다."

"그냥 살살 놀아 줘. 죽이는 건 조선 땅에서 한다."

전망대에 있던 사람들 일부는 광장에서 들렸던 총소리에 불안감을 느껴 꽤 빠져나가고 있다. 하지만 일부는 동양인들 사이에 흐르는 심상치 않은 분위기를 감지하고 구경에 동참한다.

서로에게 천천히 접근하는 허의문과 오카모토.

오카모토는 허의문의 걸음걸이를 보고 더 자신감이 붙는다. 허의문의 오른쪽으로 슬슬 돌며 공격 기회를 엿보는 오카모토. 역시 허의문의 오른쪽 시야가 좋지 않다.

재빨리 오른쪽 옆구리에 주먹을 꽂는 오카모토.

약한 공격이었다. 허의문은 맞은 오른쪽으로 몸을 구부리는 가 싶더니 이내 왼쪽 옆구리를 손으로 부여잡고 심하게 괴로워 한다. 이를 악무는 게 비명이라도 지르고 싶은 것을 참고 있는 것 같다.

어! 이것 봐라. 오카모토는 허의문의 왼쪽 옆구리 상태를 금방 눈치 챈다.

허의문의 오른쪽으로 도는 듯하다가 왼쪽 옆구리에 가볍게 훅을 날린다.

그때 오카모토의 오른 주먹에 느껴지는 촉감이 희한하다. 물 먹은 천을 치는 느낌. 허의문은 비명을 지르며 바닥에 풀썩 주저 앉아 괴로워한다. 오카모토는 자기 오른쪽 주먹을 보고 그 이유 를 알 수 있었다. 주먹에 피가 흠뻑 묻어 나왔다. 검붉고 끈적이 는 피.

"뭐냐 너? 어제 내 총에 맞은 거냐? 그런 몸으로 나랑 한번 붙 겠다고? 미친 거야?"

허의문은 몸을 일으켜 오카모토에게 달려든다. 하지만 어림 없다. 허의문의 힘없는 공격을 살짝 피하고 다시 옆구리 총상을 공격하는 오카모토.

이번에도 허의문은 바닥에 쓰러진다.

허의문은 용케 다시 일어나지만, 오카모토의 잔인한 공격에 속수무책으로 당한다.

오카모토는 프랑스에 와서 참아 왔던 욕구를 마음껏 해소하 는 중이다.

"그만해라. 오카모토. 프랑스 애들이 보기에 우리가 너무 잔인해 보이잖아."

한창 재미있는데 쇼고로가 그만하란다. 다시 못 일어날까 봐 살살 치며 오래 가지고 놀려고 했는데 늙은 게 초를 친다. 오카모토는 이번 한방으로 조센진이 다시는 일어나지 못하게 해 줘야겠다고 마음먹는다.

"어쩔 수 없다. 끝내라고 하시니 끝내 줄게."

마지막 공격을 날리기 위해 허의문의 왼쪽 옆구리를 향해 달려드는 오카모토.

허의문은 그냥 버티고 서 있는 게 고작이다.

오카모토의 오른 훅이 허의문의 왼쪽 옆구리에 꽂히려는 순간 허의문이 몸을 시계방향으로 돈다. 허의문이 오카모토의 오른 주먹을 흘려버리더니 오른쪽 팔꿈치로 오카모토의 오른쪽 턱을 정확히 가격한다.

허의문의 회전력에 오카모토가 달려드는 속도가 더해져 충격은 엄청나다.

오카모토의 골이 흔들리고 턱과 입 안쪽에서 으지직하며 뼈 바스러지는 소리가 들린다.

이번엔 오카모토가 바닥에 쓰러져 잠시 정신을 잃는다. 힘 빠진 허의문도 바닥에 같이 나뒹군다. 정신을 차린 오카모토가 겨우겨우 바닥에서 몸을 일으켜 보는데 돌아간 턱에서 피와 함께 이가 빠져나온다.

뒤 이어 먼저 일어난 허의문의 발차기가 오카모토의 아래턱에 적중한다.

그나마 남아있던 이가 더 빠져나와 바닥에 튀어 다닌다.

"저런 멍청한 자식."

허의문은 넘어진 오카모토의 몸에 올라타 그간의 울분을 조선말 욕에 담아 퍼부으며 오카모토 얼굴에 마구 주먹질한다.

상황이 심각해지면서 주변에서 구경하던 프랑스인과 외국인 관광객들 사이에서 술렁거리며 동요가 인다. 그리고 누가 신고했는지 에펠탑 경비원 한 명이 도착해 소리친다.

"멈춰요. 여기서 싸우면 안 됩니다."

프랑스 경비원이 명령하지만, 허의문의 주먹질은 멈추지 않는다.

쇼고로는 부하들에게 오카모토를 조센진 애새끼에게서 구해주라고 명령할 참이었다.

'탕!'

그때 총소리가 들린다.

허의문의 몸이 고목처럼 바닥에 쓰러진다. 오카모토의 손에 권총이 들려있다.

"미친놈아. 뭐 하는 거야?"

비명을 지르는 사람들. 프랑스 경비원은 동료들에게 도움을 요청하기 위해 호루라기를 분다.

삐이익! 삐이익!

오카모토는 눈을 뒤덮은 피를 닦으며 거슬리는 호루라기 소리 쪽을 향해 총을 마구 발사한다. 총알이 경비원 다리를 뚫고 지나간다. 바닥에 쓰러진 경비원은 더 미친 듯이 호루라기를 분다. 좁은 계단을 서로 먼저 내려가려고 밀치며 소리 지르는 사람들. 전망대는 순식간에 아수라장이 된다.

오카모토는 자기가 무슨 짓을 저질렀는지 파악이 안 되는 듯하다.

피가 흐르는 눈두덩을 손등으로 문질러 보지만, 피가 계속 시야를 가린다.

"젠장! 안 보여. 안 보인다고. 짜증 나. 조용히 해."

오카모토는 쓰러진 경비원 쪽으로 다시 총을 발사한다. 총알은 경비원 근방 바닥에 맞고 튄다.

"뭐해? 빨리 저 자식 막아."

쇼고로가 부하들에게 명령해 보지만, 누구도 섣불리 앞으로 나서지 못한다.

오카모토는 비틀비틀 사진 뭉치로 다가가 에펠탑 모형을 발로 차 버리고 뭉치를 집어 든다.

"이걸 찾으면 되는 거 아닙니까? 다 죽여서라도 찾으면 된다면서요. 이깟 사진이 그렇게 무섭습니까?"

사진 뭉치를 쥐고 흔드는 오카모토. 그런데 느낌이 뭔가 이상하다.

맨 앞에 피가 잔뜩 묻어 알아볼 수 없는 사진 몇 장. 그래서 그 뒤를 들춰 보는데....

"으아아아!"

옆구리와 복부 중앙에 총알을 두 발이나 맞은 허의문이 달려든다.

힘없이 난간에 기대어 서 있던 오카모토가 허의문을 향해 총을 쏜다.

분명 어딘가 맞은 것 같은데, 그것이 죽을 각오로 덤벼드는 허의문을 막지는 못한다.

허의문은 사진, 아니 신문지 뭉치를 들고 있는 오카모토를 붙잡고 난간 밖으로 몸을 날린다.

허의문과 오카모토의 몸이 에펠탑 최상층 전망대에서 사라진다.


"악! 저기."

누군가 비명을 지르며 하늘 위를 가리켰다.

하지만 그 장면을 먼저 보고 있는 르네는 아무 반응도 하지 않았다.

광장으로 출동한 경찰들에게 체포되며 양손에 수갑이 채워지고 있는데도 에펠탑 전망대에서 눈을 떼지 않았기에 볼 수 있었다.

먼저 보인 건 휘날리는 종이 다발이었다.

그리고 꽃잎처럼 날리며 흩어지는 종이 사이에서 허의문의 모습이 보였다.

르네의 눈에는 허의문이 떨어지고 있는 것으로 보이지 않았다.

그는 날고 있었다.

행복하게 웃는 얼굴로.

다행히 그 얼굴이 르네가 본 허의문의 마지막 얼굴이다.


'르네 씨! 사모하는 당신과 함께 이렇게 아름다운 파리를 볼 수 있어서 행복했습니다. 아버지와 어머니, 그리고 몸이 약해서 언제나 챙겨 줘야 하는 동생 윤슬에게도 이 도시를 보여 주고 싶습니다. 나라를 빼앗기는 것은 제 손발이 잘려나가는 것보다 고통스럽습니다. 언젠간 제 나라 조선도 이렇게 발전할 수 있을까요? 그런 조선의 모습을 간절히 보고 싶습니다.'

허의문의 눈이 아름다운 파리의 전경을 담는다.
자유롭게 훠이훠이 날아 파리를 넘어 파란 하늘 속으로 사라진다.

## 2023년

　이제 르네가 한글로 작성한 수첩은 몇 장 남지 않았다. 박지현
이 다음 페이지를 읽는다.

　　허의문은 자기 죽음과 사진과 기사로 많은 이들이 조선을 바로 바라봐

　　주길 원했을 것이다.

　　하지만 현실은 그러지 않았다.

　　그것이 내가 의문에게 평생 미안해하며 살아가는 이유다.

　　콜랭 공사님과 피에의 노력으로 만국박람회장 일본관 전시 인원을 제외

　　한 일본인들은 모두 프랑스에서 추방당했다.

　　나는 인간 동물원에서 욜란데를 납치한 죄로 수감되었지만, 여론 덕분

　　에 한 달 만에 풀려나 인간 동물원 폐지 운동을 벌였고 자유를 얻은 그

들의 프랑스 정착을 도왔다.

피에는 내 곁을 10년 동안 지켰다. 그리고 나에게 청혼했다.

피에가 정말 고마운 것은 일본인들에게 끌려간 날 일을 한 번도 물어 보지 않는다는 것이다.

피에의 청혼을 거절할 수 없었다.

그리고 결혼 전에 나는 허의문을 봐 줘야 했다.

그가 내게 전해 준 가죽 지갑, 필름을 숨겼던 공간에서 쪽지를 찾았다.

거기에는 미국의 작은 시골 주소가 적혀 있었다.

그가 이것을 나에게 전해 준 것은 내가 그곳에 가길 원했기 때문이라 생각했다. 허의문을 잊기 위해 그곳을 찾았다.


수첩을 읽던 박지현은 머리가 띵했다.

"필름! 그래. 필름! 왜 그걸 생각 못했지? 왜 꼭 사진이라고만 생각한 거야?"

박지현은 자기 머리를 주먹으로 쥐어박는다.

디지털 세대이고 필름을 직접 본 적이 없었기 때문일지도 모르겠다.

그 당시 사람들이라면 더더욱 필름을 생각지 못했을 것이다.

가죽 지갑에 숨겼던 필름이라면 훨씬 작은 곳에 숨길 수 있다.

마리스 할머니 집에서 찾았던 프랑스어 수첩 속 허의문은 그 물건을 악기에 숨겼다고 했다. 국악기가 당연히 조선으로 돌아갈 것이라고 생각했겠지만, 전시가 끝난 후 민영일은 대부분의 전시물을 프랑스 박물관 측에 기증해 버렸다. 가지고 돌아올 여비도 없었고 크게 개의치 않았을 것이다.

분명 악기 중에 있었다. 사진이라 생각해서 보고도 지나쳤을까? 해금, 대금, 피리, 단소 같은 악기들은 관대속까지 샅샅이 살폈다. 다른 큰 악기들은 X-Ray 촬영까지 해서 안쪽을 확인했다. 아무리 필름을 생각하지 못했다고 해도 뭔가 있었다면 눈에 띄었을 것이다. 그렇다면 왜 발견하지 못한 것인가? 필름이라고 생각해 보자. 6cm 정도 크기의 얇은 필름.

혹시... 머릿속에 갑자기 한곳이 떠올랐다.

박지현은 휴대전화를 켜서 사진 앨범을 뒤진다. 설마! 설마! 설마!

사진 한 장을 찾았다.

국악기가 도착한 첫날 수장고에서 대금을 살필 때였다.

황동 청가리개를 들쳤는데 얇은 갈대 속껍질인 청이 120년이 넘게 지났는데도 멀쩡한 것을 보고 신기한 마음에 기념으로 찍었던 사진이다.

아! 그때는 왜 이게 눈에 보이지 않았을까?

황동 청가리개 안쪽 면에 흰색 종이봉투 같은 게 붙어 있다. 겉면이 부슬부슬한 것이 화선지 같은 재질로 보인다. 이것이 봉투라면 겹으로 되어있고 안쪽에 뭔가를 넣을 수 있다. 사진의 그 부분은 아주 어둡지만, 화선지와 완전히 대비 되는 재질의 물건 모서리가 화선지 봉투 밖으로 살짝 모습을 드러내고 있는 것이 찍혀 있다. 반짝이고 아주 얇은, 어두운 갈색의 박편 3~4장.

아! 여기구나. 이곳에 필름이 있어.

1895년 10월 8일을 찍은 필름이....

하지만, 악기는 이미 프랑스로 떠났고 프랑스 악기 박물관에 다시 전시될 것이다.

123년 만에 고국을 찾았던 악기들이다.

언제 또 고국으로 돌아올 수 있을까?


# 1910년

미국의 인적 없는 지역. 르네가 한적한 시골길을 걷고 있다.

그녀는 작은 짐 가방과 카메라를 메고 있다.

길고 완만한 언덕을 올라서 보니 아래쪽 풍경이 시원하게 한 눈에 들어온다.

넓은 분지에 농장이 보이고 한쪽에 작은 통나무 오두막이 외 롭게 서 있는 모습이 보인다. 작은 창고와 농막 같은 것도 있지 만, 사람이 살 공간은 아니다.

일손이 없는지, 소나 돼지 같은 큰 가축을 키우는 것으로는 보 이지 않고 오두막 옆, 작은 땅뙈기에 소소하게 채소를 키우고 있다.

르네는 언덕을 내려와 오두막 앞에 섰다. 문을 노크해 봤지만, 누군가의 기척이 느껴지지는 않는다. 문을 빠끔히 열고 조심스 럽게 안으로 들어선다.

르네의 입에서 "계십니까?" 하고 조선말이 튀어나왔다.

미국 시골구석에 온 프랑스인 입에서 다짜고짜 조선말이 튀 어나온 것은 르네 나름의 근거가 있었기 때문이다.

아무도 없는 작은 오두막 안은 소소하게 꾸며져 있다. 최소한의 가재도구만 보이고 큰방 하나와 작은 방 하나가 중앙 거실 공간과 분리되어 있다.

그런 평범한 오두막 내부에 어울리지 않는 것이 보인다.

한쪽 벽, 선반에 올려져 있는 작은 사진.

조선의 왕과 왕후가 의자에 앉아서 찍은 사진이다.

"Who are you?"

갑자기 뒤에서 어색한 영어가 들렸다.

사진을 보던 르네가 뒤를 돌아보니 문가에 누군가 서 있다.

문으로 들어오는 오후 햇빛 때문에 얼굴은 잘 보이지 않지만, 작은 체구의 여인이다. 여인이 들고 있는 커다란 낫이 무시무시해 보인다.

르네는 눈이 부셔 눈을 가늘게 뜬 채로 또 "안녕하세요." 하며 조선말을 해 버렸다.


조선 여인은 50대 후반이나 60대 초반으로 보인다. 야외 작업으로 햇볕에 까무잡잡하게 그을린 피부, 날카로운 눈매에 얇게 꼭 다문 입술이 강해 보이는 인상이다.

르네는 의자가 두 개밖에 없는 작은 탁자에 여인과 마주 보고 앉아있다. 땔감으로 불을 때는 난로에 차를 끓이기 위해 주전자를 올려놓았지만, 물이 끓기까지는 꽤 오래 걸릴 것 같다.

르네가 여인에게 사진 한 장을 내민다. 그 사진은 10년 전, 파리박람회 때 대한제국관 앞에서 허의문과 김덕중, 노막상과 김바회가 함께 찍은 사진이다.

"사진 맨 왼쪽에 서 있는 젊은 남자가 허의문이에요. 아세요?"

여인은 아무 말 없이 탁자에 놓인 사진을 물끄러미 바라보고 만 있다.

"1900년 파리 만국박람회 때 찍은 사진이에요. 그때 파리에서 사망했어요."

아주 조금 여인의 얼굴이 동요한다. 하지만 그보다 문밖에서 들리는 소리 때문에 르네는 더 놀랐다. 버석하며 뭔가 떨어져서 부서지는 소리, 누군가 털썩 주저앉는 소리가 들린다.

르네는 의자에서 일어나서 소리의 원인을 알아보려 했다. 하지만 이내 "오라버니. 오라버니."를 외치며 서럽게 우는 젊은 여인의 목소리가 들려 확인하려는 마음을 접고 다시 의자에 앉았다.

60대 여인이 의자에서 일어나 난로 위에 올려놓은 주전자 앞에 가서 선다. 주전자 물은 아직 끓지 않는데 그 앞에서 한참을 기다린다.

르네는 등을 돌리고 서 있는 여인의 뺨에서 노을빛을 받아 반짝이는 흐르는 눈물을 본 것 같다.

문밖에서는 20대 중반 아름다운 여성으로 성장한 윤슬이 벽에 기대 주저앉아 깨진 달걀 바구니 옆에서 서럽게 울고 있다. 그녀의 손목에는 20년 전, 어느 이름 모를 여성이 물을 적셔서 어린 윤슬의 이마를 닦아주었던 손수건이 묶여 있다. 손수건에 수놓인 오얏꽃 색은 많이 바랬지만, 그리고 복잡하게 수놓아 진 한자는 또렷이 남아있다.

예쁠 윤(贇), 푸른 구슬 슬(瑟). 그 한자는 윤슬이라고 읽힌다.

20년 넘은 낡은 손수건이지만, 윤슬은 소중하게 간직하고 있었다.

르네의 뺨을 타고 흐르는 눈물이 가지고 온 카메라에 떨어진다.


60대 여인은 허의문을 잘 안다. 어릴 때부터 봤던 청년이다.

그는 함께 사는 윤슬의 오라버니이기도 하다. 그를 마지막 본 게 11년 전이다. 광무 3년, 1899년 날이 갑자기 추워질 때였다. 이곳을 아는 이는 몇 명 없다. 그중 외국인 호머 헐버트가 있었는데 허의문이 그의 양자였으니 주소를 알 수 있었을 것이다.

그는 큰일을 앞두고 어린 누이를 보기 위해 방문했다. 누이를 본 그는 반가움을 느낄 새도 없이 다짜고짜 50대 초반인 그녀에게 무례한 말부터 쏟아 냈다.

그 당시 50대 여인은 하루하루 죽지 못해 살아가고 있었다. 손 하나 까닥하지 않고 그냥 윤슬이 차려 주는 밥을 먹고 챙겨 주는 옷을 입고 세월을 흘려보내고 있었다. 그런 그녀를 본 허의문이 속이 터졌다.

"뭐 하고 계십니까? 윤슬 저 어린 것이 가엽지도 않으십니까?"

윤슬은 14살이었다. 어리지도 가엽지도 않다고 생각했다. 그땐 그랬다. 나이만 먹었지, 철이 없었다.

"어미 젖 한번 못 물어본 아이입니다. 그래서 저렇게 허약하고 잔병이 많습니다. 저 아이 어미가 누군지 아시잖습니까? 당신을 어머니처럼 모시겠다고 11살에 여기로 자진해서 왔습니다. 외국인 부모 밑에 커서 아메리카 말을 조금이라도 할 줄 아는 자기가 가장 잘 모실 수 있노라고 고집을 피워서 온 아이입니다. 그런데 저렇게 아파서 사경을 헤매는 아이를 나 몰라라 하고 계신 겁니까?"

윤슬이가 오라버니를 말려 보겠다고 자기 방에서 거의 기다시피 나오는 모습을 보고서야 여인의 마음에 안쓰러움이라는 감정이 싹트기 시작했다. 윤슬은 자주 목이 붓고 열이 났다. 환절기 때는 더 심했다. 지금은 목소리도 내지 못할 정도로 증상이 심하다. 벌써 며칠째 앓고 있어 본인은 밥도 못 먹었지만, 여인의 끼니는 꼬박꼬박 차려서 대령했다.

허의문은 여인 앞에 조선에서 챙겨 온 봉지 하나를 툭 던졌다.

"길경(桔梗)과 감초(甘草)입니다. 윤슬이 인후염에 좋은 감길탕을 만들 수 있는 재료입니다. 윤슬이에게 감길탕을 만들어 주십시오."

여인은 허의문이 왜 그런 말을 했는지 이해한다. 여인은 살아있는 송장처럼 지내고 있다. 제자리를 벗어나 봐야 보이는 것이 있다. 그렇게 보고 알게 된 것들이 여인의 마음을 더욱 괴롭히니 살 수가 없다. 이랬으면 어땠을까? 저랬으면 어땠을까? 소용도 없는 후회와 생각으로 잠도 통 이룰 수 없다. 살아있는데 죽었다고 해서 장례를 두 번이나 치른 몸이다. 살아서 뭐 하겠는가? 여자 한 명의 몸으로 무슨 쓸모 있는 일을 할 수 있는가?

그래도 여인은 처음으로 그런 부탁을 했다.

"어떻게 만드는지 알려 주어라."

"우선 일어서십시오."

허의문은 그곳에 한 달을 머물면서 여인에게 많은 일을 시켰다. 식사 준비, 빨래, 농사일, 청소까지.... 윤슬이는 기겁했지만, 허의문의 고집이 유난했다. 사실 여인도 싫지 않았던 것 같다. 몸을 움직이니 잡생각도 없어지고 머릿속이 맑아졌다. 몸 안에 힘이 생기니 의욕이 생겼다.

허의문은 동생 윤슬이를 끔찍이도 아꼈다. 윤슬이가 좋아한다고 말린 대추와 곶감을 조선에서부터 챙겨왔다. 약과는 오랜 여행길에 산패되어서 가지고 오지 못한 것을 무척 아쉬워했다.

둘의 모습이 정말 보기 좋았다.

그런데 허의문이 죽었다니.

11년 동안 기별이 없었으니 입 밖으로 꺼내진 않았지만 예상하긴 했다.

무슨 중요한 일을 하다가 변을 당했을꼬? 다시 만나면 꼭 고맙다고 말해 주고 싶었는데....


## 2023년

내비게이션이 안내해 준 장소는 큰 월마트 주차장이다.

렌터카를 세우고 박지현이 내린다.

주차장 뒤쪽 언덕 위로 잘 정리된 산책길이 보인다. 산책길 초입의 계단을 오르는 박지현.

길을 걸으며 박지현은 113년 전 르네도 이 길을 걸었을까 궁금해진다. 지형이 많이 달라져서 정확히 같은 길은 아닐 것이다.

'만약 지구에서 113광년 떨어진 별에서 성능 좋은 망원경으로 이곳을 보면 길을 걷고 있는 르네의 정수리를 볼 수 있지 않을까? 하는 괴상한 상상을 해본다. 아니 그게 가능하다면 128광년 떨어진 별에서 건천궁을 보는 것이 더 좋겠다. 혼자 여행하면 쓸데없는 생각이 많아진다.

민비, 고종비 민 씨, 명성황후에 관한 평가는 여러 목소리가 혼재한다.

일본은 조선을 접수하는데 민비를 가장 큰 걸림돌로 생각하고 살해했다.

그리고 가장 먼저 한 일이 고종을 협박해서 민비를 중전에서 폐위시키고 서인으로 만들어 명예를 실추시켰다. 그리고 1909년에는 건천궁을 모두 철거했다.

역사는 지배자가 만든다.

아직 우리는 일본의 영향을 못 벗어난 건 아닐까?

1910년 르네가 이곳에 와서 만난 사람은 누구였을까?

르네는 그 여인의 이름을 기록하지 않았다.

묻지 않았을까? 알고도 적지 않은 것인가?

하지만 그 여인이 누구인지는 중요하지 않다.'

언덕에 다 올라선 박지현이 눈앞에 펼쳐진 광경에 감탄한다.

113년 전, 허허벌판이었던 곳에 지금은 거대하고 활기찬 코리아타운이 형성되어 있다.

'확실한 건 이곳에 조선인들이 모여들어 조선의 독립자금을

모았다는 것이다. 허의문이 살고 싶어 하는 나라를 만들기 위해서.'

박지현이 르네의 수첩을 펴서 코리아타운이 내려다보이는 언덕에 내려놓는다.

수첩 마지막 장에는 르네가 1910년에 이곳에서 찍은 사진이 붙어있다.

햇볕에 그을린 얼굴, 입술을 꼭 다문 60대 여인이 넓은 미국 농장을 배경으로 근엄하게 서 있다.

# 1900년 파리, 조선청년 허의문

**초판 1쇄 인쇄** 2023년 9월 15일
**초판 1쇄 발행** 2023년 9월 22일

**지은이** 김준기
**펴낸이** 박세현
**펴낸곳** 서랍의 날씨

**기획 편집** 김상희 곽병완
**디자인** 김민주
**마케팅** 전창열
**SNS 홍보** 신현아

**주소** (우)14557 경기도 부천시 조마루로 385번길 92 부천테크노밸리유1센터 1110호
**전화** 070-8821-4312 | **팩스** 02-6008-4318
**이메일** fandombooks@naver.com
**블로그** http://blog.naver.com/fandombooks

**출판등록** 2009년 7월 9일(제386-251002009000081호)

**ISBN** 979-11-6169-262-3 (03810)

**서랍의날씨**는 팬덤북스의 가정/육아, 문학/에세이 브랜드입니다.